向凯 著

迷城

Lost In City

上海人民出版社

这是最好的时代

也是最坏的时代

……

前　言

　　如果，路可以蜷缩进时光，我宁用每分每秒将它舒展，即便只剩最后一秒的时间和最后一提腿的能量，我也要用手中的笔写下这座曾经让无数人痴迷的城市——温州。如此，让我人生的脚印在前进中消失。人生本来就是一座迷城，金钱和欲望恰似一辆高速列车，再回首时，便不见踪影。很多人，有了方向标，还是迷失在这座城市里。入口很多，出口也很多，可惜它们却重合在了一起，而世人，谁都不会相信入口便是出口。在这被遮挡的世界，只剩少许裸露行走的个体，而我却偏偏被归到了他们的队里，一路前行，一路受伤。或许我们都是上苍安排在轮回道里的磨难体。虽然我早已意识到自己无法阻碍"民间金融大风暴"的发生，亦不能阻止光阴的消逝，当眼前这一切都如期而至，我只会被现实扔入沧海，任时光波涛把我漂到异空的世界。迷城堪比悲惨世界，我虽欲猎美妙弦音，但一直都为改变播放模式，好比编程好了的生活，单曲循环365个日日夜夜，一把琴一盏灯，一杯茶一支笔，只仍持自我一只孤影，只愿独留自寝安宁，即便是这条路走得不轻，也要借今天的助力，向明天更高的地方攀行，把我的信念，留在这座城市的记忆中。迷城小说的故事纯属虚构，请勿将人物故事及情节对号入座。

目　录

一　楔子

2014年5月　中国香港

香港的早晨，雀鸟啁啾，阳光溜过连绵的高耸入云的高楼大厦，穿过茂盛的枝叶缝隙，在空气中缓缓流淌。路上行人尚稀落，双层巴士在亮洁的街道中穿梭，公园里，早起的人们神情自容地悠闲散着步。海皇粥店还仿佛子夜十二点光景，几个服务员坐在一隅打瞌睡。风吹得店门口的小布旗冉冉飘动。

又是一个艳阳天的开始。一切清新，美好。没有风暴。

一个蹬着一双锃亮的黑皮鞋的男子的背影步入我们的画面，迎着拂面的晨风，他缓缓而行。

"早，蓝先生。"迎面而来的一位推着婴儿车的太太微笑着同他打招呼。

"早……"他笑应。

"蓝先生，早，今日天气真好噢。"迎面，又一位保安模样的人向他致以问候。

"是的，阳光明媚，早。"他用普通话夹杂着粤语笑着回应。

他步入一个寓所，门打开，一个佣人打扮的中年妇女拿来一件熨得挺括的西服外套，搭在他肩上，待他穿戴完毕，又给他递上一个黑色公文包。

此时，门铃响起，女佣将门打开，门口停着一辆黑色的奔驰。前座下来一个同样穿着黑色皮鞋和一身西装革履的男子，为他开了车门。

他躬身入车，迎着香港早晨的阳光，迎着一整个世界的希望，黑色的奔驰往中环缓缓开去……

神秘的温州来电

早晨的香港中环已然苏醒，纵横的街道，高耸入云的楼房，车水马龙。擎天柱般的香港国际金融中心矗立在高楼林立之中，面向维多利亚港，一枝独秀。

1997年10月，香港庆祝回归的喜庆气氛尚未消散，亚洲金融风暴便黑云压城。以美国对冲基金为首的国际金融"大鳄"袭击香港，恒生指数4天之间就从16 000多点狂泻至6 000点，股市濒临"崩盘"。金融、地产、贸易、旅游四大支柱产业悉数"挂彩"。整体经济甚至出现了多年未有的负增长！一时间，港商乃至平头百姓破产无数。

值此悲惨之秋，香港国际金融中心却逆市动工，大兴土木，港人谓之，如此而为以示港人众志成城，风雨共济，共度危机之决心。

按照时任香港中建国际公共建筑事业部总建筑师朱翌友原话而

言：香港国际金融大厦的兴建是香港人当时的信心所在。

　　2011年10月，恰逢中华人民共和国生日，普天同庆的大喜日子里，位于中国版图东南一角，中国经济活跃的地区浙江省温州，正在发生着一场前所未有的巨大的民间借贷大风暴，一场使老板们逃跑、大量企业倒闭的大风波。2011年以来的温州民间借贷危机致使众多企业陷入困境，80%以上温州家庭牵涉其中，温州再一次成为很多人口诛笔伐的对象。温州之借贷大风暴虽然从发源本质、救市措施来看，与香港1997年风暴不能同日而语，但是，相通之处还是颇让人唏嘘的，与港人在危机前信心满满不同，这群历经30年艰苦发展，在风风雨雨里趟过、在坎坎坷坷中走来，从未曾惧怕任何艰难，从未曾被险阻所打垮的温州人，却在这次危机中集体遭受信心的重创，温州人亲缘之间的信任也降到冰点，温州从此一蹶不振。需知，从宏观来看，市场经济从来便是信心经济，无论是资本经济，抑或是实体经济，其发展都需要信心，失去了信心，便是失去了一切。此后，整个温州死气沉沉。也由此，这群素来被称为东方犹太人的温州人也得了"瘟州人"之讥。

　　"什么都可以输，信心不能输，什么都可以没有，良心不能没有。"

　　抚今追昔，在经历过2011年温州民间借贷大风暴后，时下香港商业新贵——温州商人蓝天先生站在自己办公室的落地玻璃前望着维多利亚港对面的香港国际金融中心大厦，经常会想起，在他发迹之前，一位令他刻骨铭心的温州女子和他说过的这句话。

隔着维多利亚港，与国际金融中心遥遥相望的一幢商业大厦8楼，此刻电梯门在一双高大的背影后轻轻闭合。

这双高大背影均踩踏着一双油光锃亮的皮鞋，稳步前行，在一对厚重的柚木大门前停下。门被大力推开后，一个带着独立秘书台的办公室显现于视线面前。

秘书台处一位年逾不惑的身着深灰色职业套装的女性闻声起立，朝推门而入的人点头并致以问候——"蓝总早"。

是的，此处正是蓝天企业香港总部的主席室，而其中一个背影便是方才提到的温州商人——蓝天企业董事局主席蓝天本人。

蓝天含笑朝其举手示意勿须拘泥礼节，方才同她打招呼的便是他的公务秘书沈太太，而与之同进同出的便是他的私人助理陈子衿。

蓝天企业所有员工均知道蓝天的人品做派，素来是不端架子，不摆姿态，从这点来看，他是半点也不像暴发户似的温州商人。

沈太太领会其意思，含笑回应，便推开了她身边的另一扇门，这是蓝天的办公室，接着，蓝天与陈子衿步入门内，门在他们背后重重合上。

清一色棕黑真皮沙发配衬深咖啡柚木家具，英国19世纪款式，坐落在乳白色的纯羊毛地毯之上，这里是蓝天办公室的会客区，简约中不失高雅。

会客厅尽头，是一套红木大班桌椅，上方挂着一幅写有"天道酬勤、人道酬善、商道酬信"的用红木装裱的三尺横幅书法作品。

书桌上放了以蓝天为封面的香港著名的商帮财经杂志，题目是：

《商界新锐蓝天，劫难过后的价值观》

熟悉蓝天的人，一看便知，答案就只有一个，那就名利之外的"道义"和"务实"四字。

经历过2011年温州民间借贷大风暴的人，无不感怀的便是，时时保持创业初期的清醒，切忌迷失。

蓝天拉开椅子，缓缓地坐下来。

"蓝总，美国之行，您看如何安排？是我现在给您订机票还是……"陈子衿随即与之商谈公务，所谈的便是就蓝天启程飞往美国，参加美国文化部部长举行的晚宴，座上嘉宾包括美国著名参议员博诺德等蓝天的老朋友，其他客人的身份，也等级颇高。

蓝天除了主业以外，与博诺德线上有一个重要公益项目——中国青少年"世界公民计划"，该计划旨在真正搭建中国新生力量与国际舞台的桥梁，为中国的发展培育有责任心和国际视野的优秀人才。

说起来，这个项目，依然绕不开"2011年的温州金融大风暴"，全赖于蓝天对金融大风暴的痛定思痛。一年前，在主业获得直线上升以后，蓝天开始考虑建立企业的公益事业部，同时亦在思考温州2011年金融大风暴的根源所在，温州商人何以历经两个世纪的创业，一代又一代重复着"艰苦创业——业有所成——欲望膨胀——迷失方向——投机——溃败"的怪圈，在经过诸多思考和研究以后，他意识到让温州人走出这"宿命的怪圈"唯一的办法是，革新温州人秉承的功利文化，让新一代温州人真正与国际接轨，接受国际视野的熏陶和商业锤炼，为温州企业建设一支有社会责任心和一定技术知识的企业家梯队。当确定这么做以后，他特地飞往美国与美国著名政治家博诺德进行深谈，这位曾扶持过美国数位总统，并推动中国进入WTO的美国老政治家对此非常赞同。

"我很支持这个项目，中国的发展使整个世界受益，假如没有美中两国的友好合作，美国许多公司就得关门歇业。我很乐意搭建这么一个平台，为培育有更多国际视野和责任心的中国世界优秀公民贡献力量。"话毕，博诺德先生与蓝天的手紧紧相握。

由此，一个兼具中国二代企业家锻造和慈善公益的项目诞生了，因此，蓝天也经常成为美国一些会议活动的座上宾。

"嗯，如果没有其他重要事情，今天与博诺德先生会会。你来安排，另外，还有什么安排？"蓝天答复并追问，一边开始翻阅桌上当日需要他审批的文件。

"今天早上，您约的是法国公司中国区CEO陈韶华先生，中午时供应商服饰集团总经理约您午餐……"

陈子衿未说完，此刻一个电话响起，是方才那位沈太太的内线。"蓝总，"沈太太温和地征询意见，"有个从温州打来的电话，一位名叫陈东的先生，一定要让您听电话，说有要紧……"

"接进来！"沈太太话未说完，蓝天便迫不及待地打断，并授意接听，这对平时一向举重若轻的稳健的他而言实数少见。

"呃，好，好……"沈太太从错愕中回过神来，连声答应并转线，可想而知，这位来自温州的名为陈东的男人对蓝天而言，是何等的不同寻常。

"天哥……"甫接通，电话那头便传来让蓝天久违了的略带嘶哑的声音，即便是隔着电波，蓝天依然能感觉到那人激动异常。

"阿东！"蓝天一字一句地从启闭的嘴唇中吐出这两个字，可想而知，他也颇为动容，"两年了，两年多了，终于又听到你的声音了！"

"天哥，"阿东道，"我亏欠你的实在太多，在暂时没能偿还你所有恩情旧债之前，我只想踏踏实实把该做的事情先做好……"

说起这些，似乎又勾起他的痛心往事，这个叫阿东的男子哽咽了。

"阿东，"蓝天道，"我们也算是一起白手起家，风雨共济一路走来，况且两年前的事非你故意所为，于我而言，此生，你这个兄弟若安好，我对你便无所牵挂。我从来没有放在心上，你也要放下……"

"天哥，"蓝天的宽慰让电话那头的人分外感怀，他低低地道，"我知道，我知道……只是，经过这三年前的一役，我已经彻底领悟了，余下来的生涯该脚踏实地地做些事情了，这三年，我是抱定着踏踏实实地创一番事业，东山再起后，报答和偿还您的人情和经济债。"

"不必介怀，"蓝天道，"如来香港，咱们兄弟二人好好把酒夜谈一番。"

"一定有机会，不过，可能要你先来一趟温州，"阿东顿顿道，"还记得走之前您委托我要办的事吗？"

蓝天的心一紧。

"你是指……"蓝天揣测地问，言语中略带激动。

"米娜回来了，"电话那头，阿东也很激动，"一个大雨后的夜晚，看房子的老陈听到有扒拉窗户的声音，原以为是小偷，拉开窗帘一看，一只猫蹲在窗沿上……它回家了……天哥！"

蓝天的眼眶里有泪开始打转，米娜是他收养的流浪猫，在这只猫身上，有太多的前尘往事——一段有关他和一个温州女子未了的情缘。

未及他开口，阿东接下去的话，令他微微颤抖……

"更重要的是，自米娜回来后，有人在温州看到过阿珍多次，前日，我也在我们早年居住的地方看到她的身影，要知道这个月是阿豪、阿倩的忌日，我料想，时过境迁后她想回来拜祭，米娜也有可能是为了她的女主人回来的……"

接下来的话，蓝天似乎没有再听进去，他缓缓地在棕红色的大班椅上靠下去。

紧跟着"米娜"后的另一个名字——阿珍，如铁锥一样钻入他的五脏六腑，他的内心一阵剧痛袭来。

　　她便是那位曾和他说过"什么都可以输，信心不能输，什么都可以没有，良心不能没有"的令他始终刻骨铭心的温州女子。

　　"三年了，你终于愿意再出现，还好不是又一个十二年……"蓝天喃喃道。

　　"阿东，你不要再说了，我准备一下就过来"，蓝天言罢挂断电话，接着不假思索地按动与沈太太的对话键。

　　"让子衿进来"。方才在蓝天同阿东通电话之际，陈子衿很识趣地退出了办公室。

　　"蓝总，有什么吩咐？"陈子衿恭恭敬敬地步入而问。

　　"我要去内地温州，替我定一张前往温州的机票，越快越好！"

　　"您的意思是美国之行……"子衿略有疑虑。

　　"美国之行暂缓，"见一贯忠心耿耿的助理有所顾虑，蓝天继续道，"子衿，世间事事，于人情世故，大抵由不得用理性来逐一说明，竟然你跟随我，就要相信我心中自然有自己的一杆天平，孰轻孰重，自有定夺。美国之行只是参会罢了，并无牵涉到具体项目的合作，暂时取消前行，晚上我会打电话给博诺德先生，这之后的事我自然知道如何处理，何况，你也应该见见温州的老朋友……"

　　蓝天不紧不慢地说，他吩咐属下素来是晓之以理、春风化雨般，这有时候比容不得他人有半点置喙余地的命令式口吻更有效力。

"当然，自2011年金融风暴过后，我便再也没踏入温州半步，曾经老友的惨败，令我不忍卒睹。如果您没问题，我现在就为您定，明天早上启程如何？"

"嗯"，蓝天顿了顿，"应该是你和我，我们一起去。"

"知我莫若蓝总。"子衿感激不已，而后转身前去安排相关事宜。

陈子衿虽非温州人，却于90年代初期受聘于温州某大型集团，后发现温州企业用人之道太过刚愎自用，任人唯亲，遂觉失望，再则，在温州愈是待下去愈是发现温州之经济死水微澜，如患了沉疴，奄奄一息，任凭他有再多聪明才干和满腔抱负也恐怕无用武之地，越来越感到壮志难酬，对温州事业也感到越来越失望，便毅然选择了急流勇退，离开温州返回太平山底下。

陈子衿的这段经历正是蓝天看中和重用他的原因之一。

往事如云

香港飞往温州，航程不到两个钟头。

2005年蓝天于温州创立蓝天传媒，服务于中国企业界的传媒策划、品牌传播与咨询业务，凭借蓝天的艺术才华与创意，一时间声名鹊起，自2009年开始，蓝天开始开拓传媒的衍生产业，正值蓝天事业如日中天之际，2011年温州的民间借贷大风暴爆发，重情义的蓝天无辜受牵连，其传媒公司和其他产业也开始风雨飘摇，险陷破产。岂料，柳暗花明又一村，危机下，蓝天的好友邵明慧美国归来，将美国网络零售商Gilt Groupe和法国购物网站Vente Privee的成功模式，也就是"名牌折扣＋限时抢购"——以低折扣的价格对名牌服饰、化妆品、潮流配件提供限时限量抢购服务——带到蓝天身边，并邀请这位在浙江商界和传媒界有资深人脉和经验的老大哥合作，共同开发中国版的Gilt Groupe，而此时，四个当今国内风投界和企业界的重量级人物知悉蓝天的遭遇，出现在蓝天身边，联手相助，投资入股该项目，助其渡过难关。

2012年5月，一个名叫"优品网"的电商平台正式上线，而后，一飞冲天，成为中国互联网电商领域的又一大传奇。转危为安后，基于业务发展需要，蓝天传媒总部移师香港，以深圳、广州作为仓库基地，而蓝天传媒以"蓝天企业"更名。这一过程堪称传奇，蓝天也因此被香港媒体紧追不已。

其中，香港最负盛名的专栏作家阿来，在访问蓝天之后，曾寄来一张短柬，写道："通过采访知悉了您的过去，我知道，您之昨日造就了您的今日。可想而知，您的今天必会孕育您的明天，可否在不久的将来再给我作另一个访问，让我们有机会探索明天？"

昨天，今天，明天。蓝天苦笑，但凡经历2011年的温州借贷风暴的人大抵都会只认同一个道理——活在当下，保持清醒。在当下，善待身边人，善待生命，善待机会，切记不要迷失和忘乎所以。

回顾这十几年和改变许多温州人命运的2011年，蓝天从一个毛头小子到传媒界"天哥"，再到现在"蓝天企业董事局主席"，经历了太多的得失起落，一次次被命运推下深渊，一次次谷底重生，而他身边的朋友，死的死、走的走、失踪的失踪、坐牢的坐牢……

他同他的朋友经历了太多如小说一样的故事，从一夜暴富到一夜赤贫，从镁光灯下的商业明星到浪迹天涯的逃亡债徒，甚至还曾被顶在冲锋枪上，被绑架囚禁、被逼跳楼……丝毫没有夸大。

"奇货可居之物自然可以待价而沽，天哥，你懂得这个道理，自然就不会对我的创业宏图有所质疑！一年赚一百万，然后一千万，然后一个亿……这并不是没有可能。天哥，你可知这世界上赚钱的方式有两种，赚重复的钱和赚唯一的钱！你说的企业运作模式，那赚的是生产系统重复的钱，重复的钱永远赚不了大钱；赚唯一的钱则不然，比如蒙娜丽莎的画作，由印刷厂里印出来到新华书店去卖的，可能不过几块钱一张而已，然而，巴黎卢浮宫里边那张却是价值连城。我要赚的就是这个钱。我现在和阿豪虽然一起做服装批发，但我与阿豪不同，我压根就没想过在这行业上深耕细作，于我而言，现在做服装批发，也不过是倒货炒货，一件衣服从广州进来10元，我们30元卖出去而已，一旦我攒足了第一桶资金，我要对货源和渠道进行倒货炒货，一夜暴富！你看着吧，不出几年，你就能看到我所说的商业模式的神奇！不出几年站在你面前的阿东一定是资产过亿！"

——这是阿东，一个黑发浓密，剑眉飞拔，鼻梁挺傲，豪气冲天的东洲瑞安小伙子，他有着所有温州人都有的强烈的一夜暴富的迫切愿望，说此番言论之时，他还仅仅是一个和阿豪一起在温州人民路服装批发市场开档口的个体户而已。然而，几年后，他敏锐地捕捉到时下房地产的暴利商机，大胆地借高额利息一口"吃"下黄浦江畔30余套商品房，再以每套30万元加价转手倒卖，光这一单他就获利千万元，凭这一千万元他再"吃"再"抛"，胃口越来越大，资产也越来越丰，接着，又炒矿、炒字画，直至炒钱，总之什么好炒就往哪儿钻，短短几年，资产数亿元，更被温州市政府授予优秀青年企业家的称号……真是名利双收，风光无限。只是，一场借贷风暴，几乎是一夜之间，让他从资产数亿元到负债3亿元！从亿万富翁到亿万"负"翁。

"卖商品不如倒资本"、"不求百年基业但求资产增值"，这曾经是阿东的至理名言，只是现在在劫后余生的阿东看来，犹如洪水猛兽。"脚踏实地才是根本。"而今，他时常用这句话告诫自己，劝诫身边人。

"什么都不是实在，只有钱拿在手里才叫实在，口袋里没钱连命都不值钱"，"给我10万，我可以做你老婆"，"给我100万一年，我可以做你的情人"……

——这是阿倩，依托一个又一个男人，短短15年间，她从一个一文不名的乡下妹摇身成为身价数亿的温州担保协会会长，著名女慈善家。她前后结过三次婚——前两个是商人，第三个是"官"人，厉害的是，她先后将其中两个男人分别以偷税漏税、贪污腐败的罪状送入牢狱，而她坐享了他们毕生的"成果"。为了赚钱，她甚至可以罔顾亲情友情，机关算尽。最终这个传奇女人，躲过1994年的温州洪灾，逃过2011年的温州动车事故，跨过无数的欺骗和陷阱，却闯不过2011年的温州"人祸"——金融借贷风暴，并且因果循环，她最终死于好友的算计。在老高的暴力讨债下，从27层的高楼纵身跳下，为她这传奇的一生画上了血红的句号……

"从16岁开始，我就知道这个世界钱才是根本。"那一年她被继父强奸，这是她光鲜外表下无人知道的从未愈合的暗伤。

"我们温州产业的特点就是市场需要什么搞什么，市场需要就扩大投资，不需要了就下调。就比如，我身边的朋友，本来不做钢材，钢材生意好就会成为钢材贸易商或者钢材制造商，发现陶瓷市场好，就成为陶瓷商。过去服装行业好，我成为服装商，但是，如阿东所言，服装业门槛太低，技术含量不高，同质化竞争激烈，生命期不会超过五年，他转行炒房、炒矿，轻轻松松，年收益是我几十倍以上，你说，我还能不掉头吗？蓝天，你也想想，是不是还要固守旧业下去，还是拿点钱出来，和我们玩更大的……"

——这是阿豪！这不仅仅是他的逻辑，还是很多温州商人信奉的真理，始终认为市场在哪里他们就做什么，直至全军覆没于调控后的房地产市场。他长着高高的鹰钩鼻子，深凹的双眼皮大眼睛，浓密的微卷的头发，笑起来有点邪邪的，是个帅气的小伙子，温州版的刘德华。他永远是那么自信，永远清楚地知道自己要的是什么，永远相信自己可以扭转和掌控命运！是的，在前15年，他做到了！就像第一代温州企业家一样，他夜以继日地扑到生产第一线，势必要创一个国际性的服装品牌。犹记得当年，温州服装企业还被米兰、巴黎时装周拒之门外之时，为了一张入场券需几经周折。为此，他特地央求蓝天代笔为当下某航空杂志供稿，只是为了得到一本正式的记者证，方便他在国际秀场拍照抄版，这在当时温州业内成为一时美谈。

然而，2011年4月，他却因为投资开发商业地产和豪赌，欠下高达6亿元的巨额债务，携妻带子跑路，而后人间蒸发、销声匿迹，蓝天再次得到他的消息，则是在报纸上：疑为暴力追债横死街头……

"蓝天，你看，我以后要把档口开在这里，温州著名的妙音寺服装市场，未来的温州服装市场肯定是以品牌立市。"

这是创业初期，他和阿东联手在服装批发档口创业时和蓝天说的话，只是言犹在耳，人已入黄泉，当年的豪情万丈，已如过眼云烟。

"你走快一步，没人笑你，反而你走慢一步，可能永远被抛弃，甚至会死在那里。蓝天，这是我在偷渡的日子里，在墨西哥的沙漠里那些浑蛋教会我的！我的感情，在十年前就死了。别和我谈感情，太奢侈了，而且我根本不相信，人和人之间有的只是利益！你知道吗，当初是谁骗我偷渡的，是阿倩，为什么，呵呵，只为了蛇头能给她8 000元的回扣，为了这8 000元，她可以出卖我，引我上一条比地狱更可怕的路……这一辈子，我总归要和她好好算算这笔账的！"

——这是蔡阿珍，是的，阿倩是她间接逼死的，她最终还是以不留任何余地的方式和她了结这笔"陈年旧账"，然而，在当时的她看来，这还远远不够。

"你让我受的屈辱比凌迟一百次都要苦，我只让你死一次，太便宜你了……"在温州市中心的第一高楼——烂尾的世贸大厦顶层天台，眼见着阿倩纵身一跳，消失在27楼天台平面边沿，方才还呼天抢地地让阿倩不要跳楼的她，突然不声不响，她用力地揩去挂在眼角的未干的泪痕，平静地说了这句话。

"什么都可以输，信心不能输，什么都可以没有，良心不能没有。天哥，我相信我能靠自己的双手，让我的家人重新过上富足的日子……"这是最初的她，漆黑如瀑的长发，纯净却永远透着一股哀怨的双眸，坚定和略带倔强的嘴角，眉目流转。蓝天在广州机场第一次与她邂逅，这形象便定格在他内心最深处。

飞机一直上升几千米，也载着蓝天的一颗看似平静的心飞向云里。

从机窗望出去，窗外白云翻滚，他的脑海颠覆翻腾着太多影像，太多太多的旧尘往事。

二　创业风云

我要去温州

1998年5月

"跟我走吧，天亮就出发。梦已经醒来，心不会害怕……我所有一切都只为找到它，哪怕付出忧伤代价。也许再穿过一条烦恼的河流，明天就能够到达……"

1998年，一首《快乐老家》风靡了全国，并捧红了其貌不扬的女歌手陈明。1998年虽然不是金戈铁马战火纷飞的时代，却在进行着一场没有硝烟的战争；这虽然不是风起云涌人才辈出的时代，却演绎着一个商业巨子传奇的故事，这是一个举国充满梦想和激情的年代。

我去的是温州……

去温州，12点一刻的航班……

我们两个去温州……

……

30年前，一批悄然而起的个体工商户，顶着压力艰难起步，在夹缝中求生存，在市场风浪中觅商机。此后越来越多追求富裕生活和追求人生理想的温州人，逐渐加入创业大军，历经艰辛拼搏，渐成燎原之势。

1998年，5月的广州老白云机场，蓝天、阿倩、阿珍，阿豪，以及未来将与蓝天结成兄弟手足的陈东，这几个几乎素昧平生的年轻人的命运，因为温州这座备受物议的传奇城市被交织在了一起。

自1978年开始，温州，这个土地贫瘠、面积狭小、位置偏东南一隅的小城，以不容置疑的速度与力度在中国的经济版图上无限放大，在鲜有优惠政策辐射的劣势中绝处逢生，平地而起。

它地处东南沿海一隅，早年，免去了中原逐鹿的战争祸乱之苦；没有人会在这里为争霸业而生灵涂炭。三面依山，一面临海，山珍海味几可自足，后发展为经济繁荣的口岸。岂料抗战以后，沦为海防前线，原本便重山阻隔，交通不便，唯一赖以生存和与外联通的港口，也被重关把守。至新中国成立，温州在两岸隔阂未消除之前，又成了前沿阵地。故此，水路，这温州人唯一的"生路"，成了致命的"死路"。从地理位置分析，温州是中国东南一隅，是祖国领土边疆，既是长三角之末，又是珠三角之尾，中国两大沿海经济圈，温州更是都沾不上边。不过，20世纪80年代，温州有幸被划入沿海对外开放城市行列，方得重生。从这时起，这座在地图上并不起眼的小城开始享受中央给予扩大地方权限和给予外商投资者若干优惠的待遇，而被推到中国改革开放的前沿。

并且温州一举打破了"政府本位"的经济格局，以市场经济的方式推进了农村的工业化和城镇化，自下而上，以小商品起步，以个体、私营经济为主体，发展劳动密集型产品，一步步把小商品做大。温州人，紧紧抓住这些机会，勤耕数载，在国家没有资金投入的情况下，完全靠自身发展，把温州经济发展得风生水起。由作坊式小企业起家，先后以服装、皮鞋、低压电器产业蜚声国内外。90年代末，温州又以"穿在温州，建设服装强市"的口号响遍神州大地，成为全国重要的服装生产加工基地。

1998年，未来荣登中国富豪之一邹成建已经开始打造虚拟经济网络，而他的模式被缺乏前瞻性的某些媒体机构质疑为皮包公司，大肆讨伐。

这一年，汪君瑶捕捉到了市政府打算换下"菲亚特"机遇，斥资数亿元，以平均每辆近70万元的价格拿下，在赚取了此次收购换得的名与利后，又以每辆80万元的价格倒卖了经营权。

这一年，温州人的精神被概括为"敢为人先，特别能创业"。

这一年，50多位年轻的温州人飞越千山万水，在巴西的圣保罗市开办了第一个我国在海外开办的专业市场——中华商城。通过这个市场，使我国大量名优小商品流入国际经济的循环体系。

这一年，温州商人黄伟胜成为"出走的东商"又一人，前往迪拜，成为第一位在中东从事服装生意的温州人。

这一年，温州商人陈志远带动大批温州家乡人前往阿联酋创业和发展。

这一年，蓝天、黄豪、陈东、潘晓倩、蔡阿珍他们相识相遇相行，开始了一段传奇的故事。

温州女人

1998年5月广州白云机场

人生方十几春秋，世事却已然是几番新局面。

与而今斥资近百亿元打造的新白云机场对比，1998年的广州老白云机场显得寒酸和人员庞杂。永远是此起彼落的飞机，挤满摩肩接踵人的摆渡车，阴暗逼仄候机厅，各种特产店、化妆品店穿插其中，如批发早市。

此时，正值5月广交会期间，又恰逢珠三角工厂渐次复工，班机客满为患，整个出发站人潮涌动，乘客如织。

出发厅，各种肤色的男女老幼都顺着人流向前缓缓地挪动。两个一同拉拽着一个大包裹，在摩肩接踵的人流中行色匆匆的女子惹来了众人的注目。

"让一下啊，让一下，谢谢，谢谢，让一下……"

为首的女子，中长卷发，一袭紧身黑衣将身形包裹得前凸后翘，好不惹火。她朝前一手拨拉推搡着人群，一手拖拽着一个长发披肩的女子，一边用带着浓重口音的中文和蹩脚的广东话以及英语轮番交替着喊着。而被她拖拽的女子一袭素白长裙，蕾丝抹胸，流苏丝带系腰，好不飘逸。

也许是为首的女子一路走得极为慌乱，长发女子被扯得青丝凌乱，让人觉得楚楚生怜。

"不行了，等等……"白衣女子驻足停行，喘着气，一字一字艰涩地开口，"我哪像你啊，穿高跟鞋还能健步如飞。"

"我早就说了，你不是我对手，"黑衣女子虽然是戏谑，但言语中还是掩藏不住一番洋洋自得，她笑道，"我是属于那种被丢在垃圾站也能生存下来的野草型的温州女强人，哈哈，你说是吧？"言罢，她不由自顾又哈哈大笑。

"谁喜欢与你争啊，"白衣女子杏目圆睁，假意嗔怪道，"人心只有一拳那么大，装下了太多的是非和计较，就装不下正事了，我只知道时间还早着，我们可以缓着来，不着急……"

"我说阿珍啊，你可真不像我们温州人！我们温州人讲究的就是敢抢善抢！"黑衣女子特地将重音压在最后一个"抢"字上，并且开始了自己的滔滔雄辩，"你说不急，我可不知你是怎么想的，我是这么看的，就算我能长命活到一百岁，人生总共满打满算也不过36 500天，去掉两个不顶用的头和尾，还要算上我用于赚钱的时间，差不多一半的时日已经没有，剩余的交给我真正享受的时间不过区区二三十年，所以等一分钟于我而言都是浪费！况且，我们温州人的德行就是，你走快一步没人说你，反是你走慢了，人家就看不起你，所以，永远走在前面是我潘晓倩的人生真理！"

此二女子看来均是出言不凡，对的，此刻出现在我们面前的正是本书的两大重要人物——第一女主角蔡阿珍同她的同乡姐妹潘晓倩，也是未来十多年后，风云温州商界的两大女财阀巨富。这一年，她们尚不过尔尔，蔡阿珍还只是私人旅馆老板的女儿，帮着母亲打理旅社，而潘晓倩刚从郊区投靠到姨妈家，为姨妈家的纽扣商店看铺进货，此番广州之行，蔡阿珍是为着探望在广州学美发技术学院学徒的胞弟，而潘晓倩则是为姨妈的纽扣店选购货源和样板。同时两人又顺道给她们的小摊拿了一些便宜货。那时温州的环城路夜市红火，一些青年，白日从温州各批发市场拿些服装、饰品和鞋革皮带就往那路边一摆，练摊者比比皆是，阿珍和潘晓倩便是其中一员。两人因其挨着温州最大的服饰市场一条街，故此，心生此计，白日各自忙活着家务和打理店铺，顺便往隔壁的商城拿些货，晚上两人就在环城路上把布一摊，衣架一挂，吆喝着卖衣服，这一个晚上三小时下来，最少都有个百多元的收入。

"而且——"方才发表一番宏论的潘晓倩似乎兴头未减，也不顾着人来人往，不知又想说什么却被蔡阿珍打断了。

"而且，永远走在前处，还有很多道理对不？永远走在前处，不仅仅意味着你比别人领先，而且还意味你比别人有更多的机会选择和话语权对不？比如，现在我们赶飞机，赶在前处，我们可以大声地对着值机人员说，我潘晓倩要前面的位置，要靠窗的……但是我们晚了，只有被迫接受人家挑下的份对不？你想说的是这些对不？"

心思敏捷的蔡阿珍一串连珠炮似的排比反问，惹得潘晓倩笑得花枝乱颤。

"走吧，未来的温州女强人，别走太快了，小心绊着脚。"蔡阿珍笑道。

"好的，看在你夸我的分上，来，袋子我提着，你快跟上，哈哈！"又是一阵爽朗的笑，这便是潘晓倩，一个只顾眼前的女人，你说她自私也好，你说她豁达也好，她有着温州人特殊秉性，为了闯关越隘，可以不择手段。于他们而言，一切都是基于"要有钱"的前提，没钱谈何报答？有钱怕啥旧债？曾经他们辜负的，大可以在他们发迹后双倍偿还。他们信奉两个道理——第一是自己未度休论度人，第二是为度自己可以牺牲他人。未来的三个月，她将这一信条彻彻底底地用于自己身边人，以及她堪称姐妹的蔡阿珍身上。

少女蒙尘

望着潘晓倩意气风发的背影，蔡阿珍一丝忧郁浮上心头。虽然方才不露声色，但是潘晓倩实则字字如针，扎入蔡阿珍的心。潘晓倩说的没错，诚如其所言，整个温州的风气大抵确实如此，看似人与人抱团营业，实则充塞着逐利忘本，他们只会跟红顶白，看准风头火势，见高拜，见低踩，你走慢一步，不仅意味着你要忍受白眼，还要失去所有可以合作的机会，失去所有的亲朋好友。这其中况味，蔡阿珍最有体会。

富在深山有远亲，穷在闹市无人问。说的就是这个道理。

　　蔡阿珍生于温州人丁兴旺之家，爷爷是当时国营鞋厂员工，父亲排行老三，时下温州人惯以一龙二虎三豹排名，是故，阿珍父亲名曰蔡三豹。真是人如其名，赶上改革开放的历史性机遇，那时的蔡三豹，把新思想、新作风注入经商，从而大展拳脚。1986年，我国的改革开放起步不久。爷爷所在的温州市某制鞋厂经营滑坡，陷入困境。鞋厂号召职工下海经商，承包鞋厂商店。蔡三豹隐隐觉得这是个机会，鼓动父亲下海承包，就从亲朋邻里处筹集800元钱，承包了位于他家楼下的该鞋厂的一个商店，开始了在商海的打拼，卖鞋起家，走在时代潮头的他，不用多时，便成为温州城中富贾之一。

　　蔡三豹发家之后，依照惯常的温州人理念，带动兄弟姐妹一同发家致富，是故，蔡阿珍小小年纪便过上了优越的生活，吃穿住行当属城中一流，在很多温州小孩还在过"放下书包拿起剪刀"，充当自家作坊小工时，蔡阿珍已经在父亲的安排下，以每小时100元的高额学费，在城中最好的艺术名家处学习琴棋书画。

　　只是，她幸福的人生在1990年戛然中止，父亲因一场车祸过世，由此爆发了一场不亚于当今港台电视剧般的豪门财产争夺战，最终的结局是，阿珍一家失去了父亲苦心经营的所有基业，而此时恰逢温州妙音寺服装市场风生水起，由此催生了周边一代服务性产业，无一技之长的阿珍母亲好在有温州女人天生的经商头脑和忍耐力，借着这个机遇，在孤援无依下，将他们的一幢房子改成私人旅社，强打硬撑着，咬着牙将这个尚未成年的孩子抚养长大。

　　当然，蔡家从此大势已去。在温州这个功利主义极重的现实社会内，一沉百踩，人们只要以为某人要沉下去，立时划清界限。休说蔡家以往三日一小宴十日一大宴，各路神仙高朋满座的风光日子不再，就连那些以往得蔡家恩惠之人也是忐忑不已，生怕蔡家开口借应急之需。"救急不救穷啊，你家这可是无底洞，有去无回……"这是小时候蔡阿珍听到的最多的话。判若云泥，这大势已去后的世态炎凉，人情冷暖，比之经济上的落差，更为辛酸。而这一些，蔡阿珍小小年龄逐一备尝。

　　甚而至于，因家道中落，蔡阿珍在学校里也不受待见。因为这些原因，她只有在台下看着校长把奖章颁发给捐款最多的"有钱同学"的份；逢年过节她不能给老师送礼，不能到老师家补习，因此成了老师们眼里的二等学生，不仅被安排坐到差等生旁，每天还要成为老师重点提问的对象，上课成了战战兢兢的受刑。

　　"蔡阿珍，起来把昨天的段落背一下……"

　　"蔡阿珍，你在开小差吗？上课发什么呆……"

　　"蔡阿珍，把这道题答一下……"

　　这些都是真实而刻骨铭心的，时至今日，她还是会在梦里出现这些画面，满头大汗地惊醒。

　　是故，恰如潘晓倩所云，蔡阿珍虽是土生土长的温州人，生于斯长于斯，却并不似寻常温州女子。她儿时经历了寻常家庭孩子未曾经历的幸福，也饱尝艰辛。她天资聪明，心性甚高，却不得不因为家道中落而屈居于人下，待到而今待嫁年龄，更要受三姑六婆安排，去同那些根本不能入她法眼的所谓有厂有房的一身戾气的暴发户谈情说爱，她觉得很不甘，她蔡阿珍，绝不应该是这样的命。当然，她也恨，她的内心始终耿耿于以怨报德，在危难之中没有扶他们反而踩她们一脚的所谓的亲眷。生命于她的意义，在此刻的她看来，一定要出人头地，让所有曾经俯视过他们的人，抬眼相望。而眼前正有一条潘晓情指明的路，那就是到黄金彼岸——美国去。

阿珍的美国梦

"妈，我要去美国！"

这是阿珍到广州前的一个傍晚，她同她母亲说的话。

温州西城路一私人旅社，也正是阿珍家。这里甚是低矮，并且算下来不足10平方米，一把木椅，一张木桌，一只木柜，一副钢架木板床便是全部家具。木椅是白茬的，没有上过漆，椅脚和靠背已经发黑。漆过的家具也好不到哪去，漆面暗淡斑驳了，多处漆皮翘起。这些东西，无一不在呐喊着它们的寒碜和贫贱——这是西城路西站附近一栋三层高的老房子的天井搭出来的房间，即是阿珍弟弟的"卧室"，同时又是他们家的客厅和吃饭的地方。和当时很多温州家庭前店后坊的"小作坊＋门店＋家"的三合一模式不同的是，这里是"私人旅馆＋接待台＋家"，这是阿珍家开的私人旅馆，阿珍和她弟弟是靠这个庞大的"砖木机器"养大的。为了争取营业面积最大化，能多住几个客人，店主一家人只能自己"委曲求全"，弟弟住的是一楼"违建"，而阿珍住的是阳台"违建"。不过这一切没关系，若干年后，随着温州的旧城改建，以及高房价的助力，这栋"砖木机器"在光荣完成自己的历史使命后，还给阿珍一家留下了几百万元的遗产——拆迁补让金。

真是人算不如天算，如果早知道有这么一天的话，阿珍还用得着去她那"九死一生"的美国吗？

饭桌上，昏暗的灯光下，蔡阿珍突然停止扒饭，冒出这句话。这句话，恰如一个定时炸弹，让饭桌上原本轻松的气氛瞬间凝固下来，在那一分钟里，一切仿佛都静止了，只有电视机里毛阿敏还在苦苦地唱着：慢慢人生路，上下求索，心中渴望真诚的生活。

真诚的生活，对阿珍来说谈何容易，在这个没钱就被人看不起的温州城。

蔡母甚为诧异，她立时搁下了碗筷。

岁月会让伤痛渐趋平静，但抹不去生命中的伤痕；岁月能改变一个人的容颜，但改变不了与生俱来的轮廓，仍可以从一个人现在的脸上追溯到年轻时的风采。

深深的双眼皮，希腊式的鼻子，薄小的嘴唇，还有那不方不圆、不长不短的脸型——毋庸置疑，蔡母年轻时绝对是个大美人。只可惜，多年为生计忙碌，无暇又缺钱，没保养又过度操劳，这张脸就这么被糟蹋了，容颜过早衰老，眉宇间刀刻般的皱纹，像压了一箩筐宿怨。加上发质不好，总给人凌乱的感觉。艰难的生活令现在的她实实在在像朵打蔫的花。

"阿珍，妈妈知道你心气高，可是妈妈对不起你，美国不是温州的江心屿，不是你今天买张船票就能立时到达的，"她叹了口气，苦口婆心道，"即便我们有钱，可是我们在美国一无亲戚二无朋友，即便想去也是去不了"。

"妈，"蔡阿珍用手压在母亲手上说，"老实说，在温州，我实在不能再多待一天。"

"阿珍，现在温州的经济越来越好，靠着现在风生水起的妙音寺市场，我们的日子会越来越好的。"蔡母压根就不知道阿珍今天又经历了什么，继续规劝道。

"好，好，好！能好得过她们家，能比得过她们家吗！"蔡阿珍突然情绪转了个180度，起身从旁边的书架上拿过一份当日的《温州日报》，指着一面的报道说，"是她，这个女人，夺走我们的家产，不仅如此，他们夫妻俩还向你拳脚相加，硬是把你赶出了我爸爸也就是你丈夫苦心经营的商铺，霸占了我们的基业，而他们，不仅坐享其成，还名利双收，你看看，现在都已经成为第一个领到牌照的个体户，温州的商业明星，有钱人之一。这一切的一切，你让我忍——我怎么忍？"

蔡阿珍言罢，两行热泪滑下。

蔡母不作声，她知道，她的女儿对于往事的怨尤，不仅日益浓重，恐怕这一生也难以挥去。她摊开报纸，但见一则占据二分之一报纸的报道，一张她不能再熟悉的脸，标题写着：《改革开放的第一个体户——蔡花妹》。蔡花妹，她正是蔡阿珍父亲的同胞妹妹。

想当年，阿珍的爸爸没出事故前，怜惜妹妹和妹夫生活之困顿，便让他们一起加入参与打理日渐兴隆的服饰辅料生意，原想多了一个帮手能多打开一些市场份额，谁知三豹在送货过程中横遭车祸。而蔡母原本也只是个相夫教子的家庭妇女，从不过问经营，故此，才让正值壮年的蔡花妹夫妇以代为管理的名义接管了自家的服装辅料生意。初时，这个妹妹还给嫂子几分薄面，月月报账和分红，继而干脆厚颜无耻地占为己有。内忧外患下，她只能前去讨公道，却被他们夫妇联合施以拳脚，丢下1万元后，如打发乞丐般将她赶出了店铺。而他们唾手而得了阿珍爸爸辛苦打拼的所有的成果和客户源，借着改革开放的春风，从此一帆风顺，风生水起。

蔡母回想着，润湿了双眼，她知道这一幕，在年幼的蔡阿珍心里烙下了太深的烙印。

"都过去了，阿珍，"她规劝道，"在这个曾经一穷二白的温州，谁个是一条青云大路直上云霄？谁个未尝过苦果？未披过霜雪？妈妈这辈子认识的很多人，穷怕了，所以眼里只剩下利，穷怕了的人，就好比是穷途末路的人，是什么都能干得出来的，妈妈不想怪任何人，要怪只怪自己把人性险恶的破坏力估得太低了。于妈妈而言，你和弟弟平平安安便是我最大的福气。

蔡阿珍的心头掠过一阵剧痛。随即，她努力地控制了情绪。不想再添母亲的忧虑。

"妈，我一定可以让蔡家重新兴起来，让你和弟弟过上好日子"。

阿珍铁定了心，她苦笑着，嘴角一提，那里，还染着一丝咸味。

机场邂逅

太多的事郁结在心，令蔡阿珍此刻掩藏不住满眼的愁云惨雾，尤其是在人多之地，蔡阿珍常常会蓦地感伤，独自一人郁郁寡欢。然则，人生的玄妙之处正在于时时有转机，蔡阿珍转眼间遇见了可遇不可求的机缘。此时此刻，在这他乡异地，在这翻滚的人流中，命运正在安排着一个即将影响她一生的男子向她走来。而这一邂逅，同样改变了这个男子的一生，他同她，两个原本素昧平生的人，将被卷入同一波洪流中，随着命运浮浮沉沉，兜兜转转了半世青春。

万发缘生，偶然相遇，擦肩而过，蓦然回首，注定了彼此的一生，只为了眼光交会的刹那……

正是他，在出发厅另一端，逆着汹涌的人流而行，这个同样醒目的男子，正在朝蔡阿珍迎面走来，他们从无交往，甚至曾经遥隔千里，此刻，在命运那只看不见的手的操控之下，一步步接近……

他一样是格外醒目，俊朗不凡，年约二十有余，身形伟岸，七尺开外；眉眼间，两分文雅清秀，三分泰然自若，五分傲然清绝。此时此刻，他竟然也是与蔡阿珍一样，一身"白衣胜雪"，宽松的纯棉纯白衬衫，搭一件纯白色的亚麻长裤。他，就这样，一手拖着一个墨绿色的行李箱，搭着一个咖啡色小提琴琴盒，向蔡阿珍走来。

他似乎发现了什么，忽而一笑，薄唇如一弯新月初升微翘开来，露出一排皓白贝齿。

"阿豪，在这里！"他冲着背着人群的另一端的一个男子大声疾叫，无奈声音却被湮灭在嘈杂的人声鼎沸中。于是他微蹙眉头，疾步走去。

就在这时，命运给予他们一生的故事发生了。一步步，他朝着人流走去，而一步步，蔡阿珍也开始追赶潘晓倩的步伐。

一步、两步、三步、四步、五步……

啊！

在彼此的轻喊声中，两个人的肩膀撞在了一起。命运终于让时间定格在这里，一时间，宛若幻化成太虚幻境，周遭的人景皆退，世间只剩此二人。

"哦，对不起。"几乎是异口同声地，他们向彼此道歉。

而后，慌乱中不经意地抬起头，又不经意地四眼相望，接着再也无法不经意了，目光交会时，彼此怔忡而不语了。

同样是一双眼睛，与常人无异的黑白眸子，在这二人的对望中，宛若看到了前世今生，竟是那么的令人无法自控，刹那间心如鹿撞。

"哦"两人几乎又是异口同声地哦了一声，接着，似乎分别察觉到自己方才的失态，尴尬地低下了头，开始了片刻的沉默。

"你……"终于，那位白衣男子开口打破了平静。

"伤着你了吗？"许是有些语无伦次，他转作如是问，而后便是怔怔地望着这位宛若突然从天堂坠落在他面前的折翼天使般的女子。

他的绵言细语，字字入雨，洒入她方才焦灼的心田。

"没事……"她下意识地摸摸肩膀，脸上莫名飞起了两片红霞。机场的航班播报声响起，两人从片刻的浑然忘物中回到了现实。

"再见。"又是异口同声地，他们说了这两个字，复随汹涌的人流往各自的方向移步前去。

但是，仿佛他们彼此都感觉非要再看对方一眼不可似的，两人分别又不约而同地转身，眼神再度相撞。

缘分，正是如此，匆匆降临，正如一场豪雨，浇灌得这两人无所遁形，又恰似那匣子里的火柴，咴地一声，擦起了瞬间的火花。于是，这两个毫无准备，且步履匆匆的人，突然似生了根一样，呆呆木立，他们那搁置了二十余年的刚强的感情神经，开始悄无声息地运作了起来。来得那么突然，始料不及，以至于他们的神经无法适应，丧失了反应。

命运之书，如此打开在1998年5月24日。

那个"他"正是本书的男主人公——未来名满香江的蓝天企业董事局主席蓝天，此刻他不过是一个受温州著名经济学家也正是他的老师谢毅邀请，前往温州某报履新的职业媒体人，未来的人生际遇，不得而知。

在此之前的蓝天，并不知世上还有个蔡阿珍，而蔡阿珍也正是如此。他一心追求文艺和创业，对男女之情毫无念想，从无痴念。

蓝天的身世也颇不寻常。蓝天，有一个不入俗流的曾祖父，和一个不同凡响的祖父，而蓝家早年在温州下属某县更是具有"但开风气，先知先行"的家风。

翻开蓝天的族谱，由蓝天的身世可以钩沉探隐，追本溯源出温州的前生与今世，商名之外，我们将看到另一个截然不同的温州。

如前所述，温州，实际上是个被误解的城市，商名之下，似乎是一片文化沙漠，实则温州不仅是一个历史悠久的文化之邦，更是一个历来经济发达的沿海重要城市，而走出温州的不仅是商人，更有忧国忧民的文人思想家，和兼济天下的民族事业家。

温州绝非而今只知其一不知其二的媒体所言，素来是经济不发达的穷乡僻壤。温州，历史上以造纸、造船、鞋革、绣品、漆器著称，亦是中国青瓷的发源地之一，自东汉顺帝永和年间建县，虽然其三面环山，地面交通很不便利，然而海运却昌盛。北宋时，已然是港口重镇，被朝廷辟为对外贸易口岸，南宋时，被谓之为"一片繁荣海上头，从来唤作小杭州"；海上贸易尤其发达，是九州四大海港之一，而光绪期间，更是被列为沿海通商口岸。时间推移到1937年，上海沦陷后，温州成了沿海唯一可通往内地的港口，一时间，更是万商云集，经济异常繁荣。就连当时的京剧名角均来温州"走穴捞金"，彼时之温州恰如小上海，一派歌舞升平。

蓝天的祖辈便是发迹于彼时。蓝天的曾祖父，曾任官场要员，当官期间，曾受手书对联上百副，颇有书香翰墨儒雅之气。后因其为官清廉，不畏权势，故辞官隐退，回乡后办学经商，以求生息，历经多年艰辛，家业日隆。

蓝天的祖父，继承祖业，于温州某县开办商号，经营南北货。20世纪30年代中期，便有了稳定的产销基础，于温州遍布店舍分号，逐渐成为一方富贾。岂料，正值其投身民族工业，达到事业巅峰之际，日军占领温州，蓝家店舍产业被敌机炸毁殆尽。紧接着，温州沦陷，到1945年，日军反复攻占温州三次，铁蹄践踏之处，温州百业俱废、生灵涂炭，民不聊生，而彼时的文人商贾逃的逃，没落的没落。

自此以后，温州一蹶不振，后沦为海防之前线，温州赖以发展的"水路"终于生生沦为蓝天父辈口里的"死路"，直至1978年，改革开放的春风吹进了温州大地，依托温州人一脉相承的商业头脑和机遇，温州重新风生水起。

在这温州等了半个世纪的重新而来的大浪起潮，淘尽英雄的时代，温州人带着热血奔腾的激情，和誓要出头的决心，"走千山万水、吃千辛万苦、说千言万语、赚千金万银"。续写前人之断层的商业传奇故事。在这百年风云激荡中，借着时代赋予的机会，在蓝天父辈和蓝天这一代创业故事再度续写。温州，也再度走入世人视线，重新崛起。

又一个温州时代的过去

"蓝总！"陈子衿的唤声将蓝天从方才的遐思中拉回现实。

"飞机要下降了，请系好安全带。"陈子衿细声提醒道。

"呵呵，"蓝天哑然失笑，一边系安全带，一边道，"许是多时没回温州，勾起了太多温州的前尘往事。"

"何止您，蓝总，于我而言此番搭乘前往温州的航班也是感慨万分。"陈子衿道。

"此话怎讲？"蓝天问。

"记得2008年，我从香港经上海转机至温州，在上海至温州的航班上，只觉而今的温州人低调许多，尤其大陆房地产爆发式增长那几年，机上多数温州人是为炒房而远涉千里，整机喧哗异常，犹如菜场，许是经历了2011年的金融大风暴的影响……"

"呵呵，"蓝天再度哑然失笑，"子衿所言甚是，那是改革开放后温州第三个时代。自1978年实行改革开放，温州先后进入了80年代的创业年代、90年代的创富年代，和新世纪前10年的虚拟经济暴利年代，假使您是在90年代搭乘往返温州的航班您将会看到的是一个个朴实而自信满满，时刻绷着神经，竖着耳朵捕捉商机的创富温州商人。"

"是的，"陈子衿接茬道，"那个时代流传过一个段子：话说，当一群火星人落到中国，遇到当下不同城市的中国人，受到不同的对待。遇到有些城市的人，他们很有可能会被缠着追问户口、拿去做研究、拉去做展览甚至沦为美食供人尝鲜；但是，如若他们遇上的是温州人，就有福了，温州人肯定会大摆宴席，好生款待，并于推杯换盏间询问火星上有何生意可做，是否可以一起合作……"

"段子是夸张了一点，不过不可否认，那个年代，我们温州人是善于捕捉商机，对创业是'清贫而坚定'，只是后来却是'富庶而茫然'，直至走向虚拟资本炒作这条不归路。"蓝天打断陈子衿的话，转微笑为叹息，"当世界已经不再是以前的世界，而温州人还是洋洋自得于以前的那一套，如果继续刻舟求剑、掩耳盗铃的话，最终的结局必定是被时代的大浪无情地吞没湮灭。"

和陈子衿的对话中，又勾起了蓝天太多的遐思。回望来时路，蓝天再度陷入沉思。从以"敢为人先、特别能创业、特别能吃苦"的精神为外界所津津乐道的温州人演变为恶名昭彰的炒房投机团，再到与"跳楼"和"高利贷"两者紧密相连，温州商人，这个标签从时代的领跑者，逐渐被时代的追赶者甩在后面。这三十载，有太多的故事。

思绪再回到那个"村村点火、户户冒烟、全民皆商"，热火朝天搞发展，大胆探索、创新、实践，创造了许多"全国乃至全球第一"的温州创富时期，那里有太多蓝天割舍不了的情感和故事。

"最记得，90年代，我们这一代温州人，同前辈一样胼手胝足、夙兴夜寐，为共建美好的家园而勤勉奋斗。彼时的温州，是创业的乐园和寻梦者的向往地，实干者选择它，成功者热爱它，远方的客人尊敬它；彼时的温州，有太多令人难忘的故事。"蓝天道。

这30年，每一个年份都如此珍贵。

苦干便有出头天

"天哥！天哥！"机场入口，离蓝天不远处，一位操着洪亮而有磁性的温州口音的青年男性冲着蓝天连续叫了两声，声音里兴奋夹带着掩藏不住的焦灼，唤醒了远远望着刚刚无意间撞在一起的白衣长发女子的背影痴痴发呆的蓝天。

　　不知何故，一个寻常的女子的身影，竟然在蓝天的内心唤起了诗一样的美感。熙熙攘攘的人群中，但见那女子的身影竟然美得如湍流中的素净的百合一样，被裹挟着渐渐远去，直至消失在他的视线之外，他痴痴地望着，浑然片刻，忘情忘我。转回头，一眼触到面前这个温州老乡，活灵活现的大男孩，才回到现实中来。

　　这个打断蓝天遐思的青年男子，正是日后将享誉温州服装界和地产界，后又因"跑路"而名扬国内外各大报章的著名温州商人——黄豪。此时，尚未发迹的他，与后来见诸各大报章的手戴金表、油头粉面，穿着丝绸衬衫休闲裤的"大企业家"形象实在大相径庭。此时的他，敦实质朴，一头因为赶时间被风吹得蓬松凌乱的头发，一件洗得发灰的白色T恤配着浅蓝色的牛仔裤，许是因为长期在打拼的缘故，胳膊和脸都晒得黝黑，背着一个偌大的黑色双肩包，左右手分别提着两个黑色马甲袋，大汗淋漓，风尘仆仆，乍看之下，堪比农民工，不过仔细端详，却是"荷尽已无擎天盖，菊残犹有傲霜枝"，即便当时外表形象与农民工几无区别，但是，他那骨子里逼人的英气和野草一样的韧劲依然摄人心魄。他便如此这般心急火燎地等在那里，虽是一副蹙眉攒额的样子，但是眼神里充满着疑问和期许。

　　岁月蹉跎，黄粱一梦，若论黄豪之前"身"今"事，大可以足足写一本当代温州商人的创富史。

　　黄豪生于温州市，1960年代中后期，举国尚在"文化大革命"武斗时，阿豪的爷爷已然联同父老乡亲踏上南征北战的创业征途。为了生存，他们弹棉花、理发，甚而至于打棺材，无所不干，无所不能。阿豪爷爷时常挂在嘴上的便是那个年代温州人所信仰的"只要苦干就有出头天"，也正是如此，在这群爷爷级的创业先锋的引导下，引入温州诸多小商品的代加工及仿制，温州从那个时代已然开始出现地下作坊的萌芽，形成了温州模式的雏形。

时光进入70年代，一辆民主号邮轮上挤满了温州人，那时的温州与上海，水路往返需24小时。温州商人，有的前往上海经商卖货，有的偷偷做着在当年要冒牢狱之灾的风险买卖——倒卖"紧俏物资"。阿豪的爷爷便是这其中"目无王法"的一员，"什么赚钱做什么"，这便是另一条温州人信仰的真理。如此，一星期两次，往返东沪之间，在东沪"打私办"围剿下铤而走险，将商品源源不断输入温州，彼时的温州开始出现涵盖港、台、澳乃至国外商品的自由市场，异常繁荣。恰如阿豪时常打趣的——你知道吗，邓丽君的歌还是我爷爷他们"引进"大陆的。70年代末期，神州大地恰如苏醒前夜，春潮暗涌，新事物伴随着诸如这些走在时代潮头的温州人，源源不断地涌入。

很快，时间再次跃入80年代。一个激情燃烧的岁月，恰如当下某报描述的一样，这是一个富丽堂皇的80年代。那个时代气息，就像是春雷乍惊后，万物复苏，花团锦簇地出来卖弄风情。政治一扫阴霾，渐趋开明，当举国都响起"年轻的朋友们，今天来相会，荡起小船儿，暖风轻轻吹，花儿香，鸟儿鸣，春光惹人醉。欢歌笑语绕着彩云飞，啊！亲爱的朋友们，美妙的春光属于谁，属于我，属于你，属于我们八十年代的新一辈……"的时候，温州时髦的小伙子开始穿起了喇叭裤，烫起了爆炸头，温州的"媛子儿"（姑娘）开始穿起了大花裙，带着"麦饼"一样的丁香（耳环）甩啊甩，口里唱着"吉米……阿加"的时候，阿豪的父亲开始接力父亲的创业征途，延续父亲未走完的创业之路，随着西部大开发号角的吹响，一大批温州人满怀梦想和希望，来到西北边陲的新疆淘金。这时的温州，掀起一股"新疆收棉热"，伴随着这股收棉热，衍生了一条从棉花采购、销售到餐饮、运输等服务业的温州人买卖产业链，此时的温州，几乎村村都有创业梯队，每年10月前往新疆经商，春暖花开返温州。阿豪父母像当时很多的温州家庭一家，夫唱妇随，一个新组建的温州家庭，又开始延续祖辈们的创业脉络，过起了每年冬去春回的"温州—新疆"迁徙经商生活。那段日子的艰辛，是不足与外人道的，至今阿豪的父亲还是能津津乐道那段刻骨铭心的历程，北疆的冬天四处冰天雪地，他坐在老牌东风车的驾驶室里，脚底下放一个火炉烤着食物，虽然是彻骨的冷，但是内心却充满着滚热的烫。为了创业，他住过1元一天的招待所、抽过自制烟、啃过干馕，无论冬夏，都骑着自行车按时将产品送到顾客手中才能安心。让阿豪一家人最引以为傲的还要算阿豪的母亲，当他父亲在下着鹅毛大雪的夜晚出门谈生意的那天，阿豪突然降临，在这寒冷的冬夜，在阿克苏的某个农村，在最近的外科诊所距离50千米外，道路崎岖难行的严峻现实下，这位年仅20岁出头的娇小的温州女人，借着昏暗的灯光，拿刀生生划开了自己的皮肤、脂肪和肌肉，探进子宫，取出了一个婴儿，并重重地在他的屁股上拍了一掌，随着一声婴儿的啼叫，阿豪正式宣告他来到了人间。她远比2000年发生在澳大利亚的自己剖腹产的母亲早20年，她不是医学上的奇迹，更是母爱最沉重的诠释，更是温州女人柔韧和坚毅精神的真实写照。

只是后来，阿东父亲由于长期夜以继日的打拼，如不少在外创业的温州商人一样，染上重疾，由此，一家人不得不终止这段颠簸的创业生活，也是从此以后，阿豪开始了他那捉襟见肘的贫寒的幼年生活。

到如今，喜欢说大话的阿豪，还是经常会把那些话挂在嘴边——现在的新疆温州商会会长，产业遍及电气、家居、新能源、地产，身价数亿元，还是我爸爸当年一手带出来的，若不是我爸爸身体不好，那个位置未必能轮得了他来坐。

阿豪口气大如牛。初识蓝天时，他的创业激情感染了蓝天。"天哥，我要做出一番事业，我要像现在很多的温州品牌企业一样，改变我们祖辈的颠沛流离的历史，我要打造真正的温州百年品牌，我再也不想过我祖辈那种说得好听是随遇而安、吃苦耐劳，实则是逼于绝境无可选择的生活，我要改变自己，改变温州。"

只是，2006年后，他已然是另一个阿豪——"我客气点叫你天哥，不客气的话，你在我眼里什么都不是，你懂什么，你看看你身边人的财富是怎么增值的，这是一个资本运作的时代你懂吗，你看看你身边的人，哪个不比你财富多十倍，你已经落伍了！不要劝我，就像我爷爷和我爸爸的创业箴言，什么吃苦总有出头天，说白了，还不是一个赌字，我爷爷和我爸爸还不是拿自己的命来赌明天，千山万水，危机四伏，谁会放着安逸的生活不过而冒风险去经营低贱的买卖！再拿我爷爷来说，当年是冒着杀头的危险做倒卖生意，一切都是赌字，温州商人的精神内核就是赌，压最大赌注来赌明天的收益，什么创业精神，什么温州模式，什么温州人精神都拉倒吧，一切都是被逼于绝境没得选择的结果，一切都是个赌字，现在我赌的就是中国经济的上行趋势，和房地产行业所牵涉的里里外外太多玄妙关系和十年不跌的中国式神话，看着吧！"

一辈子只做一件事

飞机穿过层层云雾，一直不停下降高度，从飞机的舷窗里向外往下望，温州豁然出现在眼前。

"马上就要到温州了，"望着逐渐清晰的机翼下的温州建筑，陈子衿感慨道，"突然，徒感怅惘，哎。"

他叹了口气继续道，"以前所结识的温州几位老友，已经跑的跑，走的走，昨日如同一场梦，这个2008年，在国外金融危机冲击下，面对着四万个亿的经济刺激，他们莫名其妙多了那么多钱，然后又莫名其妙蒸发了，记得我在香港的时候，就在2008年至2010年间，总是接到温州朋友的电话，他们不约而同找我帮忙的是一件事，一件我从业这么多年闻所未闻的事，那就是——我现在有一笔钱，必须尽快投出去，你帮我留意高回报的项目。当时我看不明白，只有金融风暴爆发后，方知个中缘由。

"我同你一样，方才也在怀念我的一位故去的温州朋友，不知道你同我怀念的是不是同一位。"蓝天怅然道。

"其他的人暂且不论，让我最为唏嘘的是受信太集团胡林林影响的徐老和宋老，两个兢兢业业、德高望重的温州早一辈的企业家，却受信太牵连，双双自缢，虽然对外界宣称均是死于心肌梗死。"陈子谦话毕，长叹一声。

"嗯，我同宋老的儿子以前还是笔墨之交，宋老的品行是有口皆碑的，否则，在温州这么一个功利市侩的商业城市，是难以培养出如其子一样满腹诗书的儒商。记得早年，我同其子经常秉烛夜谈，他是我平生仅有的两位知音之一。只是，宋老和徐老确实走错了路，而非无辜受牵连，他们在巨大的利益面前，均将资本和生产力远离了实业，一个投向了虚无缥缈的新兴产业，一个投向房地产。刚刚也在怀念的另一位在这场金融风暴中故去的老友，离开的时候正值壮年，事业如日中天，意气风发，原本可以再给温州的服饰界增添一个'米特斯'的商业传奇，只可惜，他也把持不住诱惑，将融资所得投向暴利的地产行业，结果……"说到这，蓝天又叹了口气。

"还记得，在2008年四万亿经济刺激后，他曾这么评价过他以前所秉承的温州商人精神，他认为从前的温州商人精神是小农精神，只知道赚眼前的小钱，只知道赚辛苦钱。"蓝天顿了顿，继续道，"但是，事实便是，我们温州的民营企业家，普遍都是农民出身，只有先认清自己才能摆正位置走对方向。正因为我们温州的企业家大多是泥腿子上路，所以金融、经济、管理等专业素养不够，而且人文素养、生活素养也不够，这三大素养的缺失会阻碍企业的发展。"

"是的，您说得极是，"陈子衿接口道，"温州风暴发生后，众说纷纭，专家也好，媒体也好，都将矛头指向中小企业生存环境恶劣的问题，那时我便有疑问，何以如您所说的类似于米特斯类的温州企业不仅丝毫不受此次金融风暴影响，还能做强做大，甚至上市？"

"那是，其中要义之一便是——他们只专注做一件事，米特斯的邹总，经常挂嘴上的话是——我是个裁缝，我一辈子只做一件事情——那就是做衣服，我的生活和生意只围绕两个字——衣服。"

背水一战

"衣服！我的货！"阿豪笑着向蓝天提提手上的黑色马甲袋，望着蓝天盯着他那两个垃圾袋一样的马甲袋时诧异的眼神。

"这两袋就是我早上的成果之一，"阿豪疾步向蓝天走近，看那样子忍不住欣喜，"早上我让你帮我先去办登机牌，就是为了这两样东西，呵呵，一早接到电话，说有质地和款式上乘的尾单到货，问我要不要，而且还是剪了牌的品牌服饰的库存压货，所以，我按捺不住赶了去，结果，哈哈，天哥，我一口气拿了600件！"

说起服装，阿豪的眼睛发亮。

"能收到好的尾货不容易，验过货吗？"蓝天稍显顾虑，"尾货生意不懂行还是要谨慎为好。"

"放心，我不是刚来广州的阿豪了。"阿豪踌躇满志地说，"况且，我们的温州民间俚语说'低头拉车，抬头看路'，对于我们温州人来说，想一万条，不如扎扎实实做一条。只要认准了一个方向，我就会认真走下去，再苦再难都不放弃。其实，我早就趁每次来广进货之机去尾货市场探过底。这次的卖家可靠，我不仅看过样品，还让他逐包给我打开看，一般不愿打开的肯定有问题，但是我这个人非常爽气，我抽查了两袋，款式和质量绝对上乘，我一口气拿了600件，我估摸着每件至少可以加价30元，如此而来，600件全部卖光，我和阿东至少有18 000元的盈利，哈哈！赚钱是其次，关键是有了本钱，我和阿东就可以自己办厂了！向我的温州女装服饰第一品牌又迈进了跨越式的一步，嗟，我迫不及待，捎了两袋随身带，剩余的打包托运了。"

阿豪载笑载言，蓝天不由受其感染，笑逐颜开。他就是喜欢他这股朴实和坦然的个性。

"你知道吗？我刚刚是怎么来的？"兴奋的阿豪嘴巴还是停不下来，边和蓝天向安检处走去，边说，"唉，现在这个节骨眼上打的到机场肯定堵死，我本已作好最坏打算，就打摩的来，谁知道一时找不到摩的，然后我和那美丽的女老板磨，我说……"

阿豪的声音渐行渐远在奔赴旅途的人群中，这就是早年的他。

阿豪同蓝天相识，全赖于一次突发性事故。一年前的5月，也正值广交会期间，阿豪初次前来广州进货，谁知，一场劫难在他措手不及的时候降临。

每逢广交会召开，整个广州市宾馆人满为患，为了找一处便宜的住处，子夜时分，阿豪拖着行李，一家家去叩门。

价格实惠的旅馆大多开设于较僻静的巷弄里，阿豪只顾着看门店招牌，却没有注意到埋伏在暗处的几个身影。在一个拐角处，他突然听到身后跟上来一阵急促的脚步声。阿东觉得蹊跷，心想别是遇见打劫的了。刚回头看，一块板砖就迎头拍了上来。

一阵晕眩过后，阿豪瘫倒在地，继而，他感觉到头上有股热流顺着他的额头往下淌——他明白自己受伤了，即便如此，他心里却只有一个信念，保住钱包——那里面有他随身携带的27 000元现金和一台崭新的手机，但他的视线渐渐模糊，手越来越无力，最后只能眼睁睁地看着包被歹徒抢走。渐渐地，他失去知觉，无力地闭上眼睛。

阿豪醒来的时候发现自己躺在地上，他的心中再一次充满绝望。当他坚持着爬到附近的一个小诊所时，身上的衣服已经全部被献血染红了。诊断发现，鼻子软骨断了，而脑袋上的伤口则在没有打麻药的情况下缝了六针。

医护人员劝他住院观察，紧急情况下，合伙人阿东求助于蓝天，在蓝天的仗义相助下，阿豪得到了照顾和经济上的援助。但是，急于奔波生意的阿豪翌日还是攥着蓝天资助的钱，强打着精神跑遍了广州火车站附近的服装批发市场，第二天去医院草草挂了水，又马不停蹄地踏上了前往东莞虎门的长途汽车，待到重新回到广州时，伤口严重化脓，高烧不止。

又是蓝天送他去医院，看着医生重新清创，并一针针地重新缝上，每缝一针，阿豪就忍不住去抓一下床单，疼得汗珠直掉，但是始终不吭一声。

"身体是革命的本钱，阿豪兄弟。"见此状，蓝天老调重弹。

"没有钱拿什么去革命？缺了钱袋子，难举枪杆子啊。"即便如此，阿豪还是带病调侃，他乐观的态度感染了整个病房，哄堂大笑。

当时的蓝天被阿豪这种精神深深动容，他甚至感到，这个年轻人定能成大业。在他创业的背后，蓝天看到了温州第一代商人背水一战的豪迈。

一颗不安分的心，一个不怕险的胆。有了这两样，还有做不成的事吗？

这便是曾经的阿豪，他的身体里，流动着不安分的血液，时刻准备把自己当成一支箭射出。

那时的阿豪深信，上苍对他会是公平的，他这么拼命地干，玩命地干，这么努力地干，一定会得到社会的承认，一定会做出成绩，一定会成就自己的一番事业。

至此，蓝天和阿豪产生一种英雄相惜的感觉。坚定了他和阿豪、阿东之间的深厚友谊。由此，命运也为他与未来生命中那个最重要的女子的相见，埋下了伏笔。

天涯知音

再见！

机场安检关卡前，永远是道别流连之地，多少人在这里告别亲人、故人，或者是自己的过去。

阿豪的那两件硕大的"买卖家当"由蓝天向机场商店另外购买了两个行李袋，方得以安置妥当，安然过关。两人顺利通过安检，按例找到了自己的登机口，等候着航班的起飞。

1998年的老白云机场，刚经历过第七次整修，虽然已然不再似集市一般，但相较于每年不断增加的旅客吞吐量，依然颇显逼仄。呈现着不堪重负的疲态。

蓝天抬手看了一下表，离飞机起飞还有半个小时，于是照例往机场书店寻去。蓝天之爱书，正如黄庭坚所说：一日不读书，尘生其中；两日不读书，言语乏味；三日不读书，面目可憎。

因为平生酷爱读书，蓝天多年来，形成了一种习惯，但凡出差或旅游，每到一个地方，首先便是要打听书店的位置，然后瞅准空隙直奔书店选购自己喜欢的书。此次前往温州履新，他更是将在广州收藏的书籍全部打包通过长途客车托运至了温州，满满当当三大件。现在在机场候机，自然也就想到了要寻找书店，买几本书带上飞机。更何况，以蓝天的品性，在夹杂着汗臭和嘈杂"合济共生"的地方，他更是要闹中求静，寻一隅，与天地相接，古训相知，心清目明。

而此刻，命运又将安排他与那位牵绊他一生的女人再次相遇又擦肩而过。

所谓造化弄人，命运就是如此的不可揣测，蓝天与阿珍，这两个原本三生石上共刻的名字，一而再地错身而逝。

机场另一端，同样是前往温州的航班，却比蓝天的早5分钟，仅仅这5分钟，让这两个原本早应该走在一起的人，兜转了十几年。

领了登机牌，蔡阿珍坐在候机室翻看席慕蓉的散文集。但看不到两页，但觉眼睛困乏，昏昏欲睡。于是，干脆收起书，在候机厅信步而行。

当路过书店的时候，阿珍的脚步如生了根一般，顿觉得神清气爽。她喜欢散发着淡淡书香的地方，似乎时间也变慢下来，犹如徜徉在梦的时空里，而方才的种种不惬意也开始渐渐在脑海里散成了浮云。

她的目光为架子上的一本书所吸引，在那本书前驻足，抬头凝望着封面。"灿烂夺目的喧闹与极度的孤寂。"她默念这书的封面语，会心一笑。伸手取下。

"想不到这快餐文化的地方还有这么一本书，"她舒心中略带几分讶异，喃喃自语道。她再次默念封面上的话，直觉那句话似乎拨动了她灵魂深处的心弦——1995年9月8日，美国洛杉矶警方接到报告，说张爱玲家已经好几天不见人了。房门打开后，人们看见了已作别人世的张爱玲。直到此刻，人们才知道原来张爱玲活了这么久，他们的印象中，张爱玲早已与她笔下的20世纪三四十年代一同远去。她活得如烟花一样绚烂，走得亦如烟花一样的孤寂，连过世的确切时间，亦无人知晓。阿珍素来喜爱张之作品和其生平故事，故此，方才那句话，她觉得是对张一生最生动的注脚。并且，张爱玲和胡兰成曾经在温州待过，在那里留下她和她一生最深爱的人的爱的步伐，虽然她的这个爱人被世人所诟病，但是，丝毫不影响她对他真挚的感情。

遐思冥想着，蔡阿珍翻开书，目光将那些值得反复回味的文字逐一"抚摸"，而思绪也渐渐被带进了那个有着中式的大屋，窄窄的弄堂，窗外浓浓的夜色，精致工整的旗袍包裹着的忧郁女子，老留声机，老摇椅的年代……

突然，她似乎感觉到有什么东西在注视着她，蓦然抬头望去——但见隔着玻璃，一张似曾相识的脸呆望着她——那是一个男子，深邃迷人的眼睛流淌着无尽的温柔。

是他，那个方才在出发大厅不经意撞见的男子。

阿珍怔住了。

一时间不知如何反应。

是再次偶遇还是被尾随跟踪，很显然，是前者。那个男子同样诧异的眼神，也正怔怔地看她，薄薄的双唇微微颤动，似要惊呼一声。

实属如此，蓝天踱步至书店外，突然被玻璃橱窗中一本书的封面照片所吸引，那张照片的女主角身穿旗袍，脸庞微扬，睥睨的眼神无遮无拦地显露清高。他笑笑，是张爱玲，这是她最经典的照片。

喧嚣，华而不实的追逐，这是张爱玲笔下的世界，他喜欢她的作品在于，张爱玲的目光竟能穿越几十年的苍茫时空，将今天的世态人情一眼看穿。

正当蓝天定睛于书面思索之际，一只纤手突然生生地打断了他的遐思，那只手将书缓缓取下，渐渐地一张让他闭住呼吸的侧脸取而代之出现在他的面前。又是那个女子，那个有着一头黑发如漆和一双深邃忧郁的眸子的女子，和玻璃的折射灯光交错相容，她宁静柔美得似乎要融化在玻璃上，瞬间融化在他的心。

她如清水池中亭亭玉立的荷花，淡然绝尘。清丽的脸庞纯纯无染，明丽妩媚。

"最是那一低头的温柔，像一朵水莲花不胜凉风的娇羞。"

缘来无法挡，该遇上的终究会再度遇上。

当那女子微微一瞥，望向他的时候，他的心在猛烈地跳动，眸中燃烧起激动的火焰。不假思索地，他绕至她面前。

"真的是你？又是你！"连他自己都料想不到，他竟然如青春少年那般对着她欢叫起来，"哦，真的是你！"

"哦，对不起，我语无伦次了，不知道为何见到你我有点激动……"蓝天嗫嚅道，继而为自己的窘迫笑起来，嘴角绽开了温柔的弯月。

"没关系……"阿珍怔怔地盯着眼前这位突然变成"呆头鹅"的俊俏男子，忍不住展颜一笑。若换在平时，对于陌生人的搭讪，她大抵会置之不理。唯独对于眼前的这个男子，不知为何，望着他，她不仅没有拒人于千里之外的感觉，反而还有说下去的欲望。

"没关系。"虽然这三个字如此简单，但是在蓝天看来这是一句很具鼓舞性的话，在他看来，这三个字，最低限度示意她愿意跟他继续交谈下去。于是，他抓紧问道，"哦，你也喜欢张爱玲？"

"我喜欢她的《倾城之恋》。"阿珍笑道。

"是的，"蓝天应和道，"那篇小说有很多经典的语句，比如……"

"香港的陷落成全了她。但是在这不可理喻的世界里，谁知道什么是因，什么是果？谁知道呢，也许就因为要成全她，一个大都市倾覆了。"阿珍默念道。

"还有一句"蓝天附和道，"如果你认识从前的我，那么你就会原谅现在的我。"

她笑笑道："只是她生错了时代。"

"难道不是时代造就了她吗？"蓝天反问。

果然是棋逢对手，见招拆招，两人欣然一笑。

相逢何必曾相识，彼此能说着同一语言，恰似海内知己。阿珍的心里突然跳出这句话。

毋需月明星闪，只要人生路上有这样的人结伴才好。蓝天亦然。

两人似乎能看到对方的心里所想，心照不宣地对视着，然后又是一次不约而同地微笑。

"听口音，你来自温州？"蓝天再次打破了这次短暂的沉寂，眼神里掠过迫切的期待。

"莫非你也……"阿珍骇异地凝神朝他望去，打量着他，眼前的男子无论如何也不似温州人。

"我也是！"蓝天甚是激动。

"你真是一点也不像温州人！"阿珍惊喜道。

"你也不像，"蓝天笑道，"莫非非得在我俩的脸上凿个温州人的标记才好？"

"哈哈，那倒不必。"阿珍开怀大笑，不过突然又想起了什么，问道，"对了莫非你也是11点50分的航班？"

一丝失望浮现在蓝天的眼睛。

"我是12点整的。"蓝天道。

危机暗藏

正对书店，10点钟方向，机场的洗手间，一抹艳红的身影缓缓走出，这个身影的主人虽然容貌不美但是胜在凹凸有致的身材，一头大大的波浪卷，眉眼之间都是浓浓的风情。一看便可知这样的女人早经云雨，而这样的女人最是吸引男人，她们很清楚属于自己的优点，而她也不吝于将自己的美好展现给别人。

才走出几步，女子的手机铃声便响起。

她看了一眼屏幕上显示的人名后，嘴角不由地绽开了一个笑容。

"阿云姐，你好。"她发出很嗲的声音。

"怎么样？上钩了没有？"电话那头传来一个声音嘶哑的中年温州女人的声音，"有钱赚可不能手软，这批货已经有三个了，再上几个就可以出了，呵呵。"

对方笑了两句。

"放心吧，我潘晓倩什么场面没见过。"对，此人正是潘晓倩，正是开头与蔡阿珍同行有说有笑的女子，未来温州的著名女慈善家，担保协会会长，"我其实早就看她不顺眼，装作一副楚楚可怜的样子，惹得男人一拨一拨往她身上凑，何况我嫉妒她的好命，小时候过公主般的生活，我可命途坎坷得很，我眼红得要死，呵呵。"

她不冷不热地干笑了两声继续道，"更何况我不能和钱过不去了，再说，她那么想出国，咱们也是给她机会，到那边刷的可是美金，你说对吧。"

"你这死丫头，有出息，对，我们这也是在帮她，是福是祸要看她自己造化了。"电话那头传来干冷的笑声，"好，我做好演下场戏的准备，呵呵。"

"我从来没有想过自己会失败，行了，我找她去了，挂电话。"挂断电话，潘晓倩的嘴角绽放开向日葵一般的笑。

这一抹笑容直接让边上那个看呆了的男人直直地撞上了大厅的柱子。

潘晓倩见状，心情很好地冲着那个男人送去了一个飞吻，直把男人给乐得忘记了所有的痛。

人生活在一个时代里，时代是一条长河。有人在这条河里获得升腾飞扬的喜悦和沉没坠落的绝望，不得不奉命顶风逆流向前；有人知趣识时地作一种绝望的美的耽溺。当我们把时光哗哗地往回掀，在

1970年代的那个坐标上，潘晓倩和蔡阿珍，这两个面目迥异、命途各异的温州女子，以各自十分独特的经验材料，描绘出一个变革的大时代里不同背景的人的生存姿态。她们，一个倚在自己的"孤岛"咬紧牙冷眼看世界、大彻大悟却不失良知，誓要有一番作为的才情女子；一个是在连番大浪打击下视人情为敛财工具的功利女子。她们以一种共时性的存在，以各自独具的历史意识，描绘了温州社会那个最重要、最激变，也最千姿百态的激情燃烧的年代和女企业家创富背后的苍凉故事：站在每个人遭遇的背景和立场来看，似乎往后即将发生的，可以说没有谁对谁错。

关于蔡阿珍，前已有所述，而关于潘晓倩，我们来翻开她那和温州激情变革有着千丝万缕关系的身世。

潘晓倩，祖辈务农，家境贫寒，自小从未过上一天好日子。随着改革春风吹满地，其父潘阿年，普普通通的农民，看着身边"走出去"或者"干起来"的脱贫致富的乡亲父老们，按捺不住，也放下锹镐，拿起剪刀，挥手作别面向黄土背朝天、"新三年，旧三年，缝缝补补又三年"的生活。奔赴城里做制鞋学徒。学得了一番技术，返乡东拼西凑一些钱购置设备，租了一间厂房，召集亲朋邻里开办了一家鞋革加工厂。光有技术和工厂还不行，还得有业务，于是，潘阿年重复了当时第一代创业精英的故事，既当老板又做业务员，走出温州，前往外地推销自己的产品和技术。很快，机会降临，在火车上，他结识了杭州的一家大型外贸公司的总经理，无论是他的诚意还是精湛的手艺，都令对方十分满意。在经过一轮谈话之后，对方毅然跟他签下高达20万元的大额订单。这对当时的潘家而言简直是天降喜讯。待潘阿年回到家后,一家人不知兴奋了多久,计划了多时,多少个夜晚辗转反侧,多少个白天忙活不停。筹划之下,一家人决定将房子押给银行,拿着合同又借了一笔高额利息借款来购置生产工具和物料。从城市里买回辅料,潘阿年马上召集周边数十名学员到自己的工厂工作。终于一个月后,如期交货。

谁想,一场轰动全国的1987年杭州武林门烧温州鞋事件爆发,温州鞋被贴上了"一日鞋"假冒伪劣的标签,此前信誓旦旦的杭州客户,以此为理由坚决拒绝兑现承诺。他们在百般挑剔之后,决定拒收这批货,当然也拒绝付款。无论潘阿年如何解释和展示样品,对方依然以质量不过关拒绝付款。双方僵持了很久,最后终于达成协议:原材料的钱付了,工人工资付了,其他的都由潘阿年自己承担。辛辛苦苦忙活那么长时间,自己一分钱没赚着,还欠下高达二十多万元的银行贷款。潘家人顿觉一下从天堂掉进地狱。

二十多万元,对当时的潘家犹如天文数字,积劳成疾加之承受不了打击,面对闻讯汹涌而来的债权人,潘阿年义愤填膺之际,脑门充血,中风倒地,待送往医院,已经断了气。壮志未酬,带着一股怨气,留下孤儿寡母,他命赴黄泉,死难瞑目。

失去老公并且负债累累的潘母不得不带着潘晓倩改嫁,谁知更大的厄运降临在了潘晓倩身上。

16岁,花季一般的年龄,继父恶魔的手伸向了她的床榻,把她的童贞和尚存的良知一并夺走。

外出回家的母亲在看到这一幕时，誓要与继父拼命，误伤了对方，最终两人双双入狱。连番的厄运，血泪的童年，使潘晓倩变得少女早熟，从小心思缜密，早晓世事。

17岁时，她开始同村大队会计（有妇之夫）私通，以身体换取金钱，怀孕后，在县卫生院堕胎前，向会计索要人民币2 500元营养费，会计怕东窗事发，举债奉上。由此体悟到女人要赚钱，身体是捷径的歪道。

19岁时，她已和5个中年男人同时保持肉体关系，收入颇丰，积累了人生的第一个1万元，同时立下决心要到温州闯天下。

凭着三寸不烂之舌，潘晓倩博得了表姑妈的信任，由此，在她的纽扣批发店里暂作栖身，以求站稳脚跟，再图大计。

见不得光的买卖

故此，生命的意义，于潘晓倩而言，便是那一个出狱回来，始终为自己的无能以泪洗面的母亲，这是她唯一温情的慰藉。

而与其他人的关系，她已然看得很淡，终不过是利用与被利用。

人做得好，又有何用？厄运还是如期地发生在我们家身上。

父亲有何错？我更没有错。

在她的信条里，人不为己，天诛地灭。

人不一定因自己的罪行而终身受其害。

人也不一定为自己的操守而必幸免于难。

何况，连马克思都说了，资本是带着血淋淋原罪的，要真问起来，而今站在镁光灯下的温州商业巨家，谁敢说自己的钱是来得堂堂正正干干净净？

为了钱，她连什么都可以出卖。不久前，初来温州的她结识了给她打电话那个叫"云姐"的中年温州妇女，见其一副穿金戴银的样子，误以为是富婆，主动套交情。谁知，才见过没几次面，对方就迫不及待地说自己是华侨，告诉潘晓倩出国打工是个好门路。当然，前提是，到了国外后要交一笔不菲的中介费，假使一时拿不出这么多钱也没关系，可以从他们给她安排的工作的薪水中定月扣。

"我说阿倩啊，"阿云姐挑着纹得像蚯蚓一样的眉毛，瞪视着阿倩说，"你就不要这么辛苦了，阿云姐这次就帮帮你，让我表舅带你出国。"

"你现在在你姑妈那看店，一个月才多少呀，最多也就800元，是不？！如果你现在在美国可就不一样了。"阿云姐边说边摆弄她那戴满金戒指的手指。

"去了那里，你用同样的时间可以赚现在9倍的钱，美元换人民币1比9。"阿云姐的黄金项链大抵有小指一样粗，据说是她美国回来的侄子送的，"在美国洗碗全是1 600美元为底线，基本上可到三四千美元啊，你算一下，你在美国赚的钱寄回国内花多好啊，光一个月你就成了万元户了啊，哈哈！"阿云姐大笑，两颗金牙灿灿发亮。

按理说，这些话是足以打动人的，可惜用错了对象了。这些伎俩，哪能逃得过潘晓倩的法眼。听她这么说，潘晓倩便知道，此人正是"卧底"于"市井"的蛇媒，所谓华侨不过是个幌子而已，其实做的是靠偷渡赚取丰厚中介费的买卖。

确实如此，这个阿云姐，表面看上去和一般的温州老娘客（温州人对中年女人的称呼）无异，烫着波浪头，穿着洋衫，平日里最大爱好就是搓搓麻将，实际上她的另一身份是蛇头组织的"蛇媒"，也就是蛇头的线人、联络人。

"蛇媒"是蛇头组织最末端角色，专事欺骗、蛊惑他人偷渡，尤其是专挑最信任她们的熟人下手，在偷渡盛行的江浙一带，民间从事该角色的人数以万计，可能一不小心你身边的某人的另一身份就是"蛇媒"。

"蛇头"二字来自香港，缘由是那时不少大陆人是像蛇一样屈着身体藏在甲板里乘船偷渡到香港的，因此，香港人就把偷渡者称为"人蛇"，如此类推，也就把组织偷渡的人赋予"蛇头"的称谓。

潘晓倩知道，作为蛇媒的阿云姐，如果能介绍自己成功去美国，获得介绍费至少万元以上！

钱不是个坏东西，坏的是人心。

待潘晓倩看透是怎么回事后，她决定单刀直入。

"我说阿云姐，我们就打开天窗说亮话，我可不是你要找的对象，不过我很乐意帮你撮合一些买卖。"她眉毛一挑，递给那个中年女人一个眼神，继续道，"我身边就有一位，高不成低不就，想嫁人又看不上人家，想出人头地又没门路的未来温州女强人。"

她点到为止，剩余的交给阿云姐回应。

　　阿云姐当然更是久经沙场的"老将"了，她平视着潘晓倩不露声色。

　　眼前这温州媛子儿很犀利，绝不留情。

　　阿云姐对潘晓倩的信心反而增加了。"哈哈。"她笑着鼓掌，继而伸出一个大拇指，"果然有你阿云姐年轻时的几分风范，就这么干，事成后，我分你五成如何？"

　　"成交。"潘晓倩向这个所谓的前辈大方地伸出了一只手。

　　两人的手紧紧握在了一起。

　　潘晓倩下手的第一个对象正是——蔡阿珍。

"温州模式"外篇

　　20世纪八九十年代，中国掀起一股出国热。与此同时，更多无能力留学的人也各显神通，赴美打拼。他们是壮怀激烈的一代人，以"时代弄潮儿"自居，对国内平凡、稳定、体面的"体制内"生活不屑一顾，追求大洋彼岸那种"打嗝都带巧克力味儿"的生活方式。在他们心中，美国是梦想的新大陆。

　　而冒险出国同创业经商一样，历来是温州人创富的途径之一。1978年至2010年改革大潮涌起，温州商人崛起于草莽，成长于竞争风浪，而后搏击世界各地。

　　从20世纪80年代末开始至今，温州涌出的偷渡暗流时起时伏，从未断绝。

　　尤其是随着《中英烟台条约》签订后，温州被开辟为通商口岸，温州人就开始随着商船到国外去，这批人是去欧洲的第一代人。

开始之时，温州移民比较盲目，没有人介绍，跟着船工出去，立足以后就采取滚雪球的方式，把人一个个带出去。

第一次世界大战期间温州去海外谋生的人就比较多了。法国政府和英国政府在1916年至1920年雇了14万中国劳工，青田就有2 000多人。20世纪30年代，温州移民又掀起一个高潮。早期的华侨在国外谋生、创业，站稳了脚跟，略有积蓄，在事业上也得心应手，信息迅速反馈给家乡，引起轰动效应。第三次温州移民的高潮是20世纪80年代，到了21世纪初才回落。这次移民的特点是从落叶归根到落地生根，这个转变非常明显。此次移民进入欧洲，有通过合法途径，包括继承家产、探亲等，但不少是通过非法途径，主要是前期的"劳务输出"和后期的"黄牛褙"。

80年代初中期，有华侨与国内的亲戚朋友联手，组织一批人以探亲、旅游、考察等名义，前往国外后逾期不回，一边做工一边等待时机，争取移民当局批准居留，这就是所谓私人组织的"劳务输出"，甚至伪造护照和生活担保书，到达前往国后，都没有合法的居留权，后来此种私人劳务输出被禁止。

到了80年代末90年代初，非法偷渡出境取代了所谓的"劳务输出"。1990年以来，温州很多偷渡者为此丧生。当然，由于迫于蛇头的黑暗势力，以及牵涉到家族的脸面，偷渡过程艰辛和凶险，是鲜有人所知的，外人只看到，华侨风光满面和赚得盆满钵满地体面回归，甚至于享受被政府视若嘉宾的尊贵待遇。

阿珍的在这条路上，又遭遇了什么？容后再说。

水能载舟

2014年的温州机场，蓝天和陈子衿已经步出过道。

"蓝总，你没事吧？"见蓝天一路沉思不语，陈子衿关切地问道，他以为蓝天还在怀想着那些陷入温州金融风暴的朋友，却不知，蓝天正在回忆着1998年的那段初遇。

无法回头，生命中的很多事物恰如命中注定，可遇不可求。

那年的航班落地后，蓝天便迫不及待地奔进到达大厅，他希望能够找到方才那位在广州老白云机场邂逅的温州姑娘，仅仅只比他提前5分钟落地的温州女子。

方才，在机场，正值两人交谈甚欢之时，突然走来一个穿着红衣服的女子，催逼着那个姑娘赶紧登机，情急下，蓝天拿笔让她在自己的掌心写下了她的号码，约定温州见。岂料，由于在飞机上手握得太久，手心的汗水模糊了几个数字。急得蓝天飞机一落地就以最快的速度奔至大厅，希望能在那里再度与她遇见。只是，这一次，命运没有给他机会。由此，他们再次阴差阳错，断了联系。

而这以后的数月，他和她所住之地，仅仅隔着一条巷子，他孜孜于自己的文化创业生活，为温州的中小企业品牌出谋划策，不遗余力，而她一边帮着母亲打点旅社，一边等待着美国的消息，日子如流沙一样一天天地在他们指缝流过，两人却如两条平行线一样，从没有交集。此后，两人终于不期而遇，然而，又一则劫难落到两人身上，再次把两人生生分离。

多年后蓝天问阿珍，倘若当时他们能联系上，会怎么样。阿珍说没有可能，因为命运就是要让她走一段常人无法走的艰难的路，一切都是命运。

"蓝总，您不要过分忧思，"陈子衿继续道，"一场金融风暴，对于迷失方向的人来说，也算是冷水浇透，未必是坏事，您不要再为过去的人过度伤神，有道是祸兮福之所倚。"

"没事，子衿，谢谢。"蓝天语气温和，对陈子衿的关切报以感谢，"无论如何，旧时旧景，总会令人唏嘘。就比如这座机场，当年温州人自筹3.5个亿，把它平地建起，它给温州人带来了多少的商机，也带去了多少的离情别绪。"

"在2011年，更带去了多少资金，和多少一去不复返的温州商人。"陈子衿叹息，幽幽地道。

被陈子衿这么一说，蓝天思绪又被带回到现实。

"自筹资金建机场的那些年，"蓝天顿了顿，"温州市政府三年不建干部宿舍、不买车，无一怨言，和温州的百姓一起，众志成城，修建机场，继而又申报铁路，改造市中心交通，建设大学，为温州的产业升级的后续发展储备人才，筑巢引凤……那些年，成了温州迅速崛起的关键年份。由此可见，温州的崛起和温州的衰败，一定程度上取决于温州市是否有好的父母官的引导。当年温州之无为而治，实为有为的无为而治。"

"嗯，蓝总所言又让子衿我有所共鸣，我身边所识的那几位温州企业家，对于他们而言，温州的借贷大风暴，政府也有不可推卸的责任。"陈子衿接口道，"政府过于重视高科技产业项目，但凡高科技项目，哪怕仅仅还只是纸上谈兵，一纸空文，通过一定的手续，便能批得用地，而为温州经济打下江山的传统企业，一地难求，违建被拆除后，又不得不用更多的资金去租借厂房，故此，传统的企业，迁出去了一批，剩余的大多干脆弃实业去投房地产，而那些打着高新科技而融到地的企业，由于本身缺乏技术，也只是个幌子，拿这些政府所批的地再向银行贷款和民间融资，将钱源源不断地投入虚拟经济。"

"无奈，"蓝天摇摇头，"温州的出路，到底在何处？"

"蓝总，恕我冒昧，"陈子衿道，"温州要想重新起来，政府该好好反思，率先给企业减压，给温州人创业的信心。而温州商人也需要走出'金钱挂帅，目空一切，只知短利'的怪圈。"

金钱挂帅

飞机安全抵达温州，阿珍与潘晓倩搭上出租车，沿着机场大道一路向市中心赶去。

温州的这条机场大道，可以称得上是温州民营企业生产基地的黄金走廊，从东往西，贯穿市政府行政核心和中央商务区，数个国家级的工业园区，数万家温州企业在此安营扎寨，这里云集了温州市区

80%以上的百强企业，从事电气机械、通信设备、服装、鞋革至塑料制品等各个行业的翘楚。沿途更是有热火朝天的数个专业市场，还有温州顶级的高级会所和豪车4S店。

整洁的景观大道、鳞次栉比的现代化厂房、优美宜人的绿化环境、川流不息的车辆、轰鸣的施工机械，这一幕幕紧张快干的场景，凸显90年代温州经济的一派欣欣向荣和繁华。

然而，这一切似乎和蔡阿珍毫无关系，并不是她生于斯长于斯习以为常，而是她另有想法。

阿珍人已在温州落地，心却还留在那广州的老白云机场。

想起方才候机厅那个男子再次见到她时的那个表情——怔怔地看她，薄薄的双唇微微颤动，似要惊呼一声。她的心恰似沾了蜜一样甜，不觉娇羞地莞尔一笑。

莫非这便是蓦然回首，那人已在灯火阑珊处？

那么临风玉树，神采飞扬的一个人。

似曾相识的感觉。

眼前的那个人，眉是眉，目是目，鼻梁是高一点嫌高，低一点嫌低，那两叶嘴唇，紧合着，线条坚定而清爽。棕色的皮肤配以高挑的身型，更见潇洒。

还有他的才学和谈吐。

不能否认，她的心已略微牵动。

"喂，你在傻笑什么？"潘晓倩问，"自登机后，你似乎魂丢了一样，在想什么？不会是刚才机场的那个男人吧。"

　　"你懂什么？"阿珍嘴里这么说，心里却美滋滋的，倒是有和她继续讨论下去的欲望。

　　"我看得了吧，爱情于我如狗屁，你不会这么天真吧？"潘晓倩顿顿道，"三十年朝夕相对的夫妻尚且会有突然势成水火，闹离异的可能。片刻相交，又能了解多少？女人自强比男人可靠。"

　　潘晓倩说的固然是她的肺腑之言，然而更多的是特意说给蔡阿珍听，她可不希望到嘴的肥肉因这个莫名其妙的男人而横生不必要的枝节。

　　潘晓倩的话，阿珍听来并不反感，却多少有点不舒心。

　　"说正经的，"潘晓倩单刀直入，"我阿姨说，你托的事情，她可能帮你办成，最快这几个月就能走？你若有空，她想和你家人见一见面。"

　　"真的？"听到这个消息，蔡阿珍突然为之一振，激动地欢呼起来，不过继而突然沉寂下来。

　　"温州，其实，也蛮好的……"她略有所思地道。

　　潘晓倩脸上的肌肉僵了僵，不过她很快调整回了自己的状态，她规劝道，"你不会真的是得了花痴吧，早晨还在催我联系我阿姨，说自己在温州一刻也待不下去了，这会儿怎么又犹豫不决，你以为美国的国门是菜市场，你今天想去就去，想不去就不去……"

　　阿珍缄默不语，低头品味她的话。

　　"我作为姐妹，告诉你，你如果能委曲求全，下嫁给哪个有钱人，妻凭夫贵，一人得道，全家飞升，我压根就不会给你牵这个线。可是，你既要成就大业，大富大贵，又不愿意纡尊降贵伺候那些暴发户，那么你唯一的办法是自己创业。可是阿珍，这点我和你是最能感同身受了。温州是个不公平的社会，就像马太福音里讲的那样，你有的还要再给你，你没有的连你所有的都要夺去。你阿珍家本身便是失势之家，你要创业必须面临一个很现实问题，即便现在真的有个绝好的机会给你，你的本钱哪里来，我和你打赌，你一个子也借不到。但是，你现在要出国了，按照温州人的势利眼，只要你把消息一放，别说借，自然有八竿子打不到一起的亲戚会送慰问金给你，当是押宝给你荣归故里，作长线投资。

"你想想，几年后，你一回来，那身份可就不同了，谁还说你妈妈是开旅馆的？谁会说你是个摆摊的？你可是正宗的美国华侨了！"

"还有啊，一旦等到美国'大赦'，人家熬个几十年也没有的绿卡，你可能只要两年就拿到了！记得，有了钱，狠狠地砸在那些变心的害你家的人身上！有了钱谁会看不起你和你家人啊！"

潘晓倩卖力地表演，连珠炮似的句句戳中阿珍要害。

确实如此，潘晓倩讲得句句在理。

阿珍长吁一口气，生活的压力又如一座山一样再度向她压来。

而潘晓倩满意地嘴角上扬——温州是个分分秒秒有人揭你底牌的社会，实力稍弱或者演技稍嫩，立时间便会图穷匕见！这点，潘晓倩是最懂的。

在温州，也时时刻刻记住——金钱挂帅，演到底。

身家千万的出租车司机

"司机师傅，不走温州大道，走机场大道。"蓝天特别嘱咐道。

蓝天和陈子衿已然出了机场，坐上了出租车，他们走的正是上述所说的潘晓倩和蔡阿珍1998年路过的温州机场大道。

仍旧是残破发着旧坐垫臭味的奥康出租车，仍旧是要求你不打表就加价或者接受中途要拼车的潜规则，不同的是现在的机场大道太过萧瑟冷寂。

自从温州大道在前年建设完毕后，连接机场和市区的老主干道机场大道的堵塞情况已经缓解很多，但是每到高峰时间依然还是车多为患。而蓝天此时非要司机走机场大道，其一是，分外想缅怀过去，其二是，这个机场大道是2011年温州民间借贷大风暴的重灾区之一。

蓝天的嘱咐下，司机很快就向西驱入了机场大道。一股刺鼻的味道开始飘进车窗，眼前的景象也开始变得云雾缭绕，子衿不禁捂住了鼻子。

"这是？"子衿忍不住问。

"工业废气，"蓝天不露声色地道，"温州的机场大道遍布了多个工业区，以皮革和服装鞋业为盛，尤其是公路两旁，有近百家人造革工厂，这些皮革工厂不仅制造了空气中的怪味，还催生了一批'跑路'的企业家，不过现在已经好多了，倘若是在前几年，呼吸都有困难。"

"我听说了，温州的企业家'跑路'始于这里，倒闭最多的也是这里。"子衿说着，透过车窗张望大道两边的景观，甚觉凄凉，百步之内鲜见人影，路边企业寂然无声。

"金融风暴爆发后，这里的企业倒掉的至少有半数以上。"蓝天幽幽叹息。

何止如此，这一带曾聚集了大批从安徽过来的收废品梯队，在经济上升时期，这些人光收废品年收入堪比上海高级白领，达20万元之巨，然而一场金融风暴，将他们的收入打了3折以上，随着大批的企业"跑路"和倒闭，这些人也卷起铺盖转移战线，弃温州前往宁波、广州了。自前年4月，清明节扫墓之后，这里的大型服装企业，东豪服饰的老板也就是我们前面提到的人物阿豪突然失踪。这条大道上的皮革、制鞋、不锈钢、标准件等多个行业的企业家也跟着跑掉了。一时间，这里成了温州企业家"跑路"的重灾区，巨邦鞋业老板王和在7月神秘失踪，留下千万元债务；被温州当地人称为电器大王的郑菊消失；中秋节期间，耐宝鞋业董事长黄忠悄然离开温州；9月15日，温州宝来不锈钢制品有限公司董事长吴忠失踪……不仅如此，这条大道上的二手市场、车行歇业的歇业、倒闭的倒闭。

此时，蓝天的电话响起，一看，正是阿东打来。

"天哥，你什么时候来，我好早点安排接待。"一接通就传来阿东那急切的声音。

"我已在温州了，刚下飞机。"

"啊！怎么不通知我，我好来接你。"明显，阿东的口气里有点嗔怪。

"呵呵，"我就是怕你麻烦，"况且，我想自己看看温州而今的景象"。

"哎，四个字——死气沉沉，虽然已经过去了快三年了。"阿东叹息道，转而又问，"那你现在在机场还是车上？"

"在出租车上，等一下直接去国际大酒店。"

"好，等一下去酒店见天哥，晚上我让弟妹做几个地道温州菜。"

"好。"蓝天应诺。

"温州国际大酒店，"陈子衿接口道，"记得以前到温州出差时，最怕住温州的酒店，尤其是国际大酒店，因为实在太嘈杂，各色人等齐聚，每每坐个电梯都要人满为患，还要停多个楼层，且往来酒店的均是本地人居多，说的都是听不懂的温州话。这也算温州之特色吧。"

"你说的应该是在1998年后，"蓝天道，"在早年，这些涉外星级酒店，接待的以洽谈业务的外宾和外商居多，但是，自1998年后，情形逐渐大变，这些星级酒店的客人，首先是各地的房地产商最多，继而是各地前来推销的奢侈品商，再最后则是暴利后的温州人。暴利之后的温州人，出现一个特别的风气，不住家里而是包酒店，用于娱乐消遣甚至赌博和纵情，温州四星级酒店和高级会所，算下来多达数十个，鼎盛时期，不提前预订，一房难求。再说回来，2011年的金融大风暴的真相并不是温州企业缺钱，而是祸起房地产。房地产让一大部分暴富起来的温州人，迷失了心性，然后引导整个温州社会迷失方向，这国际大酒店，在2004年到2010年间，是各地房地产公司扎堆推销房地产的风水宝地，在这个酒店，这么多年当场下定的资金至少达到几十亿元。"

"你是蓝天？"

蓝天尚未说完，开车的司机打断了他的话，旋即，他把头上的鸭舌帽一摘，转头，与蓝天四目相接。

当目光相交的一刹那，两人颇有劫后余生的激动，热泪盈眶。

车在路边停下，两人怔怔相望而无语。

眼前的出租车司机，当年在温州商人圈子也是头脸人物，温州鞋革协会副会长叶东强。

"没错，是我，头上的刀疤是2011年讨债的人砍的，留着我一命，时时告诫我不能迷失自己。"

一句无头无尾的话，却道出了蓝天所有的疑问。

蓝天和老叶，关系并不深，此前在一些场合两人有过会晤。

没有人能看出来，眼前的这个人，此前也是身家近亿的温州商人，手握上海佘山别墅和温州豪宅数套。

老叶的悲剧

"刚刚你说得太对了，一切都是房子惹的祸！"老叶道。

言毕，老叶开始大方地讲述自己的遭遇。

2009年，在实业不景气，眼看着周边朋友投资房地产暴富，以及四万亿经济刺激后银根宽松的刺激，老叶终于把苦心经营十几年的工厂抵押给了银行，加入温州的炒房大军。2010年4月，老叶以单价8.1万元每平方米的价格，总价近3 800万元，一次性付款，预订了温州某楼盘一个建筑面积达400多平方米的4层排屋，并付了500万元购房定金。

2010年下半年，"限购令"等政策出台，但温州房地产依然狂热，甚而至于，11月底还出现楼面价高达3.7万元每平方米的全国地王。不过，老叶已经预感到政策极大转向，立即向开发商提出退房，并希望退回500万元的购房定金，协调不下，同开发商进法院打官司，经调解，开发商愿降价近700万元出售。在这个时候，老叶没有回头，而是用3 100多万元买下排屋。

而这3 100万元，均是来自银行贷款和亲戚朋友的借款，而其朋友的借款，也并非自由，同老叶一样均是以房产、企业等作抵押从银行融资和民间融资而来，给老叶月息一两分，赚取一点利率差价。

其后，房地产宏观调控，温州房子大幅下降了百分之三四十，有的甚至已腰斩。老叶的排屋价格，也下降了三成以上。下降三成，加上融资利息成本百分之一二十，把房子卖掉，老叶还有百分之一二十，也就是两千多万的资金缺口。万般无奈下，老叶只能把厂房和多年打下的江山和佘山的别墅忍痛卖掉。

"当时我若能屏住，做做实业，再差一年还有几十万收入，而现在，什么都没有，还好当年又投资了辆车子，还有辆破车营生。"老叶很能自嘲。

"贪字，一个贪字"。他更能自我剖析。

而听老叶这么说，蓝天和陈子衿都不知道该说什么。

"还记得，那是我刚回到温州的晚上，我老师刚好和温州很多企业家有个饭局，在新蔷薇大酒店，我们第一次见面……"蓝天忆起了当年的那个他，实在落差太大。

"想当年，泪汪汪啊。"老叶还是不失幽默和爽快，"算来快十年，这十年过得如一场梦，财来财去一场空，不过，想开点，我还算好的吧，至少不用跑路跳楼。"老叶重新套上帽子，发动车，缓缓往前开，而后兴致勃勃地道，"走，我现在带你看看，那天在座，有个刚跑路，倒掉的……"

"你说的是？"蓝天问。

"新蔷薇控股集团朱小民，老朱！"

蓝天猛一怔。朱小民，算来也是泥腿子上路，一路苦过来，才打下一片江山，成为温州著名餐饮和连锁酒店业企业家。16岁的他就开始在温州餐饮业打拼，而后偷渡法国"端盘子"，回国后，凭借精湛的菜艺设计和经营理念，将新蔷薇的牌子一举打响，其后成为温州政协委员，并担任多职。头衔多得连名片都放不下。

"头衔这么多有什么用？还不是为了好圈钱，温州的市政府也好，老百姓也好，银行也好，尤其好这个。那几年，温州的很多企业都是这样子，硬是把瘦脸打肿成胖子，老朱其实早就有危机，去年有一起轰动全国媒体的"雅阁刮伤劳斯莱斯遭200万元天价赔偿讹诈"的新闻，那辆劳斯莱斯就是老朱的，他一年前刚花了1 200万元买来，从上海开到温州，现在却为了区区20多万元的维修费讹人家小姑娘200万元，可想而知他那个时候就已经很困难了。"老叶一边开车一边唠叨。

"金融危机爆发后，确实发生了很多之前身家数亿用钱眼都不眨的企业家，想方设法通过任何方式能挤出一些钱。"这点激起了蓝天的同感，"2011年我就接到一个此前温州好友的委托，说他刚从上海花一千万元购买了奔驰梦幻，现在资金紧张，车是肯定要退回去了，但是希望托我的庞大的媒体关系捏造一起假新闻，说奔驰将旧车给他们，希望不仅可以退车还能得到一笔赔偿，并表示赔偿所得愿意和我一起分。"蓝天苦笑。"在2011年，在这场因为民间借贷引起的生死肉搏中，人性的劣根性无以复加地彰显，善与恶也因此暴露无遗。"

"哎，说难听点，狗急了跳墙，人急了，什么办法都能想得出来，我是过来人，深有所感。"老叶叹息道，"老朱呢，和我一样，都太不自量力，太贪，他后来摊子铺得太大了，什么连锁宾馆、高新科技投资……劳斯莱斯不过是装点门面的工具，花架子，那个时候温州很多企业都是如此。"

老叶倒是快人快语，想什么说什么，连自己的嘴巴也一起打。

"甭说了，我带你们去看看现在的惨状，兴许还会看到几个来讨债的呢。"

其实蓝天也正是想去看那曾经红遍温州的新蔷薇大酒店，非因要去看老朱的惨状，而是怀想当年回温州后再次与阿珍擦肩而过的地方。

怕只怕，以后再也无缘于这个名震温州餐饮界的跨世纪酒店——新蔷薇。

今非昔比

温州的江滨大道，原先素有温州外滩之称，2011年前，倘若夜晚驱车江畔，便可看见璀璨华灯与喧闹城市投于江面的幻影，繁花似锦。而江畔的酒吧一条街，被温州人自诩为"兰桂坊"，每到夜幕低垂，此处便是城中"财"子佳人的"花柳繁华地，温柔富贵乡"。2010年，在温州房地产和高利贷最火爆时期，暴富后的温州人极近奢靡，在有钱人的圈子形成了一周三四次飞往香港与澳门，在兰桂坊逍遥度夜，在赌场一掷千金的风气。故此，在这群有钱人的推动下，发端于21世纪初的温州江滨酒吧一条街，突然一夜崛起，开出众多酒吧。这里，夜夜灯闪红绿，歌舞多情，美酒醇香，惹人不可自抑，豪车无数，纸醉金迷。这里，确实可以说是温州最高贵的地方之一，也是温州一处不可或缺的地标，它是从另一方面反映着温州经济发展的晴雨表，是一剂刺激温州经济发展的兴奋剂。

然而，一场2011年的借贷大风暴席卷了昔日的所有商业丽景。而今，沿着江滨大道，一路缓行，你看到的景象是，众多酒吧已然关门大吉，扎堆的铁门把守的商铺，十店九关的清冷现象。

官方数字也无法掩饰经济颓势：上半年温州的GDP总量跌出浙江前三，增速更是位列全省11市之末。向来被认为最有活力的资本市场，经济继续在恶化，尚无复苏征兆。

再往前开，便是温州著名的美食餐饮一条街，往日这地方，入夜后，霓虹闪烁，觥筹交错，自温州人暴富后，钱包胀，食欲也胀，豪吃海喝，蔚然成风，在此处，普通大众难以想象的是，一桌数万元的消费比比皆是，甚至十几万元也不算什么。而且，每逢结婚旺季，素来不输于人后的温州人，不仅暗自比拼新人的家底实力，豪车迎亲，五粮液伴迎，万元酒席垫底，并且，更拼谁家鞭炮打得响亮，于是，一到吉日，数家婚宴同时举行，各家酒家门前便炸开了锅，挤满了接客和迎亲的人群。有舞狮的，放鞭炮的，大摆一副"你方唱罢我登场"的阵势。整条江滨大道上，鞭炮震耳，硝烟弥漫，好戏连台，好不热闹。

而今确实光景大变，才6点不到，路上行人稀落，酒店门庭冷落。

再往前开，蓝天一行，终于看到了方才说的新蔷薇大酒店，这幢当时轰动温州，是达官贵人和富豪商贾云集的地方，历时16年，看尽瓯江潮起潮落，温州经济浮沉，而今如一个空洞的庞大怪物，森然地矗立在江畔，冷冷清清，凄凄怆怆，一片漆黑。

蓝天下车，不觉悲从中来。酒店的玻璃门被大锁锁住，不仅如此，还系了根铁链。蓝天凑近身子，隔着门上生锈的铁条朝里张望，阒寂无人，空落冰冷。

西侧一扇玻璃门上贴着一张《通知》，上面写着："酒店停业装修中，给您带来不便，敬请谅解。"落款为"新蔷薇大酒店，2014年2月16日"。从《通知》上看，新蔷薇大酒店应处于停业装修状态，然而另一扇玻璃门上却贴着的另一则自相矛盾的《公告》："酒店厨房整套设备低价转让，包括前厅桌椅、盘碗等，另有电器产品，包括空调、电视、电风扇。"由此可见，第一则通知是烟幕弹。

"今年春节期间该酒店尚开门营业，但元宵节后就关门了，没见过再次开门营业，据说老朱还收了众多婚宴的定金，连这钱也卷走了。"老叶也下了车，点上一根烟，靠在车旁幽幽地抽着，在他身上，再也看不出当年的意气风发和豪情壮志。

"你们是来干什么的？"突然，不知道从哪里冒出一个长头发的外地男青年，迈着八字腿向他们走来，"来讨债的？"

他很不客气地上下打量着蓝天。

蓝天本想开口说是老板的旧相识，却被从2011年借贷大风暴中搏杀出来的老叶抢着开口了，"我朋友刚从外地来，以前在这里吃过饭，谁知道这里关门了。"

"早就关了，老板都不知道跑哪去了。除了我的老板以外，光供应商，他还欠上百家的款。"老叶估摸的没错，是债主这边来负责讨债的。

"欠了你们多少？"蓝天问。

"我们是做冷冻食品的，本来约定两个月结算一次货款，但是自去年五六月份开始，他们就再没有给我货款了。当时想，这么大的酒店，不会有问题，谁知道突然关门，人也找不到了，现在一共欠我们十几万元。我们过来，酒店的采购人员避而不见，现在连酒店老板都找不到了。害得我们的老板也要倒闭了，这样的酒店还有好几家，所以现在连我们的工资都发不了。"

"哎"。蓝天撇撇嘴，用手拍拍他的肩膀，表示安慰。

这些打工者，从全国各地而来，接连不断地为温州注入新鲜的血液，他们从事着各行各业的生产最底层最辛苦也最危险的工作，建筑行业、餐饮酒店。温州生产的流水线上，每天工作12个小时以上，得到的却是不足50元的回报，他们兢兢业业，吃苦耐劳，埋头苦干，只为攒上一些钱能早日回家盖房子娶"阿芳"，看看留守的年迈的父母、幼小的子女。但是，伴随着温州借贷大风暴，这个由房地产泡沫催生出来的，与他们做梦都无法企及的巨额财富相关的经济大劫难，却也把他们无情地卷入其中。

他们何其无辜，何其无可为依。

蓝天的眼眶不觉潮润，他转回头，低声对陈子衿说了什么，陈子衿便走到那位讨债的打工者身边。

"小兄弟，拿着。"陈子衿说着，往他手里塞了一些东西。

那个打工者一看，顿时傻眼了，成沓的钞票。初时，他发愣了，继而，似乎猛然想起了什么似的，惊呼道："你就是这饭店的老板，要不为什么这么好心！还钱！"

说着朝蓝天疾奔而来，气势汹汹，陈子衿想伸手去拦，蓝天却示意不必。

"小兄弟，"蓝天泰然自若，"我可以很明白地告诉你我不是这里的老板，不过，我认为这次由我们温州部分企业家引起的错误不能让你们一起埋单，这次温州的事件发生后，也有不少企业在政府的帮助下，给辛苦战斗在生产线的你们补全了工资。我能为你做的也就只有这些，这是我作为一个温州人，对你们的愧疚和补偿。天色也晚了，你早点回去，相信你的老板，也相信政府会给你们一个满意的结果。"

说完，蓝天转身跨入老叶的车，子衿跟上，留着这个打工的孩子，在夜风中傻傻发呆。江风吹乱了他的发。他来自遥远的山村，原本只想兢兢业业能赚到一些钱，然后回去盖新房娶老婆，岂料半年的辛苦都白费。上个月，这里又是另一番景象，酒店的伙计工、讨账的供货商围得风雨不透，7辆搬场公司的卡车在门口排开，十几名搬运工人撬开侧门往卡车上搬运桌子、茶几、沙发。好几个闻讯而来的供货商失声痛哭。他拼了命一样想抢回一些东西，却被推搡在地，腰椎严重挫伤，丧失了承受重体力活的能力，祸不单行。他觉得很冤很不甘，原本他已经作好最坏的打算，假使真的讨不来钱，他的老板也赖皮的话，那么他就豁出去了，铤而走险。

可是此刻，他那燃烧的怨恨和委屈仿佛一下子被一阵清新的雨水给浇灭，而自己仿佛从内心的牢笼里被释放出来了一样。

他怔怔地看着方才和他说话的那个人，两行温热的泪从眼眶内流出。

"蓝天，"老叶上了车，转身对后座的蓝天竖起了大拇指，又瘪瘪嘴道，"真有你的！不过，你这么做让我真的无地自容，太惭愧了。"

蓝天摆摆手，意味深长地道："2011年金融大风暴，你是过来人。其实我也是，因为担保受牵连，我也不幸被卷入其中，背负了千万债务。但好在有朋友帮忙，转危机为机遇，其中有一位，你也认识，我们第一次见面时酒桌上认识的那位。"

"王发静？"

蓝天摇摇头。

"邹成建？"

蓝天点点头。

"还记得十几年前，他还在被当笑话说。"老叶笑笑，摇摇头。

是的，那是1998年5月，我刚从广州到温州……

蓝天转过头去，最后再望了一眼那漆黑的三层建筑大物，回忆穿梭到1998年，在时光机的点石成金下，"哗"的一瞬，这里仿佛立即回到了从前，金碧辉煌、流光溢彩、人声鼎沸……

千亿级的饭局

"来，来，来，轮到我打通关，满上，感情深，一口闷，哈哈。"

"来，快来人给我点菜啊，嗯，对，来个清蒸蜻蜓、江蟹生。唔，今天的黄鱼怎么样？好，再加个爆炒海瓜子。"

"服务生，快上菜，你让我们啃桌板啊！"

"今天在大家的辛苦下，我们加紧赶出了这批货，辛苦了，大家干杯！"

时光流转16年，再回到蓝天和蔡阿珍初相识的那个年代，那个温州激情似火的年代。

在高低错落的建筑群、繁华商业大厦的霓虹交映下，有一座灰蓝色的三层洋房，灼灼其华。这便是曾经的新蔷薇大酒店，这里曾经名厨辈出，名扬浙南地区，被誉为"瓯菜之都"。此地日日夜夜，灯火通明，上至商贾官绅，下及百姓人家，宾客满堂，觥筹交错，一派兴盛。

一楼是大堂兼菜品展示区和特产小吃区，在菜品展示区，海鲜与菜品呈一字排开，种类齐全，光是鱼就有十几种。而另一头的温州特产小吃现做区，更是让人垂涎欲滴，戴着高高的厨师帽的大厨，正在将一摞切成薄片的生牛肉拌着洋葱和辣椒粉倒进一碗热油中，牛肉在油碗中翻滚，发出滋滋的诱人的声音，美酒的芬芳夹杂着美食的香气，令人食指大动。众多的侍者和服务生穿梭其中，忙碌地张罗着客人点菜和下单。

循着弧形大理石楼梯穿上二楼，是就餐大厅，人满为患，觥筹交错，人声鼎沸，往往7点不到就要翻桌。忙得不可开交的服务生，刚递完菜，又得转身往厨房奔去。

再上三楼是豪华包间，尽管在当时的温州要千元的最低消费要求，但是仍然座无虚席，每间都有餐区和会客厅，两个空间用古色古香的木质屏风隔开，每个包间都有20平方米，大多临窗，凭栏眺望便是江畔的美丽夜景。每到夜晚，"叮叮当当"的杯盘撞击声在里面回荡着。真是"满堂酒气飘氛氲，一缕心烟起蓊勃"。

这便是1998年的场面，那时这里最多可同时接纳720位宾客就餐，是当时温州名厨最多、技术与设施条件最好的酒店。得益于当时经济的飞速发展，受益于崛起的皮鞋、服装、眼镜、灯具、打火机——温州个体经济的五虎将，彻底改变了温州的生活习惯。人们腰包鼓起来了，改变了温州人自己设宴请客的习惯，兴起了酒店吃饭的风气，民以食为天的餐饮业也开始热闹起来，由此，产生了第一批温州酒店业的生力军——温州酒家、温州大酒店、温州云外楼。

那时的朱小明，在法国溜达了一圈后回来，借着改革东风，趁温州万象更新之时，顺势而起，凭借其自小在餐厅打工的经验和惊人的商业头脑，很快就成了餐饮界的翘楚。而后赶上了温州市民将酒宴移师酒店的大"流"，一时间，生意火得不得了，至2010年，朱小明整出一个资产上亿的新蔷薇集团，遍及上下产业链，坐稳了温州餐饮界老大的交椅，迎来了他的黄金时代。

那是蓝天到达温州的第二天，受温州本土经济学家谢毅之邀，前来赴会。

"蓝天，明日刚好我们下午有会议，会后几个温州企业家和我一起在新蔷薇大酒店聚聚，你务必前来，其一，当是老师借花献佛，为你接风洗尘，其二，在座的均是温州时下企业界的新秀，老师希望你来了解一下温州企业的真实现状，献计献策，为温州的经济发展贡献力量。"

蓝天当然是满口应诺。

蓝天推开包间的门，但见宾客七八，已然举杯，气氛正炽。众人见蓝天出现，便齐刷刷地将目光投于他身上。

正对着蓝天的便是谢毅，他见到蓝天即刻起身，连忙招呼。

"蓝天，你可来了！"他绕到蓝天身边。

蓝天向谢毅笑颜颔首。

"这是我的学生蓝天，地地道道的温州人，出身书香门第，他的祖辈可以说是在座诸位的做实业的鼻祖啊，呵呵。"谢毅卖关子，"他爷爷便是民国时期温州的著名实业家蓝皓，不过早年蓝天随父母前往广东工作，便在那里生根落地了，巧的是，大前年我于广州开堂授课，蓝天恰好在座，无意间聊起，但觉相见如故。蓝天客气，自愿以徒自居，尊我为师，长期与我邮件往来，纵论古今，好不畅快。年初，我知悉《温州早报》缺一经济专刊的主编，故大力举荐蓝天，盛邀蓝天前来履新，希望他的那些新思维、新观点，能够为温州的民营企业未来的发展和摆脱当前的困境提供更多的借鉴，呵呵。"

谢毅的一席话令蓝天自愧弗如。

"坐、坐、坐。"众人应和着谢老，迎着蓝天入席。

此时，谢老身边一人站起，但见他面色红润，脸若玉盆，声如洪钟，好不霸气。蓝天看着有些面善，但是不知在何处见过。

"我最敬重媒体人士，我们企业的发展，离不开媒体的支持和监督，想当年，还是你们媒体人大笔一挥，一篇重磅报道见诸报端，将我推上了商业大舞台。"

蓝天尚未想起此人是谁。

"呵呵，君瑶一向胆气豪壮，"谢毅提醒道，"蓝天，你眼前的这位就是声震四海的温州青年企业家——汪君瑶先生。"

蓝天这才恍然大悟，难怪方才已觉颇为面善，原来此前在媒体报刊上多次见过其人照片。

汪君瑶乃温州史诗传说般的一大商豪，温州民营经济最具传奇色彩的开局者之一——1991年，25岁的汪君瑶首开私人包机之先河，次年创办国内首家民营包机公司。当时，温州刚刚从艰难的处境中挣脱出来，汪君瑶的"胆大包天"，成为一代人大胆开放的象征。从那时起，温州模式就不再是一个简单的地理经济名词。紧跟着，他又在原有基础上，投身乳业，成为中国乳业第一人。是年，他又承包了温州出租车经营权，并投资一个亿建造了君瑶宾馆。2001年，他将公司总部移师上海，一脚又踩进了商业地产行业，在上海一炮打响了君瑶品牌，只是在事业最高峰，他因为操劳过度，英年早逝，年仅38岁。

"谢老过誉了，"汪君瑶笑道，"当年我的初衷没有这么宏大。记得当时，我如同在座诸位，在湖南跑业务，临近年关，我和同在湖南做生意的伙伴搭上其他人包租的大巴车，在长达1 200公里的崎岖路上颠簸了10多个小时。万分倦怠中的我脱口而出说'汽车太慢！'于是老乡挖苦说：'飞机快，你坐飞机回去好了！'呵呵，岂料他的一句戏言，我当了真，于是当年我和自家兄弟怀揣着之前所有经商的积蓄去敲响了湖南省民航局的大门，这件事后来被媒体炒作为温州农民兄弟胆大包天，老实和你们说，小时候我非但没有见过飞机，我还问过大人，飞机上的人小便怎么办呢？"

汪君瑶素来口才了得，如此绘声绘色的讲述，令众人大笑。

"虽然我一度自得，春风得意，但是冷静下来，用发展的眼光来看，内心总归是忐忑。当年我们是靠胆子大和能吃苦，打下一份基业，但是，伴随着越来越多人效仿我们的模式，那么我们的竞争力在哪里？"

"恕我直言，"蓝田接口道，"其一，我非常赞同您的发展之说，其二，我并不认同模式一说。"

蓝天如此一说，举座皆惊，一个于温州千里之外的毛头小子何以如此语惊四座？

"所谓模式，辞书上的诠释是，某种事物的标准形式或者使人可以跟着去做的标准。然而，经济社会发展的关键是不断改革与创新，没有模式套路。所谓的温州模式，大抵是指温州人敢为天下先和吃苦的精神，以及小商品大市场，百万供销大军跑天下的商业运作模式，我们关起门来自己说，不过是胆子比别人大一些，走得比别人早一些，温州人抓住了机遇，但是，当越来越多的地区开放，主动投身于改革的大浪潮中；当信息不再闭塞，物流逐渐发达，我们现今秉承的这一套是否还能走得远？当越来越多的汪君瑶意识觉醒，比汪君瑶先生有实力的买家参与进来，我们的优势又在哪里？比如汪君瑶先生的包机业，除非是进入航空核心，否则在外围势必要和后来居上者厮杀血拼。"

蓝天一席话，令汪君瑶不禁使劲鼓掌，欣赏地投以注目。

"蓝天所言极是，你和君瑶想到了一起，"谢毅赞赏道"君瑶先生已经在着手入股航空公司，并已经做好五年内成立君瑶航空的准备。"

闻罢，蓝天对汪君瑶投以笑意。

"敬佩之至，"蓝天道，"莫怪我年轻气盛，胆大妄言。"

"照我说，年轻有为，有见地才是，"汪君瑶笑道，"不仅不怪，而且欣赏有加，还心生邀你加入君瑶集团之意，不知有无此想。"

走出去的温州人

"那后来呢？"陈子衿忍不住问，听到这些中国民营企业发展史上的传奇人物和发生在自家身边的真实故事，陈子衿兴致十足。

　　"蓝天没有应诺。呵呵，不过当时我还没到。"老叶应和道，继而又开始叹息，"哎，想起来真的倍感沧桑，我刚刚在想，如果君瑶还健在，会不会也和我们一样，炒房炒钱而后把什么都给炒没了。其实，老实说，当年我们这些做实业的真的不待见他，反而觉得他是投机，你看他既包飞机，又包汽车，再投乳业，所以，虽然表面上，我们一团和气，其实私底下，很多企业家在其他场所笑他只知道作秀，没有事业根基，甚至有人还说——胆大包天，这天他能包得了吗？"

　　"这个问题，后来我和谢老也讨论过，假设汪君瑶健在人世的话，会不会也被卷入这场民间借贷大风暴，我们的一致意见是，不会，原因我们分析过，也基于这个分析，想给更多的温州企业以借鉴。"蓝天侃侃道来，"其一，他所做的虽不是实体经济，但是也并不是纯粹的虚拟经济，而是服务业，当时他们三兄弟正是觉得温州的实体经济即将面临创新转型的局面，而随着经济的发展服务业必定兴起，故此，在创业的选择上，选择了服务业；其二，他和温州商人后来一窝蜂地盲目投资不一样，他是把握先机；其三，他很好地完成了产业的升级转型，并引进了集团化的经营管理，并定下要成就百年老店的决心，他可以说是温州商人中聘请职业经理人，并真正实行职业经理制的最早的一位；最后，最大的区别是，他完成了从商人到企业家的转型。用他的原话来说——对我来说，当时像很多温州老板一样，这辈子吃吃喝喝都有了，一年再赚个一两千万元，出出国，不是挺好的吗？

可是我一到上海，就像一粒沙子掉到了一堆石头里，太微不足道了。在温州闭眼都认路的我，上了上海高架桥总下不来。为什么到这里？上海太像美国的纽约，它的人才资源和信息资源取之不尽，用之不竭。"

"哎，"老叶又谈了起来，"早年，我见过他弟弟，他去世后，由弟弟君金掌管企业。当时我们参加的是一个温州的经济论坛，他弟弟一再向我们呼吁——只要有容易变现的资产，很强的现金流，那什么时候都不怕宏观调控，我看现在的温州企业，都将实业的资金用于房地产，这是非常危险的事。当时，我们这些在座的人根本没把他的话当一回事。"

"君金也是我的老友，他也是一位实实在在的优秀企业家，而不是唯利是图的商人。"蓝天道，"他博学多识，不花天酒地，工作之余，喜欢看那些反映中国历史上商户兴衰的电视剧，《大宅门》《大染房》《乔家大院》等，体味那些工商业大户起起落落的故事。而且他一直认为，做企业，很多都是人为的因素，而且根本无法抗拒，时局的变化、政局的变更……要生存下去，一定得适应这些社会变化，时刻警醒自己，而不是刻舟求剑，掩耳盗铃。"

"君瑶也好，君金也好，曾经和现在很多的温州商人一样，但是他们完成了从一个纯粹机会主义者到优秀企业家的蜕变，从以快速追求利润为目的到以创造价值为目的的蜕变。温州，从不缺乏精明的商人，缺的是优秀的企业家。两者的区别就在于商人眼中永远只有利润，而企业家追求的是创造价值。这其中，当时在座的另一人也值得我们温州商人思考和学习。"蓝天道。

"那是谁？"

"而今的衣王——邹成建！"

成功之路

啪啪啪。

蓝天话毕，但见一人拊掌笑曰："小兄弟从大城市来，广州乃真正的服装之都。我想请教这位小兄弟，可否帮我分析下我眼前遇到的问题。"

此人与君瑶迥然不同，身材瘦削，面容清癯，眼睛不大，但胜在炯炯有神，深不见底，内含智慧，一笑起来，两眼眯缝成一线，是一张容易让人心生安宁和一见如故的脸。他衣着休闲，始终笑容可掬。

"就在近日，我被媒体和众人讥讽说我是个大忽悠，皮包公司。"他言笑连连。

他这么一说完，众人又是哄堂大笑。

他摆摆手，不仅一笑置之，还大有感谢众人赏脸给他如此热烈回应的意思："小兄弟，我不是和你开玩笑，恰如你所说的，我摒弃了温州经济惯常的前店后厂的模式，只做产品设计、品牌推广和营销，生产则委托其他工厂，却被大肆讨伐，您说我是继续孤身行我路呢，还是掉头随部队？"

"蓝天，"谢毅笑道，"这位就是米特斯服饰的邹成建先生，以前我曾和你说过，一个瞌睡就出了温州休闲服市场的那个商界奇人。"

听谢老这么说，此人又作苦笑状，示意自己确实头疼。

蓝天这才定睛凝视——虽然此人此时尚未及汪君瑶的资本和地位，在当时的温州服装界更属中流，而且，其在服饰界的大胆革新屡遭物议，而蓝天一直打心眼里分外钦佩。

1982年，17岁的邹成建在靠近温州的某市开始创业，很快，创业未成，还欠了一屁股使他倾十次家荡十次产也还不出的巨额借款，无奈之下，他只身来温州市打算拼死一搏。初到温州，邹成建宿火车站三天三夜，一日仅靠一顿饭果腹，后睡工地干粗活，待站稳脚跟后，徐图后计。不久，时机成熟，他用攒下的钱在温州最火的妙音寺服装市场建起了前店后"坊"。老板车工搬运工一人当，白天卖服装，晚上做衣服，一天工作16个小时。如此夜以继日，一日扛不住，在瞌睡中，失手把一批西装袖子全部截短了，危急之下，邹成建脑子一转把西装袖改成了夹克袖，谁知翌日不仅全部卖光，反而一举成名，更在温州掀起了休闲服热。然而正在生意蒸蒸日上之时，他又作出了惊人的决定，退出当时最火的妙音寺市场。将掘得的第一桶金悉数投资，成立了温州米特斯服饰有限公司，主打休闲品牌，面向工薪阶层，薄利多销。此后数年，米特斯的销售额和资产规模以滚雪球般呈几何增长，直至成为中国衣王，而其制胜秘诀却恰恰是被人讥讽和诟病的"虚拟经营"。

"你怎么看？"邹成建再次问蓝天，众人将目光投向蓝天，看这个外来的和尚怎么念经。

"我此前听老师说起过，"蓝天笑道，"我认为您应该继续走下去，具体原因如下。其一，这种模式其实在国外有相当多的成功案例，例如众所周知的世界著名运动品牌耐克……"

蓝天尚未说完，众人发出"唔"的一声，看来温州人或许真的是一叶遮目，不见泰山。

"其二，"蓝天继续道，"根据营销上的微笑曲线法则，设计和销售处于曲线的两端，经济附加值高，而生产环节处于曲线的中间，经济附加值最低，您率先把经济附加值最低的环节外包而自己掌控附加值高的设计和销售环节，同等资本可以投入高附加值的部分，可以获得更大的产出，而且在今日打价格战和模仿成风的温州服装市场，必定能率先杀出一条血路。"

蓝天说着，看看邹成建，似乎暗示自己接下来要说些让他不满意的话。

"其三，"蓝天顿了一顿道，"邹总，以您现在的实力，也就是说，您的资金实力要是与当前温州那些著名的服装品牌抗衡，走传统的建立生产基地的模式，你势必吃亏，与其把所有的资金用在硬件设施上，不如借力……"

众人转头看邹成建的反应，而他只是笑而不语。

"最后，在现在的温州，您被诟病也是正常的，因为您违背了现在温州服装业的普遍运作模式。从您的品牌诞生之日起，未划过一块地皮，建过一方工厂，进过一台机器，招过一名工人，那么大家对您提出的质疑是非常正常的。一种模式是虚的，而作为企业，它是实在的东西。但是，"蓝天话锋一转，信心十足地道，"我敢保证，不久的将来，您的模式将颠覆整个温州甚至中国的服装业，甚至为瓶颈中的温州服饰开出一条生路，如今否定你的人，未必日后不会成为你的追随者。"

"好！"此时开腔的是忍不住欢呼出来的谢毅，"这便是我所说的，温州的企业该进入产业升级和品牌塑造阶段要思考的问题。以服装为例，未来五年行业内必定将进行大洗牌，内有低廉的价格战和互相模仿，外有新崛起的杭州等市场，单单凭借价格战和贴牌加工，温州的服装业将会出现严重的危机，邹总，你怎么看？"

但见邹成建缓缓站立，再次拊掌，继而把桌前的那杯酒一干而尽，笑着道："蓝兄弟说得真好，你是至今以来第一个挺我这个模式、给我信心的人，倘若日后我以实践证明我的模式的成功，你有任何要求，来找我，能帮我一定帮！"

"痛快！"众人喝道，同举杯。

此时，"哐"的一声，门被很不礼貌地踢开。

"我来晚了！"但见门口来了三个人，踢门的那个酒气冲天。

往事唏嘘

"那个踢门的正是我，"老叶不好意思地笑道，不过说起往事，依然洋洋得意，毕竟那段时间是他最风光，也是最光荣的岁月，"那天我喝多酒了，实在不好意思，不过没喝多素质也高不哪去，哈哈！"

老叶又开始勇敢地自我剖析了。

"那另外两位呢？"陈子衿问。

"另外两位是温州的打火机行业两个老大级人物——温州丰丰打火机的董事长黄静丰和中泰打火机的董事长李中泰。"

"这两人日后如何？我是指在这场借贷大风暴中？"陈子衿又问。

"两人截然相反，当时同样是两个行业的老大，所占市场份额不相上下，这两人联合温州老虎打火机一举打垮了这个行业的前行者——日本打火机加工产业，夺得市场，加上在他们的带动下，温州打火机业的后起之秀也跟进，温州的打火机业足足占领了全球80%份额。然而，在金融危机和贸易壁垒的多重压力下，温州的打火机产业也面临着转型升级和品牌塑造。但是，在这个艰苦的'羽化'过程中，大多数人受不了诱惑，将资金和精力用在了别处，恰如中泰的李中泰。而唯独丰丰的黄静丰一直苦守苦撑，不仅躲过了借贷大风暴，而且成功转型，迎来了新的机会，迎来了事业上的艳阳天。"

蓝天侃侃而谈，说起这些也颇感唏嘘。

"其实，"老叶又发话了，"那日，两人对这个行业的态度就可以看出，一个一直在讨论着如何突围，并肯定指出，温州的打火机首先要在质量上下功夫，其次是要大胆研发新技术，而另一位则对自己从事的这个行业抱以悲观的态度，还记得当时老李针对黄静丰所说的话，发出了一连串的质问——如何创新和高科技升级？打火机怎么高科技？打火机最多也就只能在外壳上下功夫！还有做品牌，怎么做？国外的品牌有百年了，我们怎么比得过人家？"

"老叶对当年之事真是记忆犹新。同我一样。"蓝天感慨道，"因为当年讨论的这些话题是温州经济的转折所在。"

"是的，大家都关心下一步怎么走。"想起当年，老叶的脸上浮现满足和落寞的复杂表情，"事实证明，后来静丰成功了，他不仅引进新技术，还申请专利，并获得国外著名的大品牌的长期合约，而且其研发的高科技打火机，呵，那打火机会自动加锁，靠这个专利，他的利润增加了30%以上；而另一位，也就是李中泰，借贷风暴以后，企业停产了，虽然没有人知道他是否涉及高利贷或者房地产，但是自2006年开始，各大房地产公司在温州的推荐会上，我经常看到他的身影。据说，他借信用证从银行贷款了数千万，到底是否全部用于生产扩张，我们不得而知，只知道这家温州行业翘楚就此倒闭，老李也就这样在温州这个商业舞台从此消失。"

"两者对比鲜明"，蓝天道，"再用黄静丰的原话来说，踏踏实实做实业的，最多只是规模缩小，利润减少，从一年赚一千万到一年一百万，总归死不了，本轮温州企业倒闭或者'跑路'跳楼的，几乎都和盲目投资和投机有关。"

"子衿，"蓝天突然转口，声音有所哀伤，"我想起，那日徐总和他儿子也在。"

"徐总？"老叶问，"温州眼镜行业的三大巨头之一——徐士林？"

"嗯。"蓝天应道。

"一个好人，一个好企业家，最终死得那么惨……"老叶摇摇头，继而又说，"都是那个信太的胡林林害的，还有脸回来在媒体上笑嘻嘻的，'跑路'还抽软中华，扯淡！说自己身无分文，仅仅带了往返机票，骗鬼吧，实际是他当时带走了两个亿打算一去不回！两条人命搭在他身上，我敢说，若不是老徐和老寿的自杀引起的社会性的动荡，政府才不会出手救他！"

蓝天和陈子衿默不作声，也许是为了故去的老友而难过。

"子衿，这次来，我有意去拜祭他。"

"嗯，我也有此打算。"

"好了，不说这些了，老天会有眼的。"老叶又开腔了，"好了，轮都轮到我了吧，蓝天，还记得我们不打不相识吗？记得那个时候，我风光无限，真的很目中无人，我们刚从另一饭局上转场过来，进门便大声喧哗。当时我还非得要蓝天喝酒。蓝天婉拒后我有点生气了。"

老叶这么一说，气氛又活跃了。

"我至今难忘您对我说的那句话——媒体记者，说白了也就是拉广告业务的嘛，来，满上三杯，干完了我订你1 000份报纸！"

"当时你很生气。"

"当然，非常生气，不过后来我在《温州早报》走马上任后，才知道何以会致使你这么看轻我们这些记者。其实，在温州每个报社员工都有订报任务，而且很多记者都需和广告挂钩，这违背了报业的采编与广告分离的原则。其实温州的民营企业走到今天，温州的媒体也有着间接的推动作用，包括甘愿沦为企业的帮闲文人，只知鼓吹而不作引导，并受广告商业的影响，大力倡导奢侈生活，和甘当房地产投资的第一大帮手。第一个看房团，便是来自温州的媒体。"

唯利是图，是整个温州的风气，也是一切悲剧的根源之一。

唯利是图

唯利是图，让阿珍走上了一条不归路。

命运总是这么神奇，在蓝天身处的身家千亿的饭局隔壁，阿珍一家正在大力宴请大恩人加大财神——阿云姐，甘愿"出血"把酒席摆在"新蔷薇"。为了此次阿珍的事，蔡母还特地把她在温州唯一的好姐妹阿如姐也拉了出来。

其实，蓝天在刚进来的时候，敲错了门，先敲的正是蔡阿珍的门，当大门打开时，看见里面是三个中年妇女围桌而坐，赶紧致歉退门而出，往隔壁的包厢走去。当他刚进门，谢老招呼他坐下的时候，潘晓倩挽着阿珍的胳膊出现在了三楼的楼梯口，她们方才在一楼大厅下单子，又是一个前脚一个后脚，错身而过。

命运又和他们开了一个咫尺千里的玩笑。

"我看呢，这事是有点眉目了。"潘晓倩道。

"嗯，不过我担心需要的钱太多了。"

"这个都好办，你放心。"

阿珍和潘晓倩推门入席后，阿云姐的嘴巴停不下来了，像机关枪似的，道尽了美国的新奇事儿，还有某某华侨回来后是如何的风光无限。

"喏，"她往嘴里送进冷盘上的一块大肉，吧唧着嘴说，"大南门那个大楼，是小郑盖的喏，小郑是谁啊，就是现在美国一家集团的董事长，是美国温州同乡会和温州两个大协会的副会长，人家现在多有钱啊。想当年，来找我帮忙的时候，还吃了上顿没下顿呢！那个阿春啊，可更厉害了，当年家里东拼西凑，凑了400美元去美国，当年他才16岁呢，后来讨了个希腊老婆，现在人家可是浙商风云人物之一。喏。"说着，阿云姐指着电视机，"温州电视台前几天还采访过他呢。"

那时温州各大包厢均设电视机和卡拉OK。

阿云姐说起这些温州的华侨创业精英如数家珍，而事实上，这两人和她八竿子都打不到一起来，阿春当年也不是去美国，而是德国。可怜这两位杰出东商人物就这样被她拿去做活广告，忽悠得蔡家人心花怒放。

"那得需要准备多少钱？"蔡母赶紧切入正题，而事实上这也是阿云姐此番的目的所在。

"这样说吧，我可是纯粹帮阿珍的忙，谁让我喜欢这个小姑娘呢，不过这一路上花的钱还是要一些的，你也知道阿珍没文凭没技术，想正规办签证去美国是不可能的，所以这其中，我表舅还要买通一些海关的人，也不多吧……"阿云姐在抛出那巨额的"偷渡费"前刻意饶了好一大圈。

"那是多少？"蔡家这边的人都梗着脖子，竖起耳朵，瞳孔放大，提着心，除了早就心里有数的阿珍以外。

阿云姐很淡定地伸出一只手，五指张开摞在她们面前，说，"5万。"

"哦。"蔡家这边的人松了口气。

谁知道阿云姐凑上来，又加了两个字：美金！

"啊？！5万美金？！"

5万美金折合人民币以当时的汇率可是要高达50万元人民币，这让原本就困难的蔡家到哪去筹？即便是借高利贷，人家也是要掂量你家底子的。

蔡母无言以对——她恨自己没能力。阿如姐则差点跳起来，开始嘟囔着发牢骚。

"我早说了，哪有这样的好事啊，你们也不事先说清楚，这顿饭可是阿珍家要开十个房的钱呢！这若是有五十万，还用得着去什么美国吗？"阿如埋怨道。

阿珍倒是相当镇静，一切似乎早在她预料之中。

"这事，我和阿云姐姐商量过了，"阿珍小心翼翼地说，"阿云姐可以让她的表舅先帮我们垫付和做担保，我们只需要先付一成。"

"嗯，"阿云姐接腔道，她是怕阿珍讲不清楚，"去了美国，阿珍在我表舅餐馆打工。第一，可以解决工作和住宿的问题，第二可以偿还这笔费用，按照美国3 000美金每月的标准，阿珍两年内就可以还清所有的债务，接下来每年都是净赚的了。"

听阿云姐这么一说，蔡母和阿如又来劲了。快人快语的阿如赶紧端起一杯酒向阿云姐敬去。

"阿珍也和我说，"阿云姐又道，"你们家可能5万也拿不出来，这个不用担心，你拿着阿珍要去美国的由头过去，有的是人借钱给你们。"

好心的阿云姐真是送佛送到西了。

故友重逢

"蓝天，那就送你到这里了。"老叶的车在温州国际大酒店停下。他还是秉承温州人好客的秉性，坚决不收蓝天的车费。

"呵呵，我收了的你钱，倒真的成了你的司机了。"他打趣道。不过说的也是实情。

"今日我们能重逢，我也很高兴，和你谈了很多憋在我内心的话，也让我似乎明白了以前的根源所在，其实做实业还是有机会，我也一直想东山再起，也一直在找新的机会，踏踏实实重新起来，输了跑路和一蹶不振不是我们温州人的性格，如果有机会，我希望你能想起我。"

这番话足够真挚，蓝天非常满意地点点头。

"老叶，一定，后会有期。"

"后会有期！"

两人的手紧紧握在一起。

侍者给蓝天开了车门，蓝天下了车，和陈子衿拖着行李往酒店大堂走去，此时，另一人已在大堂的沙发上等候着他们。

"天哥！"当看到蓝天，那个身影再也按捺不住，全然不顾这是四星级酒店，老远便冲着蓝天他们挥手大叫。

蓝天见状，也立刻挥手回应，并加快步伐走了过去。

然后，两个大男人当众紧紧拥抱在了一起。

"天哥!"

"阿东!"

两人再度喊着对方的名字。这两个男人，试图用最平静的话语来冲淡重逢后的喜悦，但是，有力的拥抱却泄露了他们伪装的坚强。都说男儿有泪不轻弹，但是，气氛造就了这一切，几乎在陈东落泪的瞬间，蓝天的眼眶也潮润了。

他们曾一同见证过青春的悲喜历程，也经历过生死的人性挣扎。

他们分开拥抱，然后定定地看着对方，看着时间和现实的无情，让他们浮沉离乱，往昔只能在眉眼中找回痕迹。当年青涩懵懂的他们，转眼间，竟已带着一身沧桑奔赴不惑之年。

"阿东，你瘦了。"

"天哥，你也是，没有了你们的城市，空荡荡的。"

你们——也就是蓝天，阿豪，还有阿珍，或者还应该有阿倩吧。

然而，除了蓝天，其余的两死一失。

一句话让两者内心深处顿时翻江倒海，眼见一场故友重逢将演变成江水决堤，突然一个神秘的礼物让两人转悲为乐。

"哦，对了，你看。"阿东这才想起了什么。

他转身，迫不及待地打开沙发上的小包，一个毛茸茸的东西"喵"的一声探出了脑袋。

"米娜！"蓝天轻喊了起来，阿东竟然把它也带过来了。

"我想他一定很着急想见自己的主人，所以……"

阿东尚未说完，蓝天便俯下身，将这只叫"米娜"的白猫轻轻抱起。令人感动的是，这个小家伙竟然还认得自己的主人，立刻用自己的脸轻蹭着蓝天的下巴。

"阿东，阿东！"蓝天竟然如一个孩子一样兴奋地喊道，"它真的还记得我认识我……"

"是的，它一样，它的女主人也一定一样。"

蓝天抬眸，感激地看着阿东，投以心照不宣的眼神。

"走，天哥，到我家去，弟妹还在等着呢。"

"好。"蓝天将米娜重新装入包中，转身对陈子衿嘱咐道："子衿，帮我办好入住，晚上你自行安排，我先同老友聚聚。"

他拍了下陈子衿的肩膀，两人心照不宣。

陈子衿笑着点头，他看到老板这么动容，也非常激动，此次温州之行，于他而言，收获颇多。

老街情事

离开国际大酒店，蓝天和阿东往解放街走去。

从国际大酒店至解放街，步行路途需要10分钟。这里的商业发源于民国时期，在90年代以前，是温州最繁华的地方，尤其是穿过五马街往东前行，路的两旁均能看到明清和民国时期建筑风格的老宅。街道两旁的房子，均是一幢连着一幢的三层店房，一楼做商铺，二楼三楼是一家数口的起居饮食间和工作生产车间。早年，从这里不知走出了多少的温州商人。

这条街承载了温州人的太多故事。一度作为温州商业地标的它，是老温州人难以割舍的情怀，它的变迁足以折射出温州的变化。

"这条街失去了的10年，正如温州商人失去了的10年。倘若仅仅只是失去了时间和金钱不要紧，最怕的是——失去了曾经的市场。恰如这条街一样，重新再起来，市场已然被新崛起的商圈所抢占。"蓝天幽幽地道。

"诚如天哥所言，现在的温州城，曾经一直安守本分做实业的人，其实在这场金融风暴中，不仅没受影响，反而做得更大。这或许是我们这群贪心的人，给温州带来的唯一的补偿。所谓危机，我们的机成为我们的危，而他们的危却带来了机。我们现在想重新再起来，重操旧业，已经很难很难了，我们的市场，我们的客户，已经收入他人囊中。"

"阿东，不要气馁，柳暗花明又一村，而且，最坏的时候我们都熬过了，我们还怕什么呢？"蓝天拍拍阿东肩膀。

"嗯。"

两人行至路半，蓝天突然在一个拐角处停下，看着这里出神。

"长人馄饨……"他的脸上浮上了哀伤的笑。

"嗯，"阿东道，"温州老字号。在温州，假使不炒房和放贷，这些小本经营的人不仅不受影响，反而生意更好了。尤其是那些快餐小肆，吃的人多了。以前去酒店胡吃海喝的那群人，回归了，如我一样。"

说起这些话，阿东没有任何酸意，倒是有几分庆幸。

"现在的日子好，过正常日子了。"阿东复道，算是自我宽解。

"希望我同阿珍也能过正常的生活。"蓝天道，"这家馄饨店，我以前和阿珍来过，记得那个时候她很纯，还是她带我来吃馄饨的。我记得她对我说……"

记忆的碎片

"天哥，这就是温州著名的长人馄饨，有近百年的历史，除了它，还有个矮人松糕，都是温州市民家喻户晓的传统名小吃之一，我以后再带你去吃。"坐在1998年的古朴简陋的长人馄饨店里，阿珍注视着蓝天道。

"你知道吗？香港影星任达华也慕名而来，一尝其绝世风味，呵呵。"她的眼里都是笑意，不过旋即又想起了什么似的，打住了。

"你知道吗？"她脸上虽然是笑意满面，但是神情里却荡出一丝哀伤，"以前我爸爸最喜欢带我来这里，那时候弟弟还没出世，每次吃完，他都会叫着：'喂，老板，给我再来一碗，不要葱，多放点榨菜，多加几个馄饨，我再加点钱，我要带给我老婆大人。'每次都这样，直到有一次，我爸爸说：'喂老板……'还没说完，老板就把我爸爸后面的话一股脑儿都给说完了。"

阿珍说到这笑如花绽。

"每次爸爸和我吃完，都会一手拎着馄饨，一手抱着我，打着三轮车回家……"

"阿珍，"蓝天爱抚着她的头发以示宽慰，"没关系，等下我们给你妈妈带。"

"嗯。"阿珍如同傻丫头一样，眼里竟然噙满了泪。

这是他们在温州初次相遇后的一个画面，只不过打这以后，蓝天和阿珍又因为命运中那只无形的手的阻隔，阴差阳错地分开，这矮人松糕，蓝天一等就是16年。

蓝天还记得，从长人馄饨走出来，他们在这条温州老街上踱步，月光依稀落在他们身上，江风悠悠吹在他们身上。

夜风有点大，此刻的阿珍才略感冷意，抱臂而行，蓝天见状，默默地将自己身上的外套披于她身上。阿珍心头掠过一丝震颤，她依依地望着蓝天，月光下，目光如水。

"天哥，你知道吗，"她继续踱步前行，一边走一边道问，"张爱玲曾经在这里待了20天，在这条街走过，也如今日一样的夜晚。说起温州，大家似乎总跟金钱脱不了干系，浓郁的商味仿佛掩盖了温州作为一座历史文化名城的事实，甚至有文化沙漠之说。其实温州每一脚踩下去的地方都有历史。"

"当年张爱玲来温州是寻夫的，只是，今生缘浅，注定她与胡兰成只能两两相忘。"蓝天道，忽而他抬头望着月亮，"古月照今城，还是古月照今程呢？一样的月光，一样的城市，不同的人生旅程。"

"真不知道原来你也知道张爱玲的这段轶事。"阿珍的言语中充满了讶异的欢快，蓝天总能惹起她那么多共鸣，她也学蓝天一般抬头望向月光，"那年，张爱玲千娇百媚地来到温州，心底盛满了柔情和幻想，就像一朵盛开的牡丹。可是20天后，她落寞地离开，在温州，她留下了人生最悲凉的章节。在那个阴冷的雨天，胡兰成去码头送她，回上海后，她写了一封信给他，信上说——船将开时，你回岸上去了，我一人在雨中撑伞在船舷边，对着滔滔黄浪，伫立涕泣久之。"一个绝世奇才的女子，因为这次温州之行而黯然褪色，从此"萎谢"，不论爱情还是才情都枯竭了，也许天荒地老的只有这一弯古月。

"岁月静好，现世安稳。"她道，"当年胡兰成写给张爱玲婚书上的这八个字，只维持了三年，那浓烈的爱情，终不过在脆弱的现实和战乱中不堪一击，成了张爱玲一个人的天荒地老。"阿珍一边走着，一边幽幽地说道。

蓝天停住脚步，在这古朴的解放街，橘黄色的路灯下，他掰过阿珍的身体，双手扶着她的肩膀。

"阿珍，"他的眼里满满的都是真情实意，"我从来不认为岁月静好现世安稳是爱的承诺，这本身便是一个自欺欺人的悖论。人生是一条坎坷的旅程，如何能一世静好无虞？当年胡兰成手书这八个字的时候，希望的结果是——相爱的人在稳定的婚姻和和平的岁月中过恬静美好的生活。是故，胡兰成生活中变生不测便抛情弃义。真正的爱情，应该是生死契阔，执子之手，与子偕老……哪管人生有多少的凄风苦雨，艰难险阻，不离不弃，生死相依。不求生生世世，但求这一世的天荒地老，借古月绵延流传……"

蔡阿珍的眼里噙满了晶莹的笑意，月光下，两个清瘦的身影渐渐地，渐渐地靠在了一起。

死而后生

若干年后，蓝天频频想起那天与阿珍在一起的画面，更坚定了寻回阿珍，寻回那段感情的信心，那不仅仅是一段往事，也是一个坚定的承诺。

"到了，天哥。"阿东道，"你别嫌我们家寒酸，现在我们三个家庭住在这里。"

这是阿东丈母娘的老宅，阿东的丈人家生有两朵姐妹花，大女儿年轻的时候爱上了自己小学的同学，来自温州郊区的一个牙科医生，入赘至其家。婚后夫唱妇随，开办了私人诊所。其后，逢上了温州经济的如日中天的时期，面对那些暴富起来的温州商人，拔牙开出了万元天价，夫妻俩很快趁着温州经济上蹿的势头赚得盆满钵满，并搬出了老宅，在温州新城别墅区买了排屋，过上了优渥的日子。二女儿则嫁给了当时已然从房地产上捞回了第一桶金的阿东，岂料，2011年温州民间借贷风暴，把这一家人重新又打回到从前，打回到一起，打回到虽破却承载着最初最真的情怀的地方。

"三个家庭？"此时蓝天并不知阿东老婆姐姐一家也回来了。

"是的。静娴的姐姐一家也回来了，"静娴就是阿东的太太，说罢，阿东叹息道，"最近吵得厉害，可能要离婚。"

"怎么？"蓝天问。

"还不是金融危机，"阿东叹息道，"患难是真情最好的试金石。想当年，静娴姐夫开办私人诊所的钱还是丈母娘给的，发迹后，他连着丈母娘给他的本金以及后来做生意攒下的200万，加上在外借的200万，总计500万借给了在广州开发房地产的朋友，连个欠条也没打，也没和静娴姐姐打招呼。结果去年，那人彻底消失了。这事情爆发出来后，静娴姐姐和我丈母娘也没说什么，只是让他把房子卖了，还掉所欠的大头款项，搬回来，以后再作打算。谁知道，最近静娴姐夫经常行踪神秘，夜不归户，后来被静娴姐姐发现，原来他在外面找了女人了……"

阿东尚未说完，巷子口就传来一阵争吵。

"你这没良心的，当年……"但听一女声歇斯底里地叫道。

"当年，当年，没有当年了，我劝你想开点，你也去找个有钱的再嫁，现在有人愿意替我还债，我不愿意我是傻子！我们离婚吧，各奔前程！"说着那男的手猛一挥，甩得女的一个趔趄，头也不回地大步走了。

"姐姐……"那是静娴声音，她从楼上跑下来，阿东也迎了上去，随后，阿东丈母娘和丈人也来了。

"阿梅，算了，妈妈认为是好事。"从她母亲眼里看不出任何难过，不用问即知，就当养了只白眼狼，跟有钱的女人跑了。

"即不能同富贵，也不能共患难，姐，这样的人有什么好留恋的，你们那几年好的时候，"开腔的是阿东太太静娴，"我和妈妈早就看出他这个人的问题，一点责任心都没有，以前劝你你还听不进去，现在这样，我们都认为是好事。走，上去，请神容易送神难，就当我们花钱送了瘟神走……"众人扶着软泥一样的阿梅欲往楼上走。这时，静娴才看到蓝天。

"啊，天哥！"她激动地叫道，"快快，我菜都准备好了。"

"这……"见到他们家这个场面，蓝天有点不知所措。

"这有什么的，"静娴反而劝导蓝天，"他们俩已经耗了两年多了，我们都习惯了，现在总算对我们和我姐姐都是解脱。而且，2011年，我们什么没见过啊，人在财就在！怕什么！"她爽朗地笑道，望向蓝天心照不宣。

一场民间借贷大风暴，让一个脆弱的女人学会坚强和坦然。

蓝天笑笑，是的，对于一个大风大浪过来，连死都见过的人，还怕什么呢？连死都不怕，还怕生吗？

"走，上去，吃饭，喝酒！"阿东喝道。

望着帅气、不拘小节的阿东，蓝天仿佛又看到1998年那个最初的他。

回来了，他回来了，一个金融大风暴的大浪把丧失了某些东西的东子打回来了……

创业激情

"天哥！阿豪！"温州妙音寺商城旁的白马商城，一个铺位上，但见一个穿着蓝T恤，穿着一条打磨过的牛仔裤，腰间系着一个腰包的大男孩，站在凳子上叫嚷道。他的底下水泄不通地围着一群人。此人正是1998年的阿东。

1998年，如果您站在温州人民路的高楼上俯瞰，您可以看到这一奇观，熙熙攘攘的人群如蚂蚁一般，扛着大包小包，有些还推着小货车，就这样一步一挪地缓慢移动，其中有些是匆匆往家赶的旅人，大半是来自全国各地的商人。他们袋子里的货物有几百元一件的LV箱包，也有十几元一件的华伦天奴T恤，20元一件的鳄鱼衬衣。

这里就是1990年代全国闻名的温州妙音寺服装批发市场商圈，是政府特地为个体户创办的一个市场，这在当时是一件破天荒的大事，被称为专业市场的开山鼻祖。温州妙音寺在20世纪末期，是一个大江南北商贾云集的地方，长江沿岸乃至俄罗斯、美国各地的服装买手们，每年换季时就会前往温州取货。"温州取货"成了靠批发渠道赚钱的服装经营者们的必修课，而"妙音寺服装批发市场商圈"则成了他们熟悉的去处。每日里，门庭若市，车水马龙。从这里，更是走出了在全国服装界响当当的温州企业家邹成建。

然而，随着改革开发的深化，和崛起的全国其他服装市场，温州的妙音寺服装市场商圈自2000年式微，至2006年，完成了历史使命，被后追者——杭州四季青等代替，令人徒然哀伤，如逝水东流，不可挽回。

忆往昔峥嵘的岁月，外围的人，只能用"搞不懂"来形容，他们搞不懂，一件最普通毫无款式可言的成衣，都会有超过上百万件的订单；

而里面的人，说起它，总是对之投以深深的一回眸，这里包含着无限的眷恋，包含着太多的依依不舍，曾经多少个夜晚挑灯鏖战。这里为他们带来了丰厚的第一桶金，彻底改变了他们的命运，同时也成就了他们商人的辉煌。它曾经承载过太多的神奇故事，承载过太多动人的传说，演绎着太多的历史，纵然而今已沧桑巨变。这是一个温州商人至今仍深为留恋的创业福地，也是温州那个热火朝天的创业时代的历史印记。

阿东依稀记得，当初他看到这个繁华的场面时，那抑制不住的喷涌而出的狂热的创业激情是如何得让他激动……

阿东，温州寻常人家子弟，父母无任何可大书特书之处。

开始试水商业，还是在阿东16岁时，那时学校开运动会，他批发汽水，用每瓶0.19元买进，0.2元卖出，赚到了生平第一笔钱，共计5毛。这是他人生的第一笔利润，从此后他一发不可收拾，辍学摆摊。在同龄人尚处于懵懂状态，他的商业神经已被早早激活。

他是一个线条凌厉，黑发浓密，剑眉飞拔，鼻梁挺傲，豪气冲天的温州瑞安小伙子，他有着所有温州人都有的强烈的一夜暴富的迫切愿望。

出生在郊区农村普通家庭的他，注定要用自己的双手来颠覆先天的"魔咒"。

1998年初春的某一天，天未亮，他嘎吱嘎吱地骑着破自行车往妙音寺市场而去，当他到达市场门口的时候，被眼前的一幕惊呆了——晨曦微露的妙音寺市场，星星还眨着慵懒的睡眼，四周漆黑一片，然而商场大门外就云集了一大群操着不同口音的客商，他们如狼一样等候在市场门口。当工作人员刚打开一扇门，他们几乎是冲刺而入，拎着大包小裹，恨不得一下子就将大包塞满。而那些店铺，一个新款式，在个把小时内就批发完了，来迟的客商只好望着样品预定，次日再来拿货。而这些市场的商户，今日的货刚被抢完，明日的货已经被订光，生意好得只能用不可思议来形容。

干！钱！发财！

对商业敏感的阿东，明明感觉到，在这里只消有个档口，钱就能源源不断送进来。于是又骑着自行车往阿豪暂住的地方狂踩。

17年后，阿东仍然忘不了这些片段：他远远地看见阿豪，猛骑过去，脸上像开了花朵，说话连珠炮似的说——阿豪，阿豪，妙音寺市场的生意实在太好了！我们要发财了！我们一起干！

当时的阿豪甚为实诚。他想发财，但是又摸不着头脑！

"阿东，我们根本不懂衣服，能成吗？"

"嘿，"阿东道，"隔壁的阿牛懂得做皮鞋？还不是把鞋料加工场给捣腾得红红火火，人家本田车都买了。西村的胡大郎会做眼镜吗？还不是眼镜做得叮当响。再说说，那个胆大包天的汪君瑶，他会开飞机吗？却成了中国包机第一人！现在几千万身价呢！"

"对！我们怎么做？"

"先去租商铺，占个茅坑才能拉黄金屎！"

"妙音寺谁舍得腾出个坑给咱们啊？而且租不起啊！"

"旁边新的白马商场，同村阿峰做管理员！"

"真的？！"

"真的！"

大喜过望！

"剩余的怎么干？！"

"倒货卖货就这么简单！"

"好！干！"

"干！"

"不过，货从哪里来？"

这问题难住阿东了。

这问题阿东足足寻思了一天，翌日又神采焕发地去找阿豪！

"据说市场很多人去灵昆岛批裤子，每件裤子到市场可以加价10元，我们试试！"阿东说。

"我也去问阿峰了，他说也可以去广州，西城路的广州货也非常好卖，既然这里叫白马，最好去广州拿货！"阿豪道！

"好！广州我刚好也有认识的人在！"阿东信心十足！

"嗯，就这么定！先去灵昆拿货试水，毕竟代价低！"

"好！"

击掌！两个燃烧着熊熊创业热火的年轻人的手拍在了一起！

说干就干，两个对服装一窍不通的毛头小子，各自从家里和亲戚那里"化了缘",在妙音寺旁边的白马商城开出了一片店铺。

"叫什么好？"阿东问。

"叫东豪服饰！"阿豪道。

"哈哈，有你有我，又霸气，好！"

说干就干，两人果真跑去灵昆收购了100条裤子，生意正式开始，岂料，一开始就栽了个大跟头。

出师不利

熨好衣服，样品挂放妥帖，阿东就往那"东豪服饰"的招牌下一站。刚站定，就来了一拨人。只见他们东捏捏西看看，问问价格价格。但是阿东一报价，所有人无不是摇着脑袋走开了，甚至有人还拿眼睛瞪阿东。

阿东心中纳闷的时候，阿豪来了。看见别人店里生意热火朝天，而自己家门可罗雀，不知何故。

"阿东，你赶紧扯开嗓子吆喝啊，我再去兜一圈看看！"

"好好！"阿东连声答应，提高调门喊着，"爆款女裤，来看看啰！"

阿东一开嗓，就拖着拉车的人凑了过来。

"什么价？"那人长着一个酒糟鼻。

"嘿！"阿东立时兴奋，虽然打小阿东就经过一番摆摊历练，但是对着今日开张的第一个客户，还是兴奋紧张的，嘴巴有点颤抖和打结。

"哦，哦！这个数，"他用手势比划了个三字，本该很顺口的价格却被阿东说得结结巴巴，"三，三十……"

"我问的是拿货价，不是零卖。"酒糟鼻突然一声咆哮，涨得鼻子更红了。

"我问拿货价！"他重申道，并生气地拍拍拉车上用黑色塑料袋包裹得圆滚滚的货品，示意自己也是批发商，你蒙不了我。

阿东以为是自己刚才报价时口气不够坚决，才惹他生气的，就堆着一脸的蠢笑，凑近他，诚恳大声地说："是啊，是拿货价，30元。"

酒糟鼻咂咂嘴，厌烦地叹了口气，丢下一句话："开什么国际玩笑！"说完，转身想走。

阿东这才意识到对方想砍价，第一笔生意啊做不成可不吉利！

他紧追几步说："那你想多少钱拿？你先说个价嘛，好商量。喂，别急着走啊！"

"多少钱我都不拿，你自个儿留着慢慢批吧。"酒糟鼻背对着阿东，大手一挥，好像阿东是只在他耳边嗡嗡作响的苍蝇。

阿东不甘心地继续说："咱们商量商量嘛。要知道，只要我不亏本我就卖给你。"

"好，你诚心点，再报个价。"酒糟鼻这才肯转身。

阿东踌躇了半天，终于很狠下心道，"25元，再低，我真的要亏本了。"阿东想，这会儿你总该满意了吧，快答应快答应。

谁知，酒糟鼻又变脸了，头上暴着青筋，厉声说："你玩我呢吧！你还有完没完？我不是跟你说了嘛，白给我都不要！"

阿东被他这一嗓子吼蒙了，呆怔在原地。

还没等阿东回过神来，酒糟鼻又发腔了："有你这么批货的吗？你满市场打听打听，你告诉我的是批价吗？我来这个市场拿货又不是一天两天了！"

阿东真是没辙了，不知哪里得罪了他，不买就不买嘛，发什么火。此时阿豪出现了。

"阿东，阿东！"阿豪火急火燎地跑来，敢情什么事情不妙。

"我们被坑了！"这五个字如惊雷一样炸在阿东耳畔！

原来阿豪刚刚整个市场一转，吓了一大跳，他们拿的裤子款式满市场都是，据说两个月前就有了，都已经烂行了，而且家家只卖到20元，而他们批发来就要20元了。

有一家门口干脆用纸板写着"跳楼，零售价每条20元，不讲价"的字样，旁边还用红墨水画了几滴眼泪。无论颜色、做工、面料还是吊牌和我们的一模一样。

阿东目瞪口呆，顿时软在货摊上。

这就是曾经的阿东，为了2 000元的货款而捶胸顿足的陈东，也是若干年后，几百万元划出去眼睛眨都不眨的阿东。这便是他和阿豪创业的开局，这以后，他和阿豪分析了下形势，决定还是远涉千里去广州拿货，因为本地的厂家同质化和模仿太严重，而广州当年是中国服饰风向标，两人定下先用广州的服装打响"东豪服饰"的牌子，赚得第一桶金，而后再利用这个牌子拿广州货做仿版自己开加工厂。

　　由此，阿豪才得以和蓝天结缘，命运冥冥中也借此安排了阿珍和蓝天千转百回的爱情的相遇。

生机再现

　　家宴是设在这幢老宅的三楼右边间，阿东和静娴的卧室。阿东丈母娘家的这幢老宅和温州解放街上其他的老宅一样，都是三层的店连房，一楼是店铺，二楼是客厅和厨房，三楼前方住着静娴大姐一家，后方则是阿东他们，而两位老人则住顶层搭出的一间阁楼。20年前，这条街上的温州人便是这么长大的，有时一幢房子三代同堂，一楼的店铺还在开张，十几口人虽然空间局促，然而其乐融融，大家铆足劲奔向共同的富裕目标。

　　只是，眼前这样的生活也太屈就这曾住着三千尺豪宅的一家了。

　　"静娴，"阿东道，"听天哥说了吧，这是最早的我，那时候很傻吧。"

　　"傻点好，"静娴笑道，"像现在这样。"

　　说完，夫妻俩会心一笑。蓝天知道静娴话外有音。犹记当年，阿东暴富后，全然大变，夜夜笙歌不思归，当时，蓝天对阿东讲得最多的话除了那句"踏踏实实做实业"便是"早点回去陪静娴"。

　　众人正思量着，门被打开，但见静娴的父母端了好几盘热菜过来。

　　"蓝天，赶紧多吃点！可别客气！"静娴母亲便把盘子往桌上搁，一边往围裙上搓着手一边道，"以前我们阿东不懂事，多亏你不计前嫌，现在一家人总算有惊无险，我也马上要做外婆了……"

此话一出，蓝天顿时讶异不已，记得在2011年那场风暴中，众多债权人闯入阿东家，找不到阿东，在他家抢啊翻的。当时静娴已经六个月大肚子，在争执中静娴突然一阵腹痛，晕倒在地，而后被送去医院，医生诊断，由于这段时间长期的精神压力，导致胎死腹中，而静娴可能也将永远失去做妈妈的机会。

记得那个时候，蓝天把阿东逮回来，阿东跪在静娴病床上，望着面如土灰、痛不欲生的静娴，他痛哭流涕，发誓要好好做人。

怎知，生机再现。

"天哥，我们夫妻俩敬你，静娴以水代酒。"

阿东携静娴举杯。

"砰"的一生，三人同庆。

"天哥，"阿东道，"今日只有我们三人，我希望尽快我们能四人对饮，你、我、静娴、阿珍。"

蓝天点点头，说起阿珍，阿东和她也有过一段交情。而且，正在蓝天来白马商城那一天，他们又擦肩而过。

缘悭一面

时光又回到蓝天和阿豪刚到温州的那一天。

方才站在凳子上的阿东对着蓝天喊完就被客户给拽住了。

"老板，你生意做不做，这款有几个颜色？"

"老板，货打好了没有？"

……

彼时的"东豪服饰"由于采购的均是广州最新潮的款式，打开了一些名声，故此已经有了一些稳定的客源。

"阿东，我来。"阿豪看到这个场面，按捺不住了，挺身上去应对道。

"我搞得定，你去了三四天我都能搞定，还差这一会儿啊，你快去安顿天哥！等一下去排档一起喝酒啊"阿东不容分说，说完笑着就转身去应对客户了。

"好！"阿豪应和着，和望着阿东含笑不已的蓝天，随着人群往市场口走去。而正在此时，在他后面，一个款款的身影走来。

"阿东！"一个我们熟悉的声音响起，正是来自那个款款的身影。

"阿珍妹。"阿东看见这身影突然眼前一亮，那眼神仿佛是等了她很久似的。对，此人正是我们的女主角蔡阿珍。她刚从广州下飞机，就为晚上摆摊来阿东这里拿货。

阿珍听到阿东这么个叫法，皱皱眉头。

"好几天没见了！"

"我去了广州一趟。"阿珍道。

"你去广州，这么巧，阿豪也刚从广州回来。"阿东一心只顾着和阿珍说话，做生意的心思都没有了，旁边的一个客商不耐烦地扯着阿东的袖子。

"你做生意还是泡妞啊，老板。"

此人这么一说，阿东大笑。

阿珍朝阿东挤挤眼，示意他先做生意。

"老大哥，你这么幽默，给你这个价，这个拿货50元，打包45元！你要多少？"阿东笑道。

"打包，一打。"此人非常爽快，说着开始数钱。

"等一下啊，"阿东一边点货打包，一边和阿珍说，而后非常熟练地一手交货一手拿钱，数完钱后，猛一点头和客商道别，并递了张名片。

"走好大哥，要货直接打电话啊，记住我们的牌子——东豪服饰。"而后转身便对阿珍说，"你没来的这几天，我天天给你留新款的爆款的货，你瞧瞧。"

说着阿豪果真从里面拿出一包。阿珍瞅了下很满意，并道谢。

"全部是阿豪前几天在广州发的货，每个5件，我按人家打包100件价格算给你的。"阿东笑眯眯地道，似乎有大献殷勤的意思。

"是的，你给我的确实是实惠。"阿珍也是实在人，"这次我和阿倩去广州，也顺便去白马逛了逛，看到之前你给我同样的款式，还是从你这里拿便宜。"

"那是当然！"阿东咧嘴笑道，"我拿几百件和你拿几件价格怎么可能一样呢，更何况，我阿东怜惜你阿珍妹妹，哪舍得赚你钱啊！"

"那我谢谢了，阿东哥。"阿珍但觉此人又好气又可爱，噘着小嘴道。

这一叫，直把阿东酥得骨头都软了。乐得他一边哼起了——阿珍，阿珍几时摆嫁妆，我等的好发狂，今天你要老实讲，我是否有希望……

他一边唱着一边还不断朝阿珍挤眉弄眼。

他这么唱，非但没逗阿珍开心，还惹得她一脸的感伤。

"别唱了，阿东！"阿珍噘着嘴巴道，"我要去美国了，本来好端端的心情，被你这么一唱……"

"啊，你要去美国？"阿东一脸的讶异和失望。

"是的，阿倩的阿姨帮我办的，慢的话三个月，快的话一个月。"阿珍幽幽地道，那言语里既有欣喜又有不舍。

"遭了！"阿东叫道。

"怎么了？"阿珍一脸紧张。

"我的爱情鸟就要飞走了……"阿东对着阿珍突然唱了起来。

阿珍破涕为笑。

一墙之隔

"你和阿珍啊，就这样一个前脚一个后脚，你说折腾吧。"讲到这，阿东喝了一口酒，"你们的事，真的足以写一本小说了。如果早知道那天你下飞机就找她，我早就可以让你们认识，如果那天你们就遇上，阿珍还没有给阿倩那个假冒的阿姨支付订金，后来也不至于这样。"阿东叹息道。

"是的，总之阴差阳错。后来，很长一段时间，我们还是一墙之隔。"蓝天道。

"一墙之隔？"静娴早就听闻阿珍和蓝天的传奇的爱情故事，女性的好奇心又萌发，欲知更多细节。

"是的，那天天哥前脚走，就是去阿珍的隔壁，所谓一墙之隔是指隔着一道围墙。"阿东说着，又往嘴里塞了几颗花生米。

"我记得，"蓝天悠悠道，"那天阿豪带我去白马市场旁边的一条小巷弄，从弄堂的边门进去就是一排老建筑，阿豪知道我这个人有几分文化情结，特地给我租了一个带天井的旧式房子。那房子我很喜欢，天井里开满了月季和杜鹃，屋子里也非常干净清爽。只是，阿东告诉我这房子还是有瑕疵。当时他是这么和我说的——天哥，这套房子我觉得最符合你的品位，只是有个问题，看到了吗？旁边的这堵围墙，这围墙外有很多私人旅社，希望不要打搅你的生活就好。当时我怎么知道，围墙外的第一间就是阿珍的家。"

"天啊，这么浪漫！"静娴惊呼道。

"还浪漫呢，我说是太折腾了"。

"这叫一波三折，百转千回，知道吗？"静娴和阿东开始打情骂俏起来，"我当初就是让你太容易得到了，哼哼！"

"哎，我以前太有钱了，我以为给你足够钱花你就开心，男人在外闯事业嘛！"阿东解释道。

"真是富有富伤心，穷有穷开心。"静娴嘟囔道。

"平平淡淡就好，两人能相持到老就好。"蓝天叹息道，"我的阿珍，我希望明日能见到她。"

阿东这才想起。蓝天此次来最重要的事是找阿珍。

"天哥，我想过了，明天我带你去阿珍有可能会去的地方都找找。"

"阿东，谢谢，我已作安排，她会出现的。"蓝天道，似乎颇有信心！

"好！天哥！我们再干杯！正如你当年一直和我说的！努力就有希望！"阿东的脸上再度燃起当年的澎湃激情！

努力就有希望

"苦干就有出头天！努力就有希望！前面那句是我爷爷说的，后面那句是天哥说的，我们不能气馁。"白马商城旁的大排档，阿豪一边自责一边给自己鼓气。他喘着重气，一口气把整杯啤酒给灌进了肚。

"我们竟然又被坑了！"阿东也气得一仰头，一口把酒给闷了。

"这次是我不好，是我不够谨慎，"阿豪道，"怎么知道，就上面几件没问题，下面的全部是油渍。"

如蓝天所料，阿豪那批尾货确实有问题，除了上面几件外，压在下面的全部都是袖口有锈迹的次品。

阿豪打电话去找老板追问过。

"尾货生意就是这么做的，和你说了是论包卖的，否则怎么这么便宜，看你自己运气了。你想退？想也不要想了。"广州那边的态度十分强硬，根本就不容协商。

600件衣服，两件套，10元一套，算起来，损失6 000元。虽然这笔钱现在来说，是笔小数目，但是对创业时的阿东、阿豪，相当于批发掉600件衣服的毛收入。

"阿东，我看里面的背心完全都没有问题，把那些有问题的外套处理掉，内衣单卖如何？"阿豪知道自己犯了错误，在努力想办法解决。

"内衣单卖，最多也只能卖个三到五块。"阿东叹了口气。

"哎！"两人又一起叹气，光顾忧虑，连一口饭也吃不下。

蓝天一直不发话，似乎在寻思什么。

"阿豪，"蓝天开腔了，"我想和你确定几点，第一，内衣是不是完全没有问题？第二，外套只是袖口有锈渍？"

"是的。"听蓝天这么说，两人似乎有些奇怪，怔怔地看着蓝天。

蓝天又寻思了一下道："你把次品拿一套给我看下。"

两个傻小子有点愣住了，继而阿东似乎感觉到了什么，对着发愣的阿豪叫："快，阿豪，你愣什么啊，快去，天哥一定有办法！"

阿豪这才想起，一溜烟地往他和阿东的住处跑去，不消5分钟，巷口又出现了他的身影。

"给，天哥。"他气喘吁吁地道，上气不接下气。

蓝天拿过衣服，摸了摸衣料，刚好是初夏穿的薄款，淡淡的紫色，外套和内衣同质同色，配在外面，没有扣子，领头用蝴蝶结系好，倘若不是袖子有问题，确实是今年流行的色系和款式，淑女的风情。

不知为何，看到这件衣服，蓝天又想到机场见到的那个女孩子，这衣服的风格与她十分接近。

这么一想，蓝天不觉抿嘴笑笑。

阿东和阿豪，还是怔怔地看着蓝天，不知道他葫芦里卖的什么药。

"确定每件都是外套的袖口有问题？"蓝天又问了一句。

两人顾不上答，只知道一个劲地点头。

"你们赚了。"蓝天笑笑，突然冒出这么一句莫名其妙的话。

"什么？"阿东和阿豪都傻眼了。

"我说天哥，你就不要和我卖关子了，这衣服都这样了，怎么赚？"阿东急了。

"还记得当年米特斯的邹成建第一桶金是怎么赚的吗？"蓝天问。

两人又摇摇头。

"当时他因为一个瞌睡，把生产的西服的袖子给裁错了，眼看着这些货全部都要成废品，他灵机一动，想起以前在杂志上看到过国外的休闲服，于是狠心地干脆把所有西服的袖子全部剪掉，这一剪剪出了中国的男装休闲装，这一剪为他剪进了四百万……"

"四百万！"两人又傻眼了。

"我说天哥，你就告诉我们怎么做，快快！"阿东这个急性子已经开始受不了了。

"你们不是一直想自己办服装厂的吗，现在其实是个很好的机会。明天阿豪去寻个加工厂，然后和厂家说，把袖口有污渍的地方全部剪掉，改成七分袖。然后，阿东你再去找一个碟片，现在温州的影碟生意很火，你去那里应该都能找到，那部片子是今年最流行的，叫《将爱情进行到底》，阿东和阿豪你们随便哪位，一集一集一地给我看……"

阿东和阿豪两人都傻眼了，不知道蓝天到底要做什么。

"注意片子里有个叫文慧的，衣服和你们这个款式颜色很像。找到那集后，再去写真喷绘的地方，让他们把文慧穿这个衣服的画面给截下来。然后，大大地在你的店铺挂上，打出一个牌子——绝版爆款徐静蕾文慧装。"

"啊，徐静蕾？"

"你们光顾着做生意，没有了解现在的电视剧流行什么，今年除了流行《还珠格格》，就是《将爱情进行到底》，里面的文慧是多少女人羡慕，男人爱慕的对象。"蓝天这么一说，似乎又想起了某个身影。

"徐静蕾，我知道，哈哈！"阿东突然大叫，"那岂不是她做了我们的活招牌，哈哈！"

"是的，而且，我看这个衣服质地这么薄，长袖反而穿得有点热，剪成七分袖，又时尚流行，电视剧里的文慧穿的就是七分袖。"蓝天道。

"哈哈哈哈！"阿东大笑，"我估摸这……这样可以卖到60元一件了。"

"啊！"阿豪还是没回过神，"那我们岂不是每件赚50元？除去加工费可以赚45元，600件我们就净赚2万多元。"

"对，就这么定，我觉得有戏！"阿东叫道。

"好，明天我就去找服装加工厂！"阿豪也信心满满。

"谢谢天哥！干杯！"

憧憬和成就感

"干杯！"阿东和蓝天不觉已干了6瓶，此时夜已深，然而三人意犹未尽。

"我和阿豪的第一桶金是这么来的，老婆你知道吗？"阿东说话时舌头已经有点打结。

"你可从来没对我说过，我见到你的时候，你早已经不做服装，也压根不提前尘往事了。"静娴道。

"是啊，做人不能忘本。人一旦有钱就飘飘然了。"阿东虽然酒喝得多，但是脑子是越发清醒，"想当年，为了几块钱，我和客户磨个半天，后来，连几十万的生意都看不上，只知道投资、融资、炒这个炒那个，花的以为是自己赚的钱，现在算下来都是自己的本金。"

"人在就好，你想阿豪……"静娴欲言又止，徒然叹气。

"阿豪，想当年你们真的很拼命……"蓝天若有所思。

"后来呢？天哥给你出的主意是怎么成功的？"静娴追问。

"后来，"阿东痴望着天花板，傻笑，"那些日子，我们真的很满足，一点点小的收获我们就可以兴奋个数天。那次，我和阿豪果真买了碟片，开始一集集地找，果然看到第二集时，我们两个激动地跳了起来，果然里面的文慧穿的衣服几乎和我们的一模一样，只是袖口是七分袖。于是我们就照天哥说的，把她的照片往摊位上一挂，然后把衣服支起来，喇叭一拉——绝版爆款徐静蕾文慧装，限量发售——喊了起来，天哥还让我们限定每个客户最多不能超过50件，这样更激发了那些客户的购买心理。那一天啊，简直被挤破了门槛，不仅600件全部被抢光，没抢到的，还登记下来，争先恐后地给我们付定金，这对我们来说是从没有遇见过……现在想起来，我仍然那么激动啊，我和阿豪收摊后，看着那一堆皱巴巴的钞票，那心情，好似做梦一般。而更激动的是，我和阿豪顺势开始办厂，拿着这个2万元和之前的积蓄，到杭州、苏州、无锡选购布料，然后再委托生产'文慧装'，谁知道，3 000件放到市场全部又被抢光。那一次，我们又赚了十几万元，十几万元，短短一周，我们做梦也想不到……"

"再后来呢？"听到阿东从前的故事，静娴竟然兴奋得睡意全无。

"再后来我们的东豪服饰一举成名，生产逐渐扩大……"说起这些，阿东痴痴发呆，"为什么以后再也没有这样的心情了……可以说，那个时候，重要的不是赚了多少钱，而是对未来的憧憬和成就感，这一些是我以后炒房赚几百万元也没有的感觉。"

"就是憧憬和成就感。"蓝天道。"我还记得那一天，阿豪把我拉到妙音寺，指着那些大服装商豪气冲天地说，天哥，不消半年，我要在这里挂起东豪服饰的牌子，我和阿东再也不是那个白马商城倒货的小摊贩，我们有自己的品牌，我们还要建自己的工厂，我们要成就自己的一番大事业。

"是的，果不其然，后来，我和阿豪，在藤桥租了一个旧仓库，请了8个制衣工人，买好设备，揭开了东豪制衣的历史新篇章。"

"那是一个热火朝天的年代。"阿东道。

"那是一个激动人心的年代。"蓝天道。

那是一个穷人可以翻身的年代！

穷人翻身

"听说你家嫂子的大女儿要去美国了。"

"听说你表姐的大女儿要去美国了。"

"听说你隔壁的阿珍要去美国了。"

阿珍要去美国的消息，在这群逐香趋臭的温州人圈子里很快就传开了，在他们看来，以上这些信号的传递就是——穷当当的蔡家要翻身了！去美国，淘金子，回温州，做华侨！

温州确实是一个对穷人相当刻薄的城市，"穷"在这里代表的不仅仅是经济上的赤贫，更是"没背景""没权力""没好处"以及脑子"呆""笨"的代名词。正如之前潘晓情所说的，《马太福音》里语句："凡有的，还要加给他，叫他有余；凡没有的，连他所有的也要夺去。"用这句话来形容温州人之间势利的交际观，实在是太准确了。

故此，阿珍要去美国的消息不胫而走后，蔡家突然就门庭若市了。长久不通音讯的大伯、二伯举家来访……乡下也突然冒出了若干表叔表婶堂兄堂弟……就连以前嫌弃蔡家穷困，嫁了个有钱的"皮鞋佬"就老死不相往来的大姨妈也来了，腆着脸口口声声说道："从小就看出阿珍的面相好，长大了一定会有出息，这不，都要去美国了！"边说边拉着阿珍的手，摸啊拍的，仿佛想沾点贵气。

阿珍淡然笑笑，说，不就是去刷盘子而已。

"那是刷盘子吗？"大姨妈嘴一嘟，继续道，"傻孩子，那哪是盘子啊，那是美金，刷的可是一张张美金哦！嘿嘿……"

说到"美金"二字的时候，大姨妈那眼睛闪着绿光，恍若掉进了大金矿里似的，而那发自肺腑的毫不掩饰的笑声，听起来十分瘆人。

虽然若干年后，事实向大姨妈、阿珍，乃至温州人证明：到美国刷盘子还不如在中国炒房子——阿珍们在美国刷30年的盘子所得，可能还不及大姨妈这些"太太炒房团"们炒3年房子。

"总之，这以后啊蔡家就靠你光宗耀祖了。"说着，大姨妈从包里掏出一个厚厚的大红包，"这5 000元你收好了，当姨妈给你的利市钱也好，当姨妈投资也罢，总之，以后可别忘了姨妈对你的一片心意，小时候你还是姨妈怀里长大的呢，等在美国顺了，把我家阿征给带起来，一家人要团结嘛，这样才会门庭兴旺……"

"谢谢姨妈。"阿珍嘴上敷衍着，心里对于这个大姨妈起不了丝毫波澜。

接着，那个阿珍恨之入骨的蔡花妹也托人送来了10 000元。蔡母拿在手里不知道收还是不收，怔怔地看着阿珍。

"阿珍，这也是你姑妈的一点心意，小时候她对你多好，经常给你买衣服，总归是一家人。"

买衣服，呵呵，阿珍打心里发出冷笑，当时爸爸尚健在，他们家还要靠阿珍家吃饭。

"而且，那是上一代的事情，她对你这个侄女还是很关心的。"受人所托的说客苦口婆心道。

呵呵，阿珍还在心里一阵冷笑，关心的是以后自己在美国有出息，回来好处没她的份吧。

"一家人总归要互相帮衬的吧。"那人又道。

"帮衬，呵呵，"阿珍终于发话了，"我爸爸在医院的时候她为什么不帮衬？我爸爸瘫痪在病床的时候她为什么不帮衬？整整3年，她是失忆还是失踪了？为什么轮到我现在要去美国了她才想起帮衬？为什么在我们最艰难的时候，我妈妈上门讨回自己该有的利益，来给我爸爸付手术费用，他们非但不帮衬还把我妈妈打得进医院？"

说客被一连几个质问问得哑口无言。

"帮衬，"阿珍继续道，"真心觉得自己愧疚了，凭她现在是温州第一个体户，坐拥我爸爸的店铺和他的老客户资源，每年百万元的进账，何以区区只拿个1万元来，当我们是讨饭的？我和你说，倘若她今日诚心后悔，良心发现，不消太多，拿出个10万元出来，我倒退她9万元，至少还说明她是诚心帮衬和后悔。1万元就想买回我们的亲情，消除自己造的孽，想都不要想。"

"妈，"她转身和蔡母道，"这么多年，你这么多年含辛茹苦带大我们。记得我中学的时候，有一年我们三人凑在一起连50元都不到，拿着这50元过年的！还有你，为什么会搞成这样？那么苦的日子，我们都过来了，没人帮衬，我们现在更不需要帮衬对吗？"

阿珍说着泪如雨下。

"嗯！"句句肺腑之言，蔡母也听得老泪纵横。

一切都已经过去，一切会好转。

阿珍的内心充满了坚定。

同样的月光

送走了姑妈派过来的议和大使，阿珍走出旅社的门口，在院子里，迎着皎白的月光，倔强地瘪着嘴。

一切都会好起来，她本来就不是寻常的女子，不应该过这样的生活，在微尘之上，云天之下，大气之中，呼吸着污浊的空气，承受着那些肮脏的人性。

想起去美国，她觉得自己如一个曾匍匐在地的人，不仅突然能挺起腰杆了，而且肩胛骨里似乎还长出了一对镶着金边的翅膀，可以高高在上，振翅而飞……

她要过以前他爸爸在时的日子……

她要让她的妈妈和弟弟过上好日子……

迎着皎洁的月光，一墙之隔，天井里的蓝天，也在悠悠深思。隐约中，他似乎又感觉到了那个牵动他年轻的心的女孩子正在自己身边，那个在广州机场见到的姑娘。突然他想起来何以对她这么有感觉，对，她酷似文慧，如此清新秀丽，大美而无言。

他摊开手，目光再次落在那天她写号码在他手心的那只手上，隐隐地心痛。

不知道她现在在哪里？不知道她过得怎么样？不知道她是否也如他一样经常会想起他，不知道她是不是会在等他电话？不知道什么时候才能再见面？

而此刻他心中产生那么多"不知道"的那个她，正与他隔着一道墙，沐浴着同一处的月光……

"这烦恼结，是谁家扭的水尖儿难透？这千缕万缕烦恼结是谁家忍心机织？"

他不觉默念着这首诗，这时突然一个白影蹿过，喵的一声停在他前面晃着尾巴。

一只可爱的小白猫，月光下它的眼睛晶莹剔透。

"喵！"它又冲着他叫，眯缝起眼睛撒娇，并朝着他走来，围着他的脚打着圈，蹭了又蹭。

"小家伙，看来你也懂诗对吗？"突然来了这么一个温情的家伙，蓝天心情大好。

"好，看你表现这么好，给你好吃的。"说着蓝天进屋端出了一碗剩饭。

小家伙见势毫不客气地大快朵颐起来。

此时，"叮铃铃"电话响起。

"您好，是蓝天吗？"电话里传来一个女性的声音。

"是的，我是《温州早报》办公室的小余，不好意思，早上打你座机一直没人接，我们陈总编让我通知您，如您有空，明日可以来报社办理报到手续，而且明日中午陈总编带领专刊部骨干人员为您设了接风宴。"

"好。"蓝天应诺道。

温州式报业

"叮铃铃……"突然电话响起，这让尚在宾馆里沉睡中的蓝天惊觉而起，蓝天一看，已是第二日早上9点，昨日和阿东故友相聚，喝太多了，以至于沉睡不觉醒。

接起电话，电话里传来一个女性的声音。

"蓝天，是我，小余。"对，这正是1998年给蓝天打电话，邀请其履新报到的小余，此时的小余已然调任到温州报业集团，担任集团办公室主任。温州自2006年成立了报业集团后，规范了各大报社的运作。在此之前温州的报业几乎操纵在私人老板手里，形如广告公司，甚至可以这么说，温州媒体是房地产炒作和鼓吹奢侈价值观，以及2011年借贷大风暴的帮凶之一。

温州的报业绝对可以算得上是中国报业史上绝无仅有的奇葩。

以蓝天1998年去履新的《温州早报》为例，便可管中窥豹。

"仅750万人口的地级市温州，虽然已有《温州晚报》、《温州商报》、《温州日报》、《温州都市报》四大报纸，但是，这些报纸没有关注到有个群体，那就是160万个在全国甚至海外的温州商人。

"这160万温州商人，拥有着强大的财力和市场运作能力，每年在外至少创造500多亿的产值，每年往温州汇回的资金超过10个亿，10个亿，是什么概念，所以，这个群体，是温州乃至全国各大品牌绝对不能忽视的对象，我们掌握了他们就是掌握了各大广告商的目标客户，目前温州没有一份媒体定位在温州内外的商人身上，这是我们的机会。

"人脉就是钱脉，160万海内外的温州商人期待一个沟通和展现的平台，这个群体本身就是我们最大的广告客户之一，掌握了他们就等于我们背靠了10个亿的靠山。

"我希望大家把报社当自己的公司，要饱含着创业的激情，这不仅仅是我，也是你们每个人的绝好的创业机会，我不过是为你们提供了一个平台，以后每个专刊部都相当于一个独立的广告公司，你们每个老臣子都是广告公司的老板……光靠着温州本地的那些读者，现在《温州晚报》的年广告收入是5 000万元，《都市报》则更多。我的目标是，三年后，我们要达到年经营收入一个亿，我们不仅要做广告，我们还要拉动温州人会议经济，以报纸为平台和依托，打造世界温州人大会，温州经济论坛，世界温州人俱乐部，将这群温州最有钱的人，广告商追捧的对象，聚集在我们《温州早报》的平台下，以后开发更多的延伸业务……"

这些便是《温州早报》一把手总编陈大斌的办报观。

正是因为看到了这个市场的空白和巨大的广告利润空间，在这股强烈的创富心和利益的驱动下，原本经商为生的陈大斌，通过关系接管了当时仅剩下30万元资金、几十张破桌子、几台空调，此外一无所有的温州早报社的前身——温州服饰导报社。而后他四处融资借款，白天在办公室吃快餐，晚上睡地板，即便是高烧40度，也挂着点滴和员工们一起奋战的工作状态和当时的温州企业家并无二致。在其天才的商业头脑和温州媒体"独特"的经营理念下，陈大斌不消一年就扭亏为盈，成为温州有权（话语权）、有钱又有人脉的财富新贵。

是故，温州的报业，一如温州人一样，唯利是图。正因为这点，1998年蓝天的履新就职面对着巨大挑战，陈大斌的办报观和理念冲击着蓝天惯常对传媒的理解、认识，更挑战着他的道德底线。

短命的履新

蓝天很快便履新了。新官上任三把火，在选题会上，蓝天提出需要深入各县区去走访民营企业作调研。

"那天我赴谢毅老师的饭局，在席间遇见了汪君瑶、邹成建等温州有代表性的企业家，我们共同在讨论，到底存在不存在温州模式，或者以前所谓的温州模式是否适用于现在的这些问题。此外，我发现，时下温州的民营企业面临转型和升级的瓶颈和困惑，并且出现了一些大型企业在上海建立总部，小型企业外迁的现象，长此下去，温州必定产业空心化，这将影响到温州企业乃至温州经济未来的发展方向和布局。我想就这一个专题，深入苍南、瑞安、永嘉，走访企业做一篇深度的报道。"

专刊部一致通过这个选题，上报主编后，蓝天带着与他几乎是同时考进报社的一个名叫余荣星的记者，开始了将近一个月的对温州企业的走访和调研。顶着烈日，而且还在没有人带路的情况下自己乘车走访调查，辛苦是不言而喻的。

而这一个月，不安于摆地摊和看店的潘晓倩，每天暗中留意姑妈店里"有钱"的男人，终于有一天瞄准了一个她自认为拿捏十足的光头佬。此人五十出头，秃顶，脑满肠肥，但是这又有什么关系，潘晓倩不过把他当作阶梯，绝对不会和他过长久日子。当潘晓倩坐上他的本田车，搂住他那滚筒一样的腰，将酥胸贴紧他的后背，没见过世面的暴发户，连连喘息，大汗淋漓，一个激动，许诺给潘晓倩10万元开个饭店……

这一个月，阿珍依然过着白日在旅馆帮助母亲打理房间，夜里摆地摊的生活。无论如何，钱不愁多，哪怕能给妈妈、弟弟多留些备用钱也行，而阿珍的胞弟，也从广州特地赶回，一家人珍惜着离别前的最后时光。

空闲的时候，阿珍会去妙音寺、松台山走走，感怀一下离去前的最后光阴。偶尔也会想起那天在机场见过面的男子，摊开手心，想起自己在他手心留下电话的那个画面，心会有些痛，但是很快她会甩甩头，甩走那一切。初时，她曾那么急切地等待他的电话，但是一次次落空，在此刻的她看来，此人也许正如阿倩所说的，一时动情而已，待其回到温州，早就把在机场允诺温州见的那个女子抛诸九霄云外了。

除此之外，阿珍最珍惜的便是和咪咪一起聊天的时间。

咪咪是阿珍在弄堂花园喂养的一只流浪猫。一个雨夜，阿珍听到凄惨的喵喵叫，寻找了半天才发现，花园的雨棚下缩着一只被雨淋湿的小猫，那小猫甚是可怜，浑身湿透，而且严重地脱毛，乍看之下像只老鼠。

阿珍随即带它去医院救治，医生鉴定由于长期营养不良导致严重皮肤感染，并给它做了一个礼拜的药浴。看着这么小的生命，才三个月大，没有了爸爸妈妈的庇护，历经了这么多的艰辛，还能坚强地活下来，感同身受它的命运，阿珍不觉想起了自身，深深地把它抱在怀里。自此后，它成了阿珍除了家人外的另一个牵挂和依赖，只是碍于阿珍母亲对宠物毛发过敏，阿珍只能把它养在花园的过道处。而现在她要去美国，最舍不得也最牵挂的就是它。

"咪咪，我要去美国了，你怎么办？"每每如此，在夕阳下的院子里，她一边给它喂食，说话，一边忧伤满面。

而此时的她，并不知道，一墙之隔的另一个男子未来有可能成为她和咪咪终生的依靠。

危机初现

历时一个月，一台相机，两支录音笔，十几本笔记本，一盒子圆珠笔芯，蓝天与余姓记者终于走访完了温州主城以及下属地级市的

100多家企业，然而经过整整一个月的走访和调研，蓝天和余姓记者并不兴奋，而是百感交集，纵然眼前一片热火朝天，然则温州经济隐患重重。

蓝天发现作为全国民营经济最发达的地区，温州至今没有一家上市民企，温州产业尚以劳动密集型为主，仅仅是重要的制造业基地，处于产业链最低端、缺乏增长后劲，得以积攒财富的那些企业，在10年后的今天仍然停留在中小企业的规模和生产，缺乏竞争力；而作为市场化改革的先行者，温州经济管理的政府架构，缺乏优化投资环境；而作为改革开放的先驱者的温州商人，极端浓重的实用主义使他们满怀急功近利，只知短利而"四缺"——缺乏市场研发和创新能力，缺乏对人才价值的有效认识、缺乏现代企业的管理艺术、缺乏真正的企业家精神。

在调查走访中，蓝天还发现，一轮温州资金外流和企业外迁潮正在酝酿。其一是，温州资金外流，温州商人通过做企业赚了大钱，但没有把资金用于扩大再生产和技术开发，而是带着成箱的钱游走于北京、上海等大城市，把在温州挣的钱投资到其他城市，同时，随着房改政策的公布，温州企业的资本已然出现了流入温州乃至沪杭房地产的萌芽；此外，一股温州企业甚至整体行业的外迁潮正在暗潮涌动，自1997年温州矮凳桥灯具市场集体外迁后，服装、鞋革等整体行业外迁的风暴正在酝酿，而其走访的100多家企业中，三成以上企业均有外迁计划，大的迁至沪杭、小的迁往长三角沿线或者内陆……而其原因，归根结底是政府的不作为和腐败，蓝天在通篇报道中，摘录了企业的原话——

政府科技兴市口号落空，部门推诿，需"攀蓝儿"（走后门）办事，使我错过了最好的产品上市时间。当时我原本是响应政府的科教兴市政策，开发"合成液化气"项目，已报审批，然而一个月过去，迟迟无回音。待我们电话询工商部门领导，其以"办合成液化气要先取得消防部门的鉴定才行，所以没有消防部门的许可证，我们工商部门不敢发经营许可证"为由拒绝办证，故此，我们致电于消防部门，领导则说："新型燃料我们不鉴定。"一口拒绝。其后，我们不得已又追电询问方才的那位领导，他一再表示自己不管，消防如果不鉴定，万一出了事，他担当不起，打死也不给我们发证。后来怎么办下来？"攀蓝儿"，可是已然错过了最好的上市时间……

——某打算外迁的中小企业主

我是已经在办理外迁了，所以，放开和你说吧，办厂的时候也遇到这样的事情，原来我厂里一个样品打好了，生意非常好！然后"小鬼"陆续上门了。税务、工商、技监、消防、卫生、公安、街道、老人协会……查出一点毛病就罚款。这温州，我厂是办不下去了，我身边的朋友刚搬到了丽水，人家办好证局长亲自送过来连茶都不喝，过节还请他们企业家喝酒，在温州有这么多部门的"小鬼"来上门，免费地送给我，我也不会回来。

——某中小企业主

　　我旅法回国，想回馈家乡，所以回乡投资，计划先做葡萄酒
生意试水，继而希望能成立长三角的法国葡萄酒基地，谁知，在
温州出师未捷，曾经将一万多瓶葡萄酒进到温州销售，没想到光
办手续就花了2个多月，在阳光下暴晒没得到妥善储存的葡萄酒
便风味不佳了。而我在宁波进口葡萄酒从来没有遭遇这么烦琐的
手续，他们能简化的尽量简化。我的另外一个朋友，也回乡投资
办企业，谁知道拿下了地，审批了两个月项目也无法上马。

——某归国回乡投资的温州华侨

　　痛定思痛，经过这一番走访的蓝天，顿时能体会到当年屈原忧
国忧民的焦虑，于是挑灯夜战，伏案三日，带着满怀的激情和忧虑，
经过对素材的整理和分析，洋洋洒洒撰写了一篇《拷问温州模式，不
进则退》的万字报道。这篇报道，分别由温州企业现状危机、温州市
政府监管的缺位、温州的企业家精神缺失三系列构成，在深度分析温
州经济、民营企业生存和发展的现状后，蓝天还对如何进行政府效能
改革和温州企业的转型升级问题提出了建议，并发出"1 000亿资金
的温州企业外迁，倘若温州政府不引起重视，则温州经济必然面临衰
退"的振聋发聩的预言。

　　最后，蓝天以某著名经济学家此前温州之行的总结做了结
语——这次我在温州看到的弊端已表现得相当明显。一边是暴发的
温州人，一边是沦落的文化道德和基础设施，"穷"得只剩下钱了。

　　但是，摆在此篇文章面前的，却是"被枪毙"的命运。

道不相同

"请进。"1998年的温州，蓝天敲开了陈总编办公室的门。

"请坐，蓝天。"这位熊腰虎背，右边嘴角下还有颗黑痣的《温州早报》总编陈大斌见到蓝天，立时从办公桌边起身，并招呼着蓝天在沙发上坐下。

"请问陈总找我何事？"蓝天一脸的意气风发，盖因昨日的完稿而一吐胸臆，并寄希望于此稿刊发后带来的实际效应。

"呵呵。"陈大斌很淡定地笑笑，下颌的那块痣连着双下巴，抖了两抖。

"没什么事，不着急，先尝一口我泡的龙井。"他不急于和蓝天谈正事，而是慢悠悠地施展自己的茶道艺术。久经沙场的他，知道这叫"假痴不癫"，老话说得好"将欲取之，必先予之"嘛。

"呵呵。怎么样？"他笑道。

"不错，西湖正品的龙井。"蓝天答道，"甘香如兰，幽而不洌，啜之淡然，看似无味，而饮后感太和之气弥漫唇齿之间。"

"此无味之味，乃至味也，呵呵。这是龙井的上品，你知道吗，你现在喝的是龙井的明前茶，"陈大斌望向蓝天，见其一脸的诧异后笑笑，"论文化，我这个总编不如你们这些骨干，但是，论茶道和商道，你们可不及我啊。"

蓝天似乎听出了陈大斌话外有话，看来这茶背后有文章。

"所谓明前茶，便是清明前采的龙井茶，这在龙井中是最金贵的，越往后则茶品越差，龙井茶历来都是'以早为贵'，所以，向来人们说的：'早采三天是个宝，晚采是个草'就是这个意思。"陈大斌慢悠悠地抿了一口道，"这告诉我们啊，做事要识时务，在事务发展的鼎盛期顺势而为，不要逆势而为，才能立业赚钱，呵呵。"

蓝天隐隐觉得此茶有点烫手，遂将茶碟子放下。

"陈总，有何事，不妨直说。"他正色道。

"好，快人快语。"陈大斌依然不露声色，不紧不慢道，"是这样的，你的稿子写得非常好，切中时弊，一针见血，而且可以看出，你确实花了很多的功夫，为中小企业呐喊，句句肺腑，字字心声，只是……"他话锋一转，"只是此稿，我们不能刊发。"

"什么？"蓝天几乎是惊跳起来。

"为什么不能刊发？"蓝天问道。

"这里面不仅牵涉到政府部门而且还有很多与我们合作的企业。"陈大斌依然淡定自若，他早就猜到蓝天的反应，况且从业这么多年来，应对过无数个如蓝天一样刚开始一腔热血为民请命最后无不一一妥协的所谓的手下，他早就习以为常了。

"为什么？我们在南方报业集团的时候，这样的稿子并不算犀利，何况，我们媒体有舆论监督的权利。"蓝天道。

"那是你不了解温州的媒体，"陈大斌这次收起起先那副漫不经心的架势，开始正色和蓝天谈到，"蓝天，在温州，政府是媒体的生身父母，企业是媒体的衣食父母，温州的媒体不比其他城市媒体，全部是自负盈亏。而且，蓝天你还不知道……"

陈大斌面色凝重地望向蓝天道，"我们当时成立专刊的意思就是要展现温州商人的形象，传播温州制造的目的，而不是自揭其短。"

"陈总，"蓝天打断了他的话，据理力争，"诚然我赞同您的传播和展现温州企业形象之说，但是媒体也不能无视现状事实，自欺欺人，自吹自擂，为已然出现的问题敲锣打鼓，为已然出现危机的企业捧臭脚，媒体不是表功折子。而且，温州现在所遇到的问题，需要我们媒体进行深度的分析和剖析，现在这个时刻再唱赞歌只会让更多人飘飘然，只有监督批评才能促使这些顽疾得以纠正，媒体应该是社会的公器，无冕之王，具有'第四种权利'。"

"这是没办法，也是不可能的事。"陈大斌开始有些不耐烦，"其实，有件事情，我一直想抽空和你说，你可能不知道，温州报社的每个员工都有订报指标，而且级别越高任务越高，以你的主编级别是1 000份，由于你是谢毅钦点的，所以，我并没有对你有这个要求，但是你的1 000份现在分别分摊到了你部门的所有人身上。而每个订报业务是和企业挂钩的，企业定1 000分，我们返回同价的广告，故此，温州大部分企业都是我们的订报大客户，也算是自家人，我们怎么可以打自家人巴掌。"

"什么？！"蓝天再度惊跳起来，这种报业运营模式，蓝天闻所未闻。

"而且，你所在的经济专刊，还有广告指标，广告指标和每个人的工作绩效挂钩，无论是做采编的还是经营的都一样，当然，如果能完成指标不仅工资能全额收到，还有不菲的提成，温州所有的报业都一样，说是事业单位，其实是我们带头管事的几个自负盈亏的。"陈大斌兜底了，"所以，起先我说的，做事就是做势，就如西湖龙井一样，我们只消在清明前赚上一笔，至于晚茶，我们哪管得着，所以，你既然来到了这里，就不要再用你以前在外地的这一套。你要把你的优势发挥出来，你的优势也正是我看中的、真正聘请你的原因——那就是你和谢毅的关系，你要知道谢毅在温州经济界的名望和人脉资源，你要用你在南都的名望，以及一流的笔杆子，再利用谢毅的资源，为企业包装唱赞歌，为自己创富，为报社创利，知道吗？"

"呵呵，"听陈大斌如此道来，立时蓝天恍然大悟，所以连争辩的欲望都全无，"你的意思是，温州的报社就是广告公司，而记者都是帮闲文人。"

"你这么理解我也没办法，"听蓝天这么一说，陈大斌立即拉下了脸，"这叫温州式报业运营模式，整个温州报社如此，除非你跳出这行不干！"

陈大斌最后一个"干"字声色俱厉，上下颌一合之下，下巴的肥肉和着那颗黑痣又抖了两抖，他还真没见过这么不识时务的人，怎么请了这么一个书呆子！

余恨难了

回想起这一切，恍然如梦。

温州国际大酒店24楼的旋转餐厅，蓝天和小余一起共进早餐。小余心系这个老友，表示无论如何也要抽空与其会一会。

"当时幸亏你毅然离开了《温州早报》，否则，现在坐在我面前的，不是市侩的披着记者外衣的商人，便是炒房团的帮凶。"

余庆兰幽幽地道。

余庆兰说这句话是有其背后不为人知的故事的。她的表妹因为炒房被套，没有躲过2011年的借贷大风暴，芳魂一缕含恨奔黄泉，而余庆兰一直认为自己和自己当时所在的报社是罪魁祸首之一。

如上述在本书出现过的所有历经温州2011年金融大风暴而遭殃的人，余庆兰的表妹也是沿着——初时投资房地产，资金被套，借高利贷周转，"跑路"或者跳楼这条不归路走去。在2010年房价最高位时，余的表妹购入温州某个高端楼盘两套房，其后限购再加上金融大风暴，致使其无法偿还巨大的贷款和利息，为了顾及自己年幼的两个子女的未来生活，人死债烂，他们夫妻俩必须死一个才能了事。于是，一个下着冬雨的夜，这个羸弱的女子毅然决然地把自己的性命交给了房地产和高利贷的祭坛，让这场噩梦没有在她的家庭继续延续下去。

那个时候，小余带着她其中一个女儿来找过蓝天，问蓝天有无好的心理医生推荐，因为这个年仅10岁的小女孩，受不了母亲去世的打击，精神紊乱。蓝天至今尚记得那个女孩子当时的眼神，空洞无物。

"你的外甥女怎么样了？"想起她，蓝天心里油然一阵痛。

"进康宁了。"余庆兰沉重地道。康宁正是温州的康宁精神病院，一场金融大风暴后，这医院营业额直线上升。

"待我处理好自己的事，你带我去看看，我向医生了解下情况，再咨询下香港的医生，兴许能帮得了她。"

"嗯，"余庆兰突然抑制不住两颗珍珠般的眼泪滚落，"这也正是我今日一定要和你见一面的原因之一，希望真的有希望，才12岁的孩子，否则她这一生都给毁了。你知道吗，这几年我一直很内疚。"顾不得大庭广众，余庆兰啜泣起来，"孩子搞成这样，我也有责任，当年我们报社有多少场推荐会和看房团，我也是帮凶，报社领导让我充当托儿鼓动他们团购和买房，后来，很多人已经熟悉了门路，自行到外地去买房子，不再跟我们看房团走，看房团不够数，那个时候报社为了凑指标——当时温州各大报社承接看房团业务时会允诺一定人数——要求我们必须发动家属参加凑数。于是，就这样我把我表妹拉上了这条看似一帆风顺，实则马上要触礁的大船，害得她结识了那一群炒房的太太，还一副相见恨晚的样子，此后她才踏入炒房，一发而不可收。"

回首那一段由温州媒体策动的炒房团历史，依然令人不甚唏嘘，而《温州早报》是温州媒体的炒房团的先驱，是温州炒房团的始作俑者。

当年蓝天毅然辞职后，一个后来名震大江南北房地产界的《温州早报》专刊部主任——李海燕接替上马，不但与陈大斌沆瀣一气，并且将陈大斌的报业运营理念发挥得淋漓尽致。

2001年，温州房价已经逼近上海房价，最让温州人为难的是当地买房需要排号、走后门。而距离温州不远的上海，其房屋整体建筑规划设计原理不仅让温州房产所无法比拟，更让温州人动心的是上海当时还有购房入户的政策。为了让孩子读书，第一批温州人开始在上海买房。此时，身为《温州早报》专刊部主任的李海燕，看到了商机，突然萌生了帮助上海房地产开发商与温州商人之间牵线搭桥而赚取广告费的主意。

"这个点子好，怎么做？"当李海燕和陈大斌谈起自己的想法后，陈大斌尚不知效果会如何。

"让房地产商在我们报纸上做一个广告，广告费他们出，我们允诺保证一定人数，广告发出去后，我们组织到一定规模时就组上一个团直接飞过去。"

李海燕尚未说完，陈大斌就大叫好。

"不仅如此，群众是最相信媒体舆论的，我让两个记者配合你，你要把那个项目给我大吵特吵做预热。"陈大斌乐不可支。

于是乎，紧扣温州人心的一系列新闻炒作后，结果让李和陈大出所料，报名电话不断，人满为患。2001年8月18日，三辆车头挂着"《温州早报》看房团"横幅的豪华大巴自温州体育场出发，157名温州人浩浩荡荡历时8个小时，从温州一路向北，直抵上海，狂扫楼盘，成交49套，成交总额达6 500多万元。一时间，引得举国轰动，温州炒房团由此诞生，并被温州民间复制开来，后被各大媒体不断拷贝，逐渐深化。

为了能鼓动更多人参与这个游戏，为了让更多的房产商掏钱，温州媒体大力渲染，为房价上涨作出了"卓越贡献"。甚至将根本没有根据的炒房故事捏造得神乎其神，例如温州人买房如"买菜"；并放大了新闻点，大势炒作——例如上海，陆家嘴102套住宅仅两天就被温州人一抢而空，成交近亿元；杭州，西子湖畔每平方米逾万元的"黄金房产"主人大多是温州人；喀什，至少1 000名温州人拿下喀什商贸城半壁江山。

那时，温州有地产商曾对着外省的著名媒体毫不讳言地说："温州的媒体就是最大的炒房团，炒房的是炒房集团。"

而李海燕却由此彻底改变了一家人的命运，由一个普通温州女人摇身变为年入百万元闻名遐迩的温州炒房团团长，房地产鼎盛时期，其更是毅然辞职自办地产营销公司，短短五年间，获利千万元。然则，望着越炒越高的房价和为了赚取广告费而大肆推销问题楼盘的同行，和在炒房投机下越来越浮躁的温州人性，这位良心未泯的媒体人开始深感罪恶，于是乎，就在2007年，房地产高峰时间，她毅然地放弃了这一切，去往北京隐姓埋名，踏入了与房地产和媒体全然不同的行业。

"李海燕的全身而退，不仅救赎了她自己的良心，也使自己免于这场2011年的温州大劫难，"蓝天安慰余庆兰道，"你也不要怪自己，没有人预见到会是这么一场局面，包括我，你当时身处那样的环境也是身不由己，况且，你自己还好没有被卷进去，据我所知，这一轮温州的媒体人也被卷进去很多，不要说在2011年，直到现在，我还是会接到他们一些借款的急电。"

"死者长已矣，存者且偷生。"余庆兰幽幽地道，眼眶仍然挂着方才未干的晶莹的泪。

"哦，对了。"她似乎突然想起了什么，用手揩了下眼泪，转身从包里拿出了一份报纸。

是当日的《温州都市报》。

"你托我办的事，在封底。"

蓝天接过报纸，翻转过来，但见封底是一则整版的寻人启事，整个版面大量的留白处中间镶嵌着一段文字，文字曰——

又是三年，我已经等了你16年，只为那最初的相见。

这16年，我的心里盖了一座坟，里面住着一个未亡人。

如果你决定放弃自己，我不拦你，但是请您把曾经的阿珍给我

还记得范柳原对白流苏说的那句话吗？

如果你认识从前的我，你会原谅现在的我。

我认识从前的你，所以，你把心放下，原谅现在的自己。

5月28日6时，我在老宅，和米娜等你。

还记得你答应陪我去吃矮人松糕吗？

我已然等了16年。

——致2011年温州金融大风暴中失去音信的你

无需累述，此启事正是蓝天托余庆兰所登，在从香港出发前，他便致电余庆兰委托此事。

"关于广告费这事，你不用付了，也不是买我的面子，现在的温州报业和以前不一样，况且经历过这次金融大风暴后，虽然这是一则很普通的启事，却给了很多人希望，希望那些经历过金融大风暴的人，能从中看到一些温情，倘若你真的和阿珍重逢牵手，报社的领导说了，广告免费，但希望能让我们采访一下你们，做个后续的报道。一直以来，从2011年开始关于这场金融大风暴一直都是不断地'跑路'等负面消息，温州需要风暴过去后的阳光。"余庆兰的眼里饱含着激动和诚意。

"嗯。"蓝天点点头。

"阿珍，"蓝天轻喊着这个名字，若有所思，"倘若不是因为她，那一年，我向陈总递交辞呈后，已然离开了温州。"

月下合奏

当年，蓝天毅然决然向陈大斌递交了辞呈，而陈大斌初时极力挽留，甚至让报社主管采编同是文化人出身的副总编一同做蓝天思想工作，待发现一切徒劳后，愤愤然丢下一句"庙小容不得这尊菩萨"，收了蓝天的辞职报告。

而从温州早报社回来的蓝天，意兴阑珊，他怎知当初满腔热血地希望能回到家乡来一展抱负，岂料竟然是这样的结局，胸怀才学、心系温州，却郁郁不知何去何从。在寓所里，他拿出了从广州一路陪着他过来的小提琴，轻轻地用手轻抚着琴弦，"铿铿、铮铮、嗡嗡。"蓝天轻拨着琴弦，终于将琴架在肩上，右手持弓，弓与琴成正交，牵扯之时，悦耳的音乐开始流淌出来。蓝天托琴寄意，直抒胸臆，一曲悲凉悱恻的旋律开始在这如水的夜里，随着夜风，从他那半开的窗口向外飘扬零落。

此时阿东和阿豪尚在工厂加紧赶意大利华侨的订单，而潘晓倩则在阳台上与光头佬卿卿我我搂搂抱抱，每个人沿着自己的轨迹走自己的路，而蓝天和阿珍这两位始终阴差阳错的苦情男女，终于有了相聚的瞬间。

而此时的蔡阿珍，正在花园里忧忧地抚摸着即将无人照顾的咪咪，忧伤也正是"才下眉头，却上心头"，依依离别之情更是无处可诉，而此时，忽闻一缕小提琴的声音从墙外深处悠然飘来，满腔的哀伤突然从她的眼眶几乎要冲决而出。那琴声时而犹如大海波涛汹涌，充满了豪情和神韵；时而又如小溪流水，充满了忧伤和凄冷。

阿珍听出，这首是著名的古曲《乱红》，取自欧阳修《蝶恋花》中的"泪眼问花花不语，乱红飞过秋千去"之句，以不断重复低回、层层递进的旋律描述泪眼看飞花的意境。

在这个商业的温州城，是谁也有这般缠绵悱恻的情怀，是谁有如此超然于物欲横流的俗世的心境。是谁在拨动着琴弦，撩拨着她的心弦。

在悠然的琴声中，阿珍仿佛看到了她以前的生活，从这悠扬的琴声里，走出了那个纯真而徜徉在人间四月天的少女，那个终日徜徉在古典文学和琴弦书画中不问今夕是何年的少女。那是她，从前的她，曾经的她，以前的她，她最珍贵也再也回不去的那个她。那个她，那一切，在她爸爸离开后，从此戛然而止。

在这悠悠的琴声中，往事如此铺天盖地汹涌而来，阿珍猛然发现自己原来已经是满身的尘埃，当抖落尘土的时刻，她看到自己——一个赤裸裸的，忐忑的魂魄，惶惶恐恐地，张望着有没有人会读懂自己，有没有人可以带自己脱离这个凡尘，了解本真的自己。

情到浓处，阿珍拿起了自己的长笛，这支长笛，是10岁那年父亲给她的生日礼物，代表曾经的最真的自己。这一刻，阿珍才感受到，如果要问这世间有什么能读懂她的心意，可能唯有琴声。

迎合着隔壁那悠然的小提琴声，长笛空灵而悦耳的声音在阿珍的嘴下跳跃而出。

爸爸，女儿想你。

阿珍在心里悠悠地道，泪水也随着音符倾泄。

如此，一琴一笛一双影，一墙之隔，琴笛和鸣。

笛声如水，琴声起落，渐渐地，蓝天感受到一个个银质的音符从一墙之隔的长笛声中滑落，在他的小提琴上跳动，他愈发沉醉，心也跟着走进了一个愈发静谧无忧的世界。

是谁在和他共同弹奏着千古绝唱？是谁和他一样抚着这一把苍凉和忧伤。

这一刻，蓝天才发现，原来和一个心气相通的人同振一个音符，是多么惬意的事情。

而这个人到底是谁？

按捺不住，蓝天握琴循声往隔壁走去，也许是担心自己的停止演奏，对方会走开，蓝天加快了脚步。

琴声没有终止，可见演奏之人如痴如醉，他或者她必定徜徉在琴声的世界里，琴我不分。

循着笛声而去，一个清冷凄凉的夜光下，蓝天看到了一个白色背影——风扬起她的发和衣衫，是个女子，白衣女子，和着这样的月光美景，如同一幅凄美的图画。

天涯知音，蓝天微微震撼，唯有真正有艺术修养和对人生的底色有深度感悟的人，才能把这阙欧阳修的《蝶恋花》一词演绎得淋漓尽致，演绎得如此柔肠寸断、凄伤缠绵。

他望着她，仿似看到了一个如冬梅一样傲然于世的女子在泣诉自己的人生哀怨，令人愁肠百结、窒息凄楚。

女子如痴如醉，继而，曲中委婉一转，笛声以悠扬的气震音凄然收尾。

蓝天但见那女子放下笛子，悠悠地叹了口气。继而她似乎发现了身边多了一个人，转身望去。

这一望，时光宛若凝滞。

是讶异、是惊喜、是不可思议。

是他。

是她。

怎是他？

怎是她？

是你？

是你？

原来你在这里？

原来你也在这里？

和我合奏的是你！

和你合奏的是我！

哦。

心潮在两人的内心暗涌。

一切的语言都胜不过这一刻的共奏、共鸣和对望。

所谓高山流水，原来并非是人的眼睛看到的景物，而是两颗心相遇时曼妙的和声，是烟花绽放时绝美的画面。

两条平行线，终于有了相交的时刻。

花开刹那

遇见，似一场花开，岁月的转角处里，人生聚散离合都是一场缘起缘落。

24岁的蓝天，面容英俊，谈吐儒雅，风度翩翩。面对如此男子，情窦初开的阿珍又怎么能心静如水。

24岁的阿珍，"气质美如兰，才华馥比仙"。面对如此女子，情根深种的蓝天无法自拔。在不断地交往中，他们彼此相见恨晚。他喜欢她那淡若远山的美貌，喜欢那双眼睛里的盈盈秋水，喜欢她那白净脸颊上时隐时现的笑窝，喜欢她那婉转动听的声音，她那清新动人的美丽，让他心动，她整个人仿佛是一首诗，那样灵动清新。

青青子衿，悠悠我心；但为君故，沉吟至今。

愿得一人心，白首不相离。

美丽的爱情如清晨的阳光，让两人渐渐沉醉。

他们还发现，原来他们不仅有同样的爱好，不仅一次次擦肩而过，不仅同喜欢一首曲，还一同在网络文坛上，有过对话交流，他们还发现，原来他们还共同喂过一只猫，原来咪咪有段时间不吃阿珍的食物，是到蓝天家里蹭饭去了，他们还发现，原来他们还有那么多的相似和相知。

他们能从彼此的眼睛里读到一种精神的共鸣。他们感受到了爱神在牵引着他们，他们彼此感觉到喜欢的人就在眼前，他们是自己灵魂的伴侣。

不觉地，在命运的牵引下，他们双双坠入爱河。

在九江河，留下他和她漫步的倩影；妙音寺的猪头钟上回荡过他们共同敲打过的声音；解放街的古道上，有过深情对望的记忆。

在江心屿，他们曾一同在瓯江堤上捡河蟹，一同背靠背听着江风在耳边悠然回想，他们还一起在江心寺前为一首对联逗趣对吟——

温州城的北部有一条瓯江穿城而过，江中有个沙洲叫江心屿，小岛屿上引航用的灯塔建有千年，世界100座历史文物灯塔之一，这里为温州的一处历史名胜。

江心寺门口的对联耐人寻味，对联上写着——云朝朝朝朝朝朝朝朝散，潮长长长长长长长长消。

这是古人玩的一词多音、一词多义的文字游戏。

蓝天说，应该如此断句：云朝，朝朝，朝朝朝，朝朝，散，潮长，长长，长长长，长长，消。

而阿珍却说应该是：云朝潮，朝朝潮，朝潮朝散；潮常长，常常长，常长常消。

浮云早晨来会聚，每天早晨来会聚，早晨会聚后早晨飞散了；潮水常涨，时常上涨，时常上涨后时常消退。

"你的现代文翻译好土，看我用八字总结——浮云聚散、潮水涨落。"蓝天道。

"哈哈。"他们笑着牵手离开。

情到浓时，两人恰如元代书画家赵孟頫的夫人管道升所作的《我侬词》

> 你侬我侬，忒煞情多，情多处，热如火。
>
> 把一块泥，捏一个你，塑一个我，
>
> 将咱两个一起打破，用水调和。
>
> 再捏一个你，再塑一个我，我泥中有你，你泥中有我。
>
> 我与你生同一个衾，死同一个椁。

一个下着大雨的下午，蓝天和阿珍牵着手被雨赶进了蓝天的老宅，此时，蓝天已经收养了咪咪，因为此前阿珍一直叫它咪咪，而蓝天则叫它娜娜，故此，索性在两个名字中各取一字，起名叫咪娜。而咪娜也表示非常的受用，第一次叫它，它马上眯着眼张大嘴巴喵呜地回应。

蓝天让阿珍擦干净淋湿的头发，自己去下面果腹。

阿珍逗着咪娜，看蓝天出来，饿得肚子咕咕叫的她示意要马上囫囵吞入肚。

蓝天做的面实在太香了，清汤的面底上，飘着葱香、蛋丝、榨菜还有肉酱。

"怎么有长人馄饨的感觉。"阿珍道。

"一切都是为了照顾一个女人。"蓝天道。

阿珍抿唇一笑，以甜蜜的笑作为回应。

其后，两人干脆盘腿席地而坐，阿珍已经迫不及待要吃。谁知蓝天还是卖关子。

"等一下，你以为那么容易就能吃到这么好吃的东西吗？你还要经过一个步骤，你有没有玩过一个游戏，就是成语接龙，两个人轮流讲话，接不住的人就输。"蓝天笑道，他的笑始终是温温和和，即便是情侣间的打情骂俏。

"我知道，赢的人可以吃一口，是吗？"阿珍也顾不得饿，如孩童一样雀跃。

"这样，我先开始"，蓝天说完，游戏开始。

蓝天先说："日落西山。"

"山外有山。"

"山穷水尽。"

"……"

阿珍输，蓝天笑着吃了一口。

"现在由输的人开始啰，"阿珍不甘示弱，"我来——鲜为人知。"

"智不诈愚。"

"愚不可及。"

"及宾有鱼。"

"鱼……鱼……"阿珍又接不上来，蓝天笑得前仰后翻。

一连几回，阿珍皆以失败而告终，只能看着美味的面一口口进入蓝天的嘴。虽然如此，但是阿珍不亦乐乎，怎么也不能妥协，在不赢的前提下，饿死也不吃。

又一轮，蓝天又赢。

"好吧，这次不算，这次你吃一口。"蓝天对阿珍说道。

"不行，饿死也要有气节，快点继续。"阿珍嘟着嘴。

"生气？"蓝天逗着她。

"没有呢。"阿珍还是嘟着嘴。

"你现在不吃，都要被我吃光了，呵呵。"蓝天笑道。

于是两人逗趣着争执了起来，争执中，蓝天拉过阿珍的手，目光柔和地望住她道："傻丫头，其实，我做这个游戏，本是想告诉你，有我一口就有你一口，岂料，你一直输，有些话，我想我必须告诉你，也发誓是经过我深思熟虑很认真地告诉你——自从第一次见到你，及至以后对你的了解，我已经决定，这一生一世要照顾你，请相信我，从现在开始，你的人生，有我疼你、关心你，答应你的每一件事我都尽力做到，别人欺负你时，我会在第一时间出来帮你，你开心了，我就要陪着你开心，你不开心了，我就要哄你开心，爱你以及你的家人，正如爱我自己的家人一样。永远呵护你，让你不受伤。"

这番动情的话直让阿珍泪涟涟。

"天哥，"阿珍抬眸，现实的沉重又压在她的身上，"其实，原本我打算要去美国。"

蓝天略微震惊了一下，而后正色道，"无论你曾经怎么决定，现在，有我在你身边，我希望你能重新考虑。第一，你一个弱质女流，失去了家人的庇护，实在不敢想象日后会怎么样。第二，曾经你无可依托，现在有我在你身边，爱护你保护你。你倘若相信我，把人生交给我而不是那远隔重洋的海外，不可预知的未来。如果你这么决定，我发誓我会信守自己对你一生的承诺。"

蓝天的声音落地铿锵，满含深情，阿珍怔怔地望着眼前的这个男子。

他说，他会永远护着她。他说，他永远不会让人欺负她。他说，他会疼她爱她，一生一世照顾她。

一个女人有这么一个男人，夫复何求？

他，言辞切切，情意绵绵。他，握她的手如此用力，那强劲的脉搏正一声一声直击她的心房，他的眼神如此期待，仿佛为了与她的相遇，与她的携手，他仿佛已经等待了上千年，这般温柔多情，这般体贴渴求，令她感动了。

情比金贵。情比钱更重要。

人生如若初见，如果汉武帝与赵婕好能够手握手静止在那个被风吹过的夜晚，如果唐明皇与杨贵妃在华清池的温泉里能青丝成雪。

不过，如果时间可以在香港沦陷前静止，那么还会不会成为白流苏和范柳原的爱情？

人生没有如果。浮生若萍，只能随着缘聚缘散。

阿珍和蓝天，短暂的交集，却是——"柔情似水，佳期如梦"，眼神交会，深深浅浅，刹那心动，终逃不过命中注定的劫。

飞来横祸

既然答应了阿珍，就要信守承诺。为了能在温州继续生存下去，并能给阿珍一个安逸的未来，蓝天准备在温州自行创业，注册成立文化传播有限公司，为温州的企业当前所遇到的品牌推广问题出谋划策。

"如果《温州早报》确实如此，我支持你这么做，蓝天。"谢毅道，"方才你说计划开办专事为温州企业进行品牌策划和推广的公司我非常支持，其实，如何进行品牌传播一直是温州企业很困惑的事。之前温州的企业很多推广方式就是在本地的媒体上炒作，所以才会有陈大斌把他们当衣食父母一说。其实，近来，在我和他们的接触中，他们已经发现在本地媒体做广告并不能达到塑造和传播的结果。自从今年知更鸟服饰聘请了香港著名的名模夫妇做代言人后，不仅开了大陆服装界聘请名人担任形象代言人的先河，也让现在很多的温州企业蠢蠢欲动，我不知道你是怎么看的。"

"形象代言人和产品有关联消费者自然会记住，并容易形成一定的印象，对于产品推广有好处。也可以说，明星品牌代言人在一定程度上有助于品牌传播，但是，形象代言人只是品牌传播中的锦上添花而已，品牌推广是个综合型的产物，包括市场定位、传播理念、营销活动，和很重要的产品发布会终端服务等系列组成，品牌是否能打造成功，是个组合拳。"蓝天分析道，"不过，温州的企业欠缺这方面的理念，并且温州也缺少这么一家具备品牌咨询综合能力的文化公司。"

"嗯。"谢毅若有所思道。

"我计划这几天前往广州、上海拜会一些我以前所识的品牌传播专业机构和媒体。"蓝天尚未说完，手机响起。

蓝天一看，是阿珍打来，即刻摁了接听键，一接通，就听到阿珍焦急的声音。

"天哥。"听到蓝天声音，阿珍如溺水的人抓住了救命稻草似的，"帮帮我。"

"发生什么事。"听阿珍这个口气，心系阿珍的蓝天也开始焦急。

"我妈妈突然急性胆囊炎发作，现在在附二医院，现在她痛得很厉害。"阿珍的声音里带着哭腔。

"好，我马上赶来。"蓝天想立即挂电话，却被阿珍叫住了。

"天哥，能否帮帮我……"阿珍欲言又止，"我需要钱，医院一定要先交钱才能动手术。"

"没问题，多少？"

"1万元。"阿珍道。

"1万元。"蓝天迟疑了下，纵然1万元并非大数目，但是对于一直从事记者行业，并且刚因为创业而从租赁办公室到装修花了数万元积蓄的蓝天来说，此事，还是有点难。

"给我半小时，我想办法，半小时后医院见！"容不得多说，蓝天挂完电话准备筹钱。而仗义的谢毅二话不说，慷慨解囊。

"不消多说，赶紧去，救命重要。"

蓝天对谢毅的雪中送炭无比动容。

"好，其他话不多说，我先过去。"蓝天道。

"快去。"

怀揣着谢毅的钱和自己从银行取出的5 000元，蓝天急于打车，却遇上交通高峰期，根本打不上车，从蓝天所处的广场路到附二医院，步行不过半小时，心急如火的蓝天干脆徒步奔跑而去。

经过了十字路口，马路对面，温州的附二医院与蓝天遥遥相望，见状，蓝天加快了脚步，一心想着阿珍的蓝天根本就没顾及周边的车辆。就在他奔去的那刻，一辆白色的轿车突然从拐角出现，正朝着蓝天疾驰过来。

　　"砰"的一声巨响，顿时，让路边的目光全部聚集过来。蓝天只觉一个猛烈的冲击，自己的身体失去了控制，仿佛被一个强大力量托起半米高，而后又被重重地甩在刚硬如铁的柏油路上。

　　"出车祸了！"

　　路边的众人叫着，一股脑儿围堵过来。

　　在这股人形墙的围堵下，躺在中间的蓝天开始尝试着挪动身子。初时，没有任何痛觉，蓝天只觉身体在这个剧烈的撞击下有点麻木，其他的一概不知，而且他的心里就只有一个声音——阿珍，阿珍在等着我。

　　"他起来了，起来了。"

　　围堵的人群中有人叫着，其他人则主动给蓝天前去的方向让开了一条路，屏气敛神地望着这个刚刚被猛烈撞击还能起来的人。

　　蓝天是起来了，并且踉跄着往医院的方向走，试图穿马路过去。

　　"你怎么样？"围观的众人问。

　　蓝天一边踉跄着往前走，一边努力摇摇头，他想回答，但是嘴巴如同挂了铅一样沉重。

　　他往阿珍等他的方向走去，渐渐地，他感觉到鼻子湿湿的。

　　隐隐约约中，他听到身边有人在叫——"喂，他流鼻血了。"

　　他想拿手去擦，却怎知突然眼前一黑，两条腿如抽了骨头一样，他撑着想再往前行，却支撑不住，"哐"的一声，又重重倒在地上。

　　而这一次，休说起来，他想动也动不了了，他感觉自己的身体仿似已经不是他的了，使唤不了。

"阿珍。阿珍。"他默念着她的名字，意志力告诉自己一定要起来，马路对面就是阿珍在等他，可是他开始连眼皮也沉重起来。

渐渐地，一股巨大的痛苦从他的脑后传来，越来越强烈。

"阿珍。"渐渐地，他连喊阿珍的名字也觉得吃力。

"阿珍。"渐渐地，他的眼前一片漆黑。

白色的轿车驾驶室门打开，一个穿着黑色高跟鞋的女性的腿出现在围观的众人眼前，继而，一个穿着白色套装的女人全然出现众人的视线里，她显然是吓呆了，迟迟才从车里出来。她拖着两条因紧张而软弱的腿来到倒在地上的蓝天面前。

"先生。先生。你怎么样。"她颤抖着。

"还能怎么样，快送对面医院。"围观的众人叫嚷着，帮助她将蓝天背到了附二医院急诊的门口。医院的护士见状赶紧推来急救床，蓝天被抬起放在了床上。

"快！通知医生，急诊，车祸。"几个护工和护士一并涌了上来，将蓝天朝急诊检查室推去。

蓝天的急救床在一个半开着门的诊室门口经过，门的旁边，一个熟悉的身影正在焦灼地往外张望。

天哥。你快来，我很需要你。

三　死亡之路

走，到美利坚去

一个月后，温州黄龙。

子夜12点，大地已沉寂地睡去，冷落的马路上，突然飞驰过一辆面包车，这车甚是"年迈"，发动机嗡嗡作响，喘如老牛，而车身的黄漆部分已经剥落，看上去犹如白癜风患者。这司机丝毫不怜惜这个"老人家"，这不，眼见一个大坑迎面而来，也毫不避让，"老人家"来不及反应，随着一个急刹车，一声刺耳的巨响，车身剧烈地摇晃。

"哎哟！"车里有人的头磕着前座，连连大叫，随之，众人也纷纷抱怨。

"我说大哥，你能慢点吗，你这不是要人命吗？"有人带头抗议。

"慢！慢个屁啊！你们不是着急着去美国吗？！"司机不耐烦地喝道。

"哈哈！"车里众人非但没有责怪司机无礼，反而惹来一阵大笑。

"对！对！去美国！去美利坚！"

"对！我们要去美国！"

"去美国！"

众人随声欢快地附和。

"去美国？就靠这车？！"

"是的，去美国！不是靠这车！靠偷渡！"

被司机这么一调侃后，车上的气氛顿时活跃起来。借着车外断断续续射入的灯光，我们能看到这黄色小面包车里，除司机外一共坐着六个人——副驾驶室内一个熊腰虎背的男人，这会儿正交叉双手靠在椅背上打盹，显然这破车的颠簸对他来说已是习以为常。他叫阿彪，是这次偷渡的蛇头的马仔，负责运送这群"人蛇"到达深圳，他所要做的任务是——从蛇媒那对接"人蛇"，然后联络运输工具，并组织他们上车，再护送到达偷渡第一站——深圳。

美国有两个邻居，上面是加拿大，下面是墨西哥。两位邻居都被国际偷渡集团用作进入美国的跳板和中转站。

墨西哥和美国有着3 000公里左右的边界线，其中不少是荒漠野岭人烟稀少，是偷渡的理想之地。墨西哥海岸巡逻虽比不上美国，但还是比较紧的，为此偷渡集团采取另一种途径，那就是通过飞机或船先行登陆防范松懈的危地马拉、萨尔瓦多、洪都拉斯等中美洲一些国家，再前往墨西哥并转往美国。第一种方式是"海运"，但是死亡率很高，偷渡集团为争取利益最大化，根本不会把"人蛇"当回事，在他们眼里这些人不过是能给他们带来暴利的商品，为了避免被查，他们大多用200多吨的小船装载偷渡者渡海，海上风浪大加上严重超载，不幸触礁沉没葬身鱼腹的已经不胜枚举，更有甚者，蛇头为怕巡警发现证据，将"人蛇"无情地抛进大海"毁蛇灭迹"。而陆路常要穿越80公里的沙漠，途中固然有许多人缺水渴死，还有遭毒蛇、毒蝎咬叮，以及走私贩毒分子和强盗武装攻击的危险，甚至被强奸和残忍地抛之不顾。

而这一些，利欲熏心的蛇头是根本不会提前告知的，而很多出事的家属由于受蛇头威逼利诱也只能把一切烂在肚子里，不敢告发，故此，外人对偷渡大多只知其美好的一面，看到的是那些偷渡过程中侥幸过关而又在国外活下的人回国后风光的一面——住酒店一包就是一层楼；办酒席是摆几十成百桌；请戏班是一台接着一台；建祖坟是一个胜过一个。而鲜知很多人死在半路，根本没命到达那个所谓的"黄金乐土"。

所以，这一群满载到异域梦想淘金的人，即将面临的不是美丽的天堂，而是比地狱更不堪的磨难。

除了阿彪外，余下的五位便是他们所称的"人蛇"了，一共三男二女，最小的看上去似乎还未成年。

"我提个议，"刚刚骂司机的那人再度带头说话，"既然大家都是要去美国的，而且都是同乡，不如介绍一下，以后有个照应，我们就照顺序来。"

"我先来，"四个人中看似最小的那个男孩子率先叫起来，"我叫陈志明，村里人都叫我大猛（胖子意思）！我从瑞安来。"

"大猛，你才几岁啊，这么早就出来你爸妈不心疼吗？"有人开始插话。

"疼啥，我都14岁了，我表哥12岁就出去了，现在在同村阿宝舅舅餐馆打工。我表哥可有出息了，每年都往家里寄好多钱，他家现在啥都有，房子好大，还有摩托，实话告诉你们，我没啥大志向，我只想早点赚到钱早点回国，然后回去买套房子，找个媳妇，生个孩子。"

"哈哈。"众人大笑。

"好了，轮到我了，"一个文气的男生接着介绍，"我叫阿健，青田人，问我为什么要去美国，这在我们那太正常了，我们青田60%都是华侨，男孩子一到年纪就要出去闯，谁让我们那里穷啊，如果不出来一辈子面朝黄土背朝天了。这次我出门的所有钱都是村里乡亲们凑的，大家指望我能回来带富全村带更多人出去，瞧，这鸡蛋还是村里阿香婆给我做的，说是利市蛋，保佑我发大财回来，来，来，一人一个。"

"谢谢阿健，呵呵。"阿健身边的女子未语笑先闻，她接过鸡蛋继续道，"我叫阿碧，我是丽岙人，我其实不是一个人，"她指指肚子，甜蜜地说，"我是和我孩子找老公去的，他在唐人街有间自己的洗衣店，去年他回国，我们经相亲介绍认识定亲的，这一路要大家多多照顾我了，到了美国来我家吃饭。"

众人受她的幸福所感染，又是一阵起哄。

"我叫阿文，"轮到发话的人了，染着金毛，一看就是社会上混过的，这人甚是滑稽，自个儿扒自己，"我虽然叫阿文，可是我本人和这个名字实在太搭不上边了，也从来没人叫我过我阿文，我老爹叫我棺材儿（温州人对儿子爱称），我老妈叫我姆佬（温州人对儿子另一爱称），我的兄弟叫我苍蝇。我家住在蒲鞋市，经济还不错吧，偷渡去美国也是我爸的意思，我家有亲戚在纽约开超市混得不错，我书读得不好，初中没毕业就混社会了，我爸不想我和那些人在一起，成天对我又是打又是骂的，于是索性就想送我去美国啰，之前也想办法办留学签证，但没办成，我想去美国也行，就混个样儿给他看看，整天嫌我没出息。"

被阿文这么一说，众人一阵沉默。是的，其实对他们来说，大部分都是满载着家人追求财富的期许踏上偷渡之路的，而对于他们自己本身而言，对于未来会得到什么失去什么，并没有太多的思考。除了阿珍以外。

此刻月光渐渐隐去，让我们为这些还沉醉在美国梦的单纯的灵魂们默默掬上一把泪吧，未来面对他们的不是死亡便是比死亡更可怖的黑暗。

终于轮到后座右排的最后那一位了，此人自上车以来一直缄默不语，看着窗外，似乎有想不完的心事。

"嘿，这位姐姐，轮到你了，你叫啥？"大猛绕过去，拍了拍她的肩膀。

那女的转过身，尖尖的脸蛋，双眉修长，相貌甚美。

"我叫阿珍。"她勉强地挤出一个笑，没再说什么。

遗恨离去

是的，她是阿珍，她还是踏上了前往美国的偷渡之路。

什么情比金贵，什么会保护她一辈子，所有的承诺在"一万元"面前不堪一击。

不仅如此，人也逃之夭夭。

蔡阿珍告诉自己，这一辈子，她都将不会忘记那一天，那一天给她的伤害和耻辱，可堪比当年蔡花妹夫妇殴打她母亲。

生死一线，母亲在艰难地承受着病痛，而这些缺乏怜悯之心的医院，在钱没到之前无论如何也不给实施手术，而眼睁睁地看着病人忍受病痛的折磨。

而她，竟然一点用也没有，之前东拼西凑的偷渡定金妈妈已经在她不知情的情况下交给了阿云姐，更何况，她们家一向不宽裕。一万元，对温州那些有钱人来说不是很难的数字，对这个没有了父亲的三口之家却是个大数字。

这也罢，情急之下，她求助于那个口若抹蜜的男人，并且如此相信他而没有求助于其他人。

等啊等，时间一点点过去，而他始终没来。

不仅没来，人也同消失了一样。

初时，她并不相信，料想他是否出了什么意外，去寻阿东和阿豪询问，两人却道那人已经去了上海和广州谈生意，而此后这两人也不知去了何处。

心如刀锥一般。

这以后，她夜夜忧思不甘，尚存最后一丝希望，因为她始终不相信，人消失了，怎么连电话也不通。

直至有一日，阿倩告知她，一个开着白色轿车的女人进了蓝天的房子，并拿走了他的衣物。蓝天应该跟时下温州很多没钱的男人一样，和有钱的女人或者谁家的小姐好上了。

是的，阿珍知道他缺钱，开办公司的时候几乎花尽了所有的积蓄。

终于明白了，所有的一切誓言都如镜花水月，她——蔡阿珍，穷，没钱，连被人爱的资格也没有。

一万元，把他给吓跑了。

一万元，让他对她再也爱不起来了。

一万元，将人性之优劣和感情之虚实立见分晓。

钱，真是个好东西。

唯有钱才是真实的。

唯有钱是可以拿捏在自己手上的。

钱真的很重要。

没有钱不仅没有尊严、没有爱情，甚至可以没有命。

母亲，让你受苦了。

痛苦不堪之下，她接到了阿云姐的电话，说半个月后就走。

走吧。她一刻也不想再待在这个只认钱的城市。

真的很快,说走就走。当踏上这辆破旧的黄色小面包车的时候,蔡阿珍发誓,她势必要混出头再回来,将大把大把的钱狠狠地砸向这些曾经伤害过她们的人身上。

望着车窗外不断后退的街道与路灯,泪若雨下。

"一切都是命。"蔡阿珍努力别过脸,不想让车里的人看见她眼睛里的泪光,"命运势必要苦其心志,让她闯出一番天地来。"

"回不去了,眼下只有一条路,那就是往前走,一直走,好好走,努力走。即使死了,也不能回头。"

她在心里默默告诫自己。

破旧的黄色面包车,载着这支特殊的队伍,停停走走,翌日中午终于抵达广州,于广州待上一两天后,她们又被"运往"了深圳。

曲折之路

命运之手裹挟着这群人,往一个未知而不可控的方向奔去。

阿珍也与温州越来越远。

到了深圳,这群人又被阿彪"转手"给了一位深圳来的高个子。

"你们叫我老司(老师)。"高个子道,操着一口口音很重的广东腔。

"来,全部都给我到这里来开会。"宾馆里,"高个子"关起门,给阿珍她们上了一堂"香港机场安检过关和后续衔接课",就如何过香港机场安检、到了厄瓜多尔如何与当地负责人接头等一系列问题，进行了详细的"授课"。

高个子非常认真，面孔严肃，宛如生铁铸成。

"你们给我在心里记好，背好，出了任何问题，你们只能滚回温州，甚至更可怕的是，不黑不白永远滞留在厄瓜多尔。"高个子声色俱厉道。

受其影响，众人也都正襟危坐，敛声息语，在心里默念高个子的"反复忠告"。

"记住，"他又嘱咐了一句，那表情和声音好似抗日剧里，特务头子交代秘密任务一样，"要是海关的人问你们认识不，你们就说不认识，问你们去哪里，你们就说去厄瓜多尔！我不和你们一起走，我在香港机场直接等你们，祝你们一切顺利。"

一切相当顺利，阿珍从来没感觉过她的人生会像现在这般平顺，仿佛被命运之手推着走一样——这一干人有惊无险地过了皇岗口岸，而后又很顺利地在青马大桥集合，朝着离境之处——香港国际机场奔赴，进入了"偷渡美国倒计时"。

到了机场，众人便被来来往往形形色色的人懵住了，呆望着也不知往东还是往西。

阿文看见两个黑人一摇三晃地从身边走过，那是他第一次在现实生活中见到黑人，那油光发亮的黑和海绵一样的胸肌，让他瞠目结舌，他看看他们，再看看自己竹签子一样"苗条"的身材，恨不得找个地洞钻进去。

阿健他们则急着找"高个子"，在和他约定的范围去搜罗了好一会儿，但闻大猛突然一声兴奋异常的尖叫——"老师！"

众人齐刷刷朝那方向望去，高个子不露声色地向他们走来。

高个子见人都到齐了，很满意地点了点头。此时大家才发现，高个子还带着另外两组"学生"，一组来自紧挨他们地区的福建，另一组是广州的。

后来阿珍才知，高个子这类人是蛇头安布在深圳的"带工"，这些带工受命于数个蛇头，专事负责深圳与香港机场的过关安排，每成功出去一人，他将获得1万元至2万元。

"你们每个人，给我安安静静地在这里坐着，没有看到我都不准离开，否则，出现任何问题，你们自己负责。"高个子将这一干人带至机场某一角落，压低声音，声色俱厉地道。

众人知道眼前最重要的一关要来临，高个子不仅是去给这些人办机票，并且要将这一群持假护照的人蛇的身份与安检的内线过一遍。是故，能不能出得了，要等高个子回来知分晓。

而在这节骨眼上，机场发生了一场骚动，一个华裔女子在过安检时突然被拦住，数位警察从四面包围询问，女的拔腿就跑，结果还是被强行摁住。

"我要去美国见我老公，我要见我老公，我不要坐牢。"女的操着一口闽南口音，声泪俱下。阿珍他们知道，她很不走运，接下来面临她的将是牢狱之灾和遣返。不过事隔多年后，阿珍回想，她觉得命运对这个女人是宽厚的，是爱护、眷顾的，因为没有经历过的人是怎么也不知道这偷渡之路比十八层地狱更可怖。

"菩萨保佑保佑，我可千万不要出问题，我要见我老公。"阿珍旁边的阿碧见状已然惊慌失措，碎碎地用温州话念着佛号和祈祷。

阿珍看在眼里，心里突然生出一种"同是天涯沦落人"惺惺相惜的痛。此前阿碧于车上讲了自己的故事，父母都是老实巴交的温州普通职工，除了她还有两个弟弟，由于家境贫寒，阿碧在温州一直是"待字闺中，无人问津"，如此日复一日，美丽姑娘沦为明日黄花。所幸的是，后经人介绍认识了从美国回温州探亲的阿民，双方一见钟情，故此赶在阿民在温州的日子，两人闪电定亲，如此，阿碧将自己童贞的身体交给了这个才认识不到一周的男人，而后阿民回至美国，而阿碧则开始发现自己怀有身孕。故此，在和家人的商议下，决计冒险偷渡去美国寻夫。

"阿碧，你有没想过到了美国找不到他，或者他在那边已经有了一个完整的家庭？"已然对感情没信心的阿珍这样问阿碧。

"不会的。"阿碧幽幽地道，想必这也是她曾顾虑过的问题。

"放心吧，能出得去。"阿珍同样幽幽地道。

"命运让我经历这么多，就是为了等待这一天。"她望着机场的人来人往道。

果然，命运对阿珍她们大开绿灯，晚上10点，大家看到"高个子"款款而来，什么也没多说，他将护照和机票逐个交至每个人手上，并将他们送至安排妥当的安检窗口。

"祝你们好运。"他笑着向他们做了一个OK的手势。

很顺利，几乎没有任何盘问，阿珍她们过完安检，并等候着厄瓜多尔的航班，在厄瓜多尔，他们只要再等时机便可正式往美国边境冲刺。

噩梦前奏

航班从3万英尺的高空穿行，从香港至法国巴黎转机再到哥伦比亚的圣菲波哥大，历时近30个小时，穿越亚洲、欧洲、美洲，跨越大洲大洋，环绕了四分之三个地球，从北半球来到南半球，终于，第三日清晨在厄瓜多尔首都——基多机场徐徐下降。

厄瓜多尔，一个太平洋沿岸美丽、神秘而又古老的南美洲国家，这里有古印加帝国的文明、西班牙的殖民文化，更有奇妙的赤道风光、白雪盖顶的安第斯山脉，苍翠茂盛的亚马逊盆地，加拉帕戈斯群岛的岩石海洋，还有南海岸的红树林沼泽地。火山、遗迹、雨林、古城在这里出尽法宝，就连见多识广的达尔文也为之倾叹不已，萌发了《物种起源》的创作灵感，从而改变了人类的世界观。

而这个美丽的国家，同时也改变了多少中国人和他们家庭的命运。2008年2月15日起，厄瓜多尔对中国实行免签政策，这在助力了厄瓜多尔旅游业的兴盛、迎来了世界各地无数旅游爱好者的"朝圣"的同时，也为境外一些"蛇头组织"和"偷渡淘金客"提供了很好的偷渡跳板，成为众多国际蛇头组织偷渡到欧美国家的中转站之一。

据统计，开放签证的当天，进入厄瓜多尔的中国人就超过了此前每月进入的总人数约两倍。此后半年，约1.1万名中国公民进入该国，但只有不足4 000人离开。厄瓜多尔当局怀疑有人希望借厄瓜多尔偷渡去美国或者加拿大。8月份警察查抄了瓜亚基尔的几处住宅，怀疑那里藏有中国公民。以后警察拦截一架挂墨西哥标志的飞机，它准备将14名中国人运往墨西哥。厄瓜多尔海岸警备队11月份在领海逮捕了一艘船，上面有47个中国人，他们的目的地是中美洲的某个国家。12月1日，厄瓜多尔改变了对中国的政策，不再给持有普通因私护照的个人免签待遇。

无数的中国人经由这个高原小国，顺利抵达理想中的"黄金彼岸"。但是，也有无数中国人在这里客死异国，魂断太平洋，或者遭受绑架，或者永久性滞留，去不了欧美也回不了祖国亲人身边。

偷渡集团只手遮天的时代，厄瓜多尔——一面是古老的文明之都，绝美的旅游胜地，一面又是野蛮的黑森林，到处是血腥的野兽在觅食，这里的夜空是多少偷渡者的殓尸布。

很不幸，他们在这个时候自投罗网。

自投罗网

从高空鸟瞰，厄瓜多尔基多机场犹如一把嵌在这古老城市车水马龙中的一把刀。"刀"的两侧，是密布着蔓延在此起彼伏的山坡上的城市建筑群。这里可能是全世界最小同时也是离城市中心商务区最近的机场。它的全名叫"苏克雷元帅机场"，以此命名是为了纪念南美独立战争的爱国将领、解放厄瓜多尔的英雄安东尼奥·何塞·苏克雷。这位土生白人家庭的贵族后裔，16岁就投身民族解放斗争，为争取人民独立而惨遭政敌暗杀，年仅35岁。在2000年前，这里的货币也是以苏克雷命名并作为货币单位，彼时，1美元可以兑换25 000苏克雷，直至2000年9月，美元全面占领厄瓜多尔流通领域，取代了苏克雷。除了"偷渡过道"外，这里在经济上，对美国的依存度极高。

机场的入境处，川流着各色人等——黑的、棕的、白的、黄的，一批批进出穿梭，他们大多步履匆匆，经过长时间的飞行，倦意满脸。阿珍一行的出现，让这群"四色队伍"顿显生气——这一行人的脸上是如此充满活力，每双眼眸里都跳跃着让人为之一振的憧憬之光。

厄瓜多尔，这个他们闻所未闻的第三世界，因为美国，让他们莫名地激动、热爱和期望！

他们爱这个国家，虽然根本不知道它窝在地图上的哪个角落，但是他们照样爱得滚烫爱得火热！瞧！那入境处自动门上巨型的赌场广告，也只有这样开放的国家，才会如此坦然地把博彩的广告做在国家对外展示窗口上！瞧！多尊重我们中国人，赫然用中文写着七个字：基多人民欢迎你。恍惚间给了他们一个错觉，仿佛进入的不是一个城市而是一个偌大的中国赌城。

瞧！这寓意多好！人生本来就是赌博！你们说，难道我们不是无时无刻不在做博命式的选择吗？父母生下我们就是赌博，赌的是他们能不能养、能不能把我们养好或者养活，能不能养他们的"老"；

我们读书上学是赌博，赌的是我们能不能学有所成而不浪费青春和时间；我们入世创业工作是赌博，赌的是我们能否功成名就而没有"过劳死"和破产同失业；我们结婚生子是赌博，赌的是我们选择的那个人是否坚守我们的感情甚至能给我们带来第二个人生。赌注，我们下还是不下？现在下还是先等等看？跟着下还是看准了再下？多下点还是全部梭哈？犹犹豫豫和小打小闹的人输的不少，当然赢的也不少。胆子大的人，例如温州人，看准机会，下大筹码，绝不犹豫！敢第一个吃螃蟹，敢为天下先，才能赚第一桶金！人生就是这样，要么成功，要么失败，胆小的人注定只能在平均线上。

阿珍他们也是赌，赌的是金灿灿的未来、华侨乃至华人企业家光辉的头衔，虽然赌注大了点，除了自己的青春、肉体外，可能还要赔上性命。但是，这又有什么呢，生命就在那里，要么平庸地活着，要么走出去，为争夺财富而战！你赌还是不赌呢？！

厄瓜多尔首都基多机场的入境广告做得实在是意味深长！

瞧！这里的人们是多么的坦诚和热情，那入境处的可爱的人们，可以如此毫不掩饰自己的喜与乐，或是拥抱欢呼，或是喜极而泣，或者当众亲嘴。除了他们的感情，连他们"外部包装"也是如此，也毫不讲究排场，换句温州的土话说，毫不扎台型，多朴实！

瞧！多好，这里的姑娘屁股多大，多好生养，这里的男人多健壮，鼻子多高，眼睛多圆！一切都是全新的，一切重新开始。

这是一个多好的国家！和美国多近的国家啊！

众人如此兴奋，他们几乎像是踩着七彩祥云出来似的，纵然他们又发现这机场连个广场也没有，和温州的新城站差不多，但是，丝毫没有影响他们此刻内心的汹涌澎湃！

走出机场，太平洋味道的风，扑面而来，凉凉的，带着股淡淡的清香，他们深深地呼吸着，从现在开始，他们再也闻不到家乡、闻不到祖国的空气，纵然那里给了他们那么多伤痛的往事也好，无论如何，他们生于斯长于斯的家在那里，根在那里。

有豪情，在心中，总有一日，他们要风风光光带着大把大把的美元回去的。

他们在心里默念。

然而，基多以如此开放的热情迎接他们，却以肮脏、血腥和暴戾款待他们。

要么，同归于尽

机场外，众人等待着接他们的厄瓜多尔"交接人"，这当口，他们仰望着异国的天空，感慨无限。

"外国的月亮是不是真的特别圆，我还没见到过；不过外国姑娘的屁股真的是又大又圆。"阿文歪着脑袋，甜滋滋地道。

"我不管这是哪里，我只知道现在开始我的人生是全新的，离开以前的一切，去往黄金彼岸，重新开始。"阿珍咬咬牙说，说这话时，她的眼前不由自主浮现了一个人，一想起他，她的心猛然一阵痛，"什么保护我，呵护我，我才不需要，我一个女人，照样可以。不就是钱，以后我要靠着自己闯出一片天。"

迎着晨曦，阿健的话给了众人更多的希望："再过几个国家就到了，终于离美国又近了一些了！从此后，到了美国后我要开始365天不休的生活，让老外们都关门去！"

他说着，似乎闻到了从墨西哥边境飘来的美国的味道。

"我只关心一个问题，"人小鬼大的"大猛"说，"我的孩子长大了不会说温州话那该怎么办？"

"哈哈哈哈。"

众人大乐。而阿珍也终于觉得心里的阴霾开始渐渐散去了一些，在这邻近美国的阳光普照下。

"你可想得真远。"阿碧和"大猛"打趣道。

"阿碧，你呢？"众人问。

阿碧低下头，将温柔的目光落在自己的肚子上，并用手轻轻地按在上面，眉开眼笑道，"我只想能和孩子平平安安地早日到达唐人街，能找得到我老公。"

在阿碧眼里，"唐人街"就是美国的全部，因为她的爱人和孩子的爸在那里。

一辆飞驰着的、浑身沾满泥巴的面包车突然闯入他们眼帘，在他们面前"嘎"的一声猛刹车停下。车窗缓缓摇下，而后，两个灯泡一样的"光头"出现在他们面前，一个瘦一个胖，各戴着一副墨镜。

驾驶座上的是瘦光头，摇下窗的是胖光头，他把墨镜一摘，斜乜着把他们一个个扫过，让他们一个个报名字后，就让他们上车——

他们就是接头人。

　　一会儿，车子便开始上下坡，当车子从坡上飞驰而下的时候，众人不约而同地"呀"的一声叫出来，这感觉简直和在游乐场坐过山车一样刺激。基多是个神奇的城市，这里是世界第二高的首都（仅次于玻利维亚首都拉巴斯）。它坐落在海拔2 852米的高地上，蜿蜒于雄伟的安第斯山谷，周边环绕着4座海拔4 000米以上的火山，所以几乎是个立体型的国家。

　　等逐渐习惯了这种"忽上忽下"、"拐来弯去"后，他们开始对周边的一切感到新奇，透过车窗，纷纷如饥似渴地饱览这美丽的异域风光——这里许多建筑都已经有年代的痕迹，不像中国的高楼一样雄伟高大，矮小却十分精致，那糖果一样颜色的民房，五彩斑斓中流淌着岁月沧桑；那大毡帽一样的西班牙式屋顶；那中国的温室玻璃房式的公交车站；那鹅卵石铺成的街道路面；还有那渗透着浓浓古典风情的电车。白、黄、黑、棕的各色人等；拉着手风琴的街头艺术家、穿着传统服装的土著人、卖硕大的烤猪头的妇女；还有那当街"小解"的男人。阿文原本以为只要到了国外应该再也看不到这种他在温州熟悉的画面，现在才发现全世界男人都有这个通病。

　　渐渐地，汽车驶出了繁华热闹的路段，减速而行，进入他们眼帘的有"私搭乱建"的凌乱民房、成堆的垃圾、醉酒倒地的流浪汉、衣着暴露倚门献笑的妓女，而与之同时，空气里开始不断向他们送来浓浓的酸臭味。

当"贫民窟"这三个字同时闯入他们脑袋的时候，他们已经到达一幢破旧的三层楼前面。

"就这里，下车。"瘦光头厉声道。

众人下了车，胖光头领着他们进了楼，拐弯走上二楼，指着并列的三间房间说："三男一房，女的各一房，特别照顾！"

说这话的时候，众人才看见他敞开的衣领下面隐约的文身。

"就住这里？"这"待遇"比广州的还要差，众人面面相觑。

"不住也行，到那躺去。"胖光头指着楼下街斜对面巷子里的流浪汉，"一小时后楼下开饭，没事不要乱走。"

"那我们什么时候走？"阿健问，他指的是正式去美国，这也是所有人迫切想知道的。

"等通知。"胖光头丢下三个字后就径自下了楼。

阿文用腿踢开虚掩的门，"吱"的一声，门呻吟了一下，一股比方才街道上更难闻的味道扑面而来——这屋子除了简陋外，真的太脏了，像刚遭过小偷一样，凌乱的床铺、散乱在地的衣物，还有一些吃剩下的食物和酒瓶子。

"大家将就下吧，可能上一批走得太急还没来得及打扫，我们自己来吧。"阿健道。

好吧，就当沾沾他们的贵气吧，让我们早点到美国去。这些苦，我们温州人还是吃得起的。

众人各自进房，粗粗地打扫后，开始个人的梳洗，这一折腾又是数个小时，加上长途的劳累，餐毕后再也撑不了，一一回房躺着补觉去了。睡意逐渐从他们的脚爬上了眼皮，眼皮沉沉地合上了。

　　暗臭的硬床板上，破旧的小阁楼，这一行怀揣着美国发财梦的人沉沉睡去。

　　而此时，第一个噩梦开始降临在阿珍身上——

　　灰暗的月光下，阿珍的房门被吱呀一声推开，一个丰硕的黑影蹑手蹑脚地进了屋，步步向阿珍的床榻逼近。

　　睡梦中的阿珍突然梦见一只野兽朝她扑来，压在她的胸口上。一个激灵，猛然惊醒。

　　"啊！"一声惊恐的声音从阿珍喉咙里迸发而出！

　　这是怎么了，这是什么，阿珍不敢想象，眼前的一幕到底是怎么了，那暧昧的光线中，那拱在她胸前的油光光的东西是什么？

　　那油光光的东西。那油光光的东西。是个男人的光头。

　　"啊！"又是一声尖叫！这么一想，恐惧和恶心像蛇一样立刻吞噬着阿珍的每个毛孔。

　　是胖光头，是胖光头的脑袋！他在侵犯她！

　　"这个混蛋，不要不要！"意识清醒后，拼命地挣扎。

　　"放开我，救命。"她用脚猛蹬这个禽兽。

　　"妈的！"胖光头一把捂住了她的嘴巴。

　　"贱女人！竟敢踢老子！"胖光头气急败坏，厉声怒喝道。同时，啪的一声！他一个巴掌掴在阿珍脸颊上。

　　火辣辣的痛透过脸颊钻入阿珍的心脏，一种绝望的锥心的痛。

抑制不住，被他捂住嘴的阿珍低低地啜泣起来。

"这样就乖了，我告诉你，出来偷渡的，迟早要过这一关，遇到爷，是你福气，我敢保证不会亏待你的。呵呵。"胖光头以为阿珍已经服软，开始松开手，慢慢去解阿珍的衣服，并动手解自己的衣物，大有享用一番绝美大餐的架势，而就在这当口求生的本能让阿珍开始又大喊"救命"。

"叫你叫，叫你叫。"胖光头青筋暴突，开始发狠，他一手捂住阿珍的嘴巴，一手来回抽耳光，"叫你给老子叫，惹毛了老子，老子把你卖去接客！你以为这是在中国？！真是敬酒不吃吃罚酒！"

话毕，胖光头一只手的虎口掐住阿珍脖子，另一只手开始粗暴地解她衣物。

委屈的泪从阿珍眼角滑下。

"我告诉你，接下来的日子有得你受的，在出发前的集中营，那时候可是一群男人等你伺候。你从我这开始慢慢适应吧。"

黑暗中的胖光头一边说着一边又开始拱在阿珍身上。

绝望中阿珍仍然在寻求最后的希望，她扬起手企图去抓挠胖光头的脑袋，就在这时，她碰到了一个冰冷的东西——她记起那是上一个偷渡客喝光的酒瓶。

想都没想，阿珍一把握住瓶颈，使出全身力气往身后的墙上一甩。

"嘭"的一声，酒瓶子砸成两节，一些玻璃碎末划过阿珍的手背，一瞬间，阿珍的手鲜血直流。

"要么同归于尽。"阿珍将手上握着的剩余半截的玻璃瓶子碎口对着胖光头,颤抖的喉咙里一个字一个字地迸出,苍白的嘴唇被激动的牙齿咬出了鲜血。

噩梦没有结束,才刚刚开始。

四　欲壑

冤亲债主

"蓝天，我先走了，先回报社，"余庆兰与蓝天说道。

"好，你表侄女的事，放心，我会过去一趟。"蓝天道。

"嗯。"余庆兰颔首，"那回头再见，祝你今天能如愿。"

"谢谢。"蓝天致完谢意，再次将注意力落在自己刊登的寻人启事上，他有信心今日阿珍必定会出现。

此时，他的电话响起，手机的屏幕上显示出一个叫"邵明慧"名字的来电。

见到这个名字，蓝天笑了笑，随即，手指一划，电话接通。

"我猜你现在一定在国际大酒店24楼的旋转餐厅喝着咖啡，呵呵。"电话里传来一个女人动听的声音。

"呵呵，"蓝天也笑道，"我猜你一早已经打电话给陈子衿追踪我的行程。"

"哈哈。"电话那头传来了一阵银铃般的笑声。

　　"休多说了，我已在国际大酒店楼下恭候尊驾。"女子笑道，大有巾帼不让须眉的豪气。

　　蓝天笑着挂了电话，此时，陈子衿迎面而来，问蓝天怎么安排。

　　"早晨与我同行，我们一同去拜祭下老徐，再会会他的儿子。"蓝天道。

　　"好的，"陈子衿道，"如果没有问题，我下午想去拜访一下我的一个老朋友，就是做阀门的朱总，昨晚我给其去电，方知正面临诉讼，他也一病不起。"

　　蓝天知道其所说的正是此前和他提起过的，温州某知名阀门企业老板朱林，三年多以前，由于生产下滑，因为资金不足，朱林和另外3家相关企业进行了联保向银行贷款，最终每家企业贷到了500万元。

　　虽然这500万元为朱林带来了扩大再生产的能力，但问题也出现了。一家参与联保的企业拿到贷款后并未用于公司的发展，而是去炒房，随着房地产价格暴跌，这家企业资不抵债，最终倒闭，还欠银行几千万元没有还清。于是银行向担保人朱林提出偿还，并进入了诉讼程序。

　　"其实朱林很冤，不过做实体的企业被房地产拖垮的事情在温州太多了，"蓝天道，"三年了，温州还没有走出后危机时代。"

　　"走吧，"他说，"邵总在楼下等我们。"

　　蓝天和陈子衿下了楼，刚步出国际大酒店，就看到一辆白色的奥迪停在前面。

　　看见他们出来，白色奥迪的驾驶室门打开，出来一位穿着白色套装，戴着黑色墨镜，波浪长发的高雅的丽人，纵然看上去已年逾三十，然皮肤极好，一张脸吹弹得破，她轻盈带笑时，宛如少女般清爽秀丽。此人正是早年前往香港创业的香港邵氏集团邵平的大小姐邵明慧，也正是16年前开车撞了蓝天的那个白衣女人。

在温州，提及邵明慧之父邵平，除了政商界，普罗大众可能未必知道，然而在香港邵平及其邵氏集团颇有声望。

邵平乃地地道道温州人。1980年3月26日，宁波—温州—香港海运航线通航，借着这条航线，众多的温州商人开启了香港淘金之旅。某个秋雨凄迷的下午，有一人，揣着举家凑齐的500元现金，登上轮船，顺着海路，南下香港闯荡。

此人正是邵明慧之父邵平，而此前，他仅仅是温州国营单位下属某布料店的营业人员，月工资仅有20元钱。

当邵平初登香港后，香港的繁华重叩着他的感官神经，望着与温州天壤之别的花花世界，邵平叹为观止的同时，许下了出人头地的誓言，并将香港赫赫有名、由温州商人王廷歆创办的市值数十亿元的华懋集团当作自己奋斗的目标。

“王廷歆行我也行！都流着温州的血！”以此立下大志，初时邵平以捡破烂为生，栖身于四五平方米的“贫民窟”，与香港底层的群体同进同出。五年后，这里飞出了金凤凰。五年后，邵平靠着将廉价的温州打火机推销给香港人，而后由这个自由港口出发向世界起家，几乎垄断了温州至香港打火机销售的市场。鼎盛时期，邵平每日批发出口达十万元之巨，短短几年由一个身无分文的温州破烂王摇身一变成为身家亿万的香港富商。

事业有成后，邵平与一路追随着他前来香港的温州姑娘结为伉俪，两年内生下一子一女，而其女便是眼前的这位长得英姿飒爽又不失妩媚的邵明慧小姐。

"好了，可别叫我小姐了，呵呵。"邵明慧笑道，"我跟随你都快十七年了，我们都快步入不惑了。"

"一日未嫁，当然仍要以小姐相称，"蓝天笑道，"你怎么也来温州了？"

"我表妹施如洁今日一审，"邵明慧叹了口气，"我爸爸让我回来陪陪我姑妈姑父。"

蓝天知道，邵明慧指的是2011年继黄豪"跑路"后轰动温州的又一起民间借贷大事件，邵明慧的表妹集资8个亿，被称为温州版的吴英。

"希望她没事，"蓝天突然转口，讶异道，"那你又是如何知道我在温州？"

"还用问吗？恐怕今日全温州无人不晓。"明慧摇摇自己手上的报纸，"你找阿珍的事，我岂能不管，当年若非我，你们就不会受尽如此波折，我说了，这辈子，你们未结连理，我邵明慧则一日不嫁。"

明慧虽嘴上这么说，实则是这么多年来，一直倾慕于蓝天，而令其他人入她法眼不得。

这世间的爱也有多种多样，有一种爱叫作干柴烈火，有一种爱叫作相亲相爱，有一种爱叫作相濡以沫，甚至还有种爱叫作你死我亡，可是，还有一种爱叫作默默守护。而明慧对蓝天的爱就是最后一种。

还记得16年前的那个初夏，明慧刚从国外留学回来，试图脱离父亲的羽翼在温州独立创业。

离港之前，路过铜锣湾某夜市，突然一个算命的瞎子拉住她，摩挲着她的手半天，忽而对她神神叨叨道："小姐，你是否要往东北去？"

明慧顿觉诧异，温州之于香港恰恰乃东北方位处。

"婆婆送你一句话，"瞎眼老太道，"随喜施资，并不强求，今日遇见你也是缘分。"

明慧见此婆婆如是说，顿觉好感油然而生，看上去并不是招摇撞骗的江湖骗子。

"婆婆，您请说。"

"你听好了——红鸾心动系东北，骤然相遇意难忘，可惜一本冤亲债，徒望宿世好姻缘。"

"婆婆您的意思是？"明慧隐隐觉得此诗有点蹊跷，什么冤亲债，什么徒望的姻缘。

然而老太拒绝再透露更多。

"姑娘，天机不可泄露太多，自己领会。一切都是缘，半点不由人。富贵皆由命，前世各修因。有人受持者，世世福禄深。欲知前世因，今生受者是。欲知后世果，今生作者是。善男信女至诚听，听念三世因果经。姻缘也是，姑娘。"

初时明慧半信半疑，而后晃眼半年过去，偶尔她也会想起这香港婆婆送给她的话，全然当作玩笑，置诸脑后，直到那一日撞上了蓝天。

生命的那一刻在她记忆里成了隽永。一切仿佛真的是冥冥中的注定。那日正逢其在温州开办的设计公司谈成了与温州某大型高端会所的合作，高兴之余的明慧，从来不会开着车打电话的明慧，突然拨通了远在香港父亲的电话，向他邀功行赏。

"爸，我说了，你女儿独立创业绝对可以，你女儿行的。"

这时，她也是按照惯常的速度拐弯驶去，岂料，突然冲出一个男人，接着电话的她立时不知所措，张着嘴，瞪着眼，待她反应过来的时候已经"啪"的一声将此人撞出了半米外。

而此人，正是蓝天。

恰如婆婆所说，一切都是注定，倘若彼时蓝天经过救治马上苏醒，则以后的一切都不会发生，她不会因为照顾他而与他日久生情，他也不会因为昏迷而错过了蔡阿珍，蔡阿珍更不会因为误会蓝天而远奔海外。

那日，医生经过系列检查后，给出的建议是，头部撞伤，颅内出血，但是不建议做手术，可以保守治疗，待淤血自行消散。

而蓝天这一躺便是昏迷一个月。关于此人从何而来，明慧只能从其口袋里翻出的一封电信账单和一串钥匙找出一丝线索，除此以外没有任何东西，也有可能钱包或者手机，在慌乱的车祸现场已然被人顺手牵羊。

循着账单上的地址，明慧找到蓝天的老宅，问隔壁的人，人人皆道，此人是新搬来的，不甚了解，于是抱着侥幸心理的明慧用钥匙去试开门，果然门可以打开。虽然门已开，但是此人的抽屉全然上锁，明慧也不便撬开，于是拿了些他的衣物便赶回医院，故此才出现了潘晓情所描述的这一幕。

而至此后，这个来历不明的人和她一待就是一个月，而这一个月中，他时时会于昏迷中呼喊着一个女子的名字，那就是阿珍。

久而久之，她深深为之感动。

这么一个俊美深情的男子，不知是哪家姑娘的福气。

一个月后，此人苏醒，明慧才知他名叫蓝天，乃传媒才子，愈发心生爱慕。

怎么料之，此人醒后却发现，短短一个月已然天地变色，他同深爱的女子已至暌违，天各一方，不能相问。

这一隔便是12年。直至2010年。

歪嘴和尚

阿珍这一去便12年，而这12年，一切犹如蓝天当年所撰写的新闻稿所预判的一样——伴随着中国改革开放进入新阶段，率先发展市场经济和工业立市的温州却被后起之秀逐渐抛在了后面。从2000

年开始温州GDP呈逐年下滑之势,不到三年之间逐渐跌至浙江省倒数第一位。

如此前蓝天的分析,温州之经济,过去二十年之所以能高速增长,全赖市场化改革之领先。在市场风气不明朗,各地尚在观望之时,温州人毅然决然率先推进市场化改革。然而,随着中国经济体制改革和对外开放逐渐深化,势所必然地举国开始争先恐后地步入了发展市场经济新阶段,赶超并争夺着温州市场乃至温州的优质企业。

在长三角经济迅猛崛起的背景下,地处杭州湾两岸的杭州、嘉兴、湖州、宁波、绍兴、舟山等六市以优于温州的区位条件和吸引外资的潜力逐渐兴起。而与温州相邻的台州市、义乌等,以其在产业结构和引进外资等方面的优势,也是后来居上,大有赶超温州的势头。衢州市、丽水市一方面由于GDP基数小、要素价格低而引来产业转移和财政转移支付力度的加大等"后发优势"。即便是远在内陆的湖北、河南、河北也开始兴起了完全拷贝所谓温州模式的家庭作坊式生产,并以其人工、水电、厂房等成本低廉的优势,抢夺着温州市场。以鞋业为例,河南以每双至少低于温州鞋10元的优势,迅速打开了中低端鞋革市场,致使温州皮革和鞋业岌岌可危。甚至于,意气风发的河南商人敢喊下:只要我们肯努力一定可以让温州鞋业无立足之地。

历史的进程将温州人推向了产业升级转型的十字路口,于是乎爆发了温州大企业前往沪杭转型升级,小企业乃至整个行业逃亡外迁等不可逆转的经济现象。

一边是兄弟城市的竞争,一边是市场倒逼下的转型升级,一边是国外的贸易壁垒，一边是来自内部的生杀予夺，温州的中小企业处于水深火热之中。

恰逢此时，自1998年房改后又被立为支柱性产业的房地产，一边"风景独好"，"一枝独秀"。伴随着一个又一个温州人炒房暴富的神话的诞生，原本兢兢业业于制造业却愁云惨雾的温州企业家，再也按捺不住，初时是偷偷摸摸地让太太去试水，后来发现太太三年的炒房所得竟然是自己一年苦心经营企业的三倍。还用说什么呢？紧接着，更要命的是，四万亿的经济刺激，原本的好经却被温州那些银行的歪嘴和尚给念歪了。为了能放出更多的贷款，这些歪嘴和尚怂恿着温州的企业抵押去炒房，把他们一个个给拉下水。

房地产成了温州商人的胡僧妙药，吃了，挺了，而最终的结局是——泄了，死了。

祸起炒房

2001年8月，4辆载着157人豪华大巴，在温州利欲熏心的媒体的带领下自温州出发，驶向上海，四天后，一则《3天买走100多套房子、5 000多万砸向上海楼市》的新闻轰动神州大地。

这个画面，前已有所描述。自此后温州炒房团更是光鲜地亮相，长达十多年，温州进入了由房地产和虚拟经济炒作时代，而温州的炒房团队，不断发展壮大，自有钱的富太太开始，上至资产过亿的企业家，下达做着小本生意的寻常百姓、工薪阶层，更深入拿着铁饭碗的公务员阶层，无所不包。

在此用这简单的一节来总结下这十几年温州经济的动向，以及温州人基本上在干些什么。

1999年初，当温州林先生办实业倍觉头疼时，怎么也想不到，1998年的房改政策竟然让他一年内轻轻松松净赚了20万元。

20世纪末，中国拉开房改大幕，1998年正式取消福利分房，而此时，温州比其他城市之人优先的不仅仅是敏锐的商业嗅觉，还有先于他们积累的第一桶金，这第一桶金使他们成为挺进房地产产业的资本。林先生初时只是拿出做事业赚的第一桶金尝试一下，以每平方米1 000元的价格买得温州新城150平方米某公寓，岂料一年不到，房价涨到2 000多元了，待到2000年10月其以每平方米2 300元的价格卖出，赚了近20万元。

与林先生类似发现商机的人后起无数，一时间，温州掀起了买房热，一则房改彻底让围绕实业之困的温州商人看到了新的商机。随着更多人的加入，很快温州市区房价从每平方米2 000元，快速飙升到7 000元以上，而地少人多的温州城市开始出现了"无房可炒"，一房难求的现象。

一年后的2001年8月，本地无房可炒的温州人，在温州媒体的鼓动和带领下，开始组团前往上海炒房，首战并创下标杆战绩。随后温州炒房团足迹遍及全国各大城市。据估算，那一年，仅一年，投资在房地产的温州资本就高达2 000亿元。

在此后的10年间，对微利的传统制造业已经渐渐丧失兴趣的越来越多的温州资本，跟大部队大举进军房地产，伴随着中国经济资产泡沫的不断膨胀，和炒房所给予温州人投机的巨大机会，温州人同时也大举寻找可供炒作的产品，继炒房以外，温州的资本开始左冲右撞地追逐着各种新兴的资产标的——

2002年，煤矿。全国能源紧缺，煤炭市场日趋火爆，浩浩荡荡的温州资本涌入山西。据估计，山西60%左右煤矿被温州人收购。尽管2005年后煤炭政策已经对温州资本不利，但温州人发现如果投资规模足够大仍有利可图，于是依然抱团杀入。

2003年，棉花。全国棉价上涨，温州30亿元资本进入产棉大区新疆，收购新疆棉花。同年全国普遍电荒，几十亿温州资本进入重庆、四川等水电资源丰富地带。

2005年后，矿产投资。

2006年，商品期货走牛，温州资本开始伸向有色金属矿产。

2007年，油井。石油价格上涨，50亿元温州资本涌向西部，大量收购油井。

2008年，海外投资房地产，温州某商业卖断迪拜上海岛。

2009年，整栋购买和开发房地产。

2010年，房地产、PE、私募。

2010年，值得一提的是，这个时间节点，整个与温州人有关的圈子都在问着同一个问题，我有几千万，我需要尽快投出去，你这边有没有好项目？

2011年，高利贷。

无论是投资，还是投机，目的只有一个——盈利，随着一轮轮倒手，更巨量的财富更轻松地在聚集，比起又脏又累、利润日薄的制造业来说，资本游戏无疑更具吸引力。虚幻的财富泡沫让温州人看到了一种所谓的幸福生活。

十年间，温州人日益沉迷这个投资游戏。

饕餮盛宴

2007年初春的某一天，温州的某商会正在召开一次项目讨论会，十多位核心成员就上海徐家汇一个商业地产项目的开发达成了一致的意见。现场认股，一个投资金额超过10亿元的房地产开发项目就此宣告开始运作。

一个月后，项目第一批资金到位。两位具体操作人，拖着四个拉杆箱，走进银行财富中心。对话简单明了。

"先生，您好！不好意思，我想问一下，您为什么会有这么多现金？存进来后您要做什么用？"

"你要不要？不要我换地方。"

主管进去打几个电话后说："先生，不好意思，让您久等了。我向领导请示了，可以的。很荣幸为您效劳！"

"今天我存进来的是现金，改天取走也要现金。"温州人对现金的偏好，源于现金好办事。

接下来，上海某银行财富中心全体客户经理开始清点钞票。临窗而坐，沐浴在春季午后的阳光下，一杯咖啡一支烟。

一年后，上海徐家汇一座30多层的商业大厦拔地而起，为这位温州企业家带来了超过10多亿元的项目利润。

2010年夏，上海浦东机场，一群衣着甚是光鲜的中年女人赫然出现在到达大厅，这群女人一出现便立刻引起了机场人员的注意——这群女人衣着甚为考究，身上披挂的不是香奈尔便是迪奥的顶级"战袍"、手上挎的不是路易·威登便是普拉达女包、脚上蹬着更是爱马仕，举手投足间，卡地亚、蒂凡尼、宝格丽德耀眼生辉，个个满头青丝吹拉有型油光发亮，佩戴着同款的豪奢墨镜，算起这一身的行头，位位均逾百万元。

"潘姐、陈姐、郭姐……还有其他的各位大姐，欢迎你们。"

她们一到接机口，便迎上一群穿着白色衬衣和黑色西服的男子，个个胸前别着一个别针，上面写了楼盘名字。随之，这群人用数辆车将这群女人接走奔向上海南郊迪士尼板块的某大型别墅售楼部。

翌日，一则《温州炒房团逆市加仓3亿增持豪宅高端物业》的新闻成为各大房地产网站的头条，据说这群女人入手3 000万元的上海豪宅，也仅仅是信手一挥、眼一闭一睁的时间。

火爆的房地产彻底改变了温州人。

面目全非

蓦然回首，温州就在这样的资本追逐之中，失去了10年，如逝水之东流，不可再追。

而这几年，伴随着中国经济的风起云涌，和温州经济市场的波谲云诡，大浪淘沙中的本书的几大主人公一样发生了沧桑巨变。

　　世易时移，事易时移。面目全非，翻天覆地。

　　首当其冲的是一向脑子灵活的阿东。在看到中国房地产大好特好的情况下，毅然与阿豪分家。

　　起先阿东也只是尝试着投入资金试水，在朋友的鼓动下，先是花了20万元定了上海某楼盘，谁知，一个月后被加价50万元买走，一个礼拜阿东净赚了50万元！尝到了如此得来不费功夫的甜头，阿东斗胆预付了200万元的定金，吃下了上海古北黄金城道寸土寸金的某高端公寓10套，谁知，短短一个礼拜内，被加价30万元全部卖掉，一个礼拜净赚了300万元！仅仅一个半月，房地产让阿东不费吹灰之力地赚到了350万元。这以后，不消两个月温州正好有个新盘开盘，30万元一个名号。阿东运气比较好，一下又摇中了好几个号。他又以每套外加50万元到100万元不等的价格转让出去，又在一个星期左右，赚了几百万元。

　　天方夜谭！这对于做实业的人而言，简直是天方夜谭，用阿东当时自己原话所说，这钱，真不知是怎么赚到的，赚疯了一样！有了这个生财之道，阿东根本就无心于"东豪"。2010年2月，刚过完年，阿东便相中了上海一个将近2万平方米的写字楼，准备这次要押大注，急需大量的资金投资，故此，对实业再也不留恋的阿东非常轻松地和阿豪要了200万元，退出了东豪。

那时的阿豪正在为温州女装甚为苦恼，市场萎缩，生产扩大却批不到地，企业发展如当时的温州所有女装企业一样陷入瓶颈。

东豪服饰，自1998年起步于温州白马商城档口的女装小工厂到2005年的温州女装五朵金花之一，历经了无数的波折，可以折射出温州女装的兴衰，从这位温州女装先驱之一的发展至衰败可以看出温州时下大部分企业的缩影。创业初期，东豪便通过关系，凑巧接到了一个法国老华侨的订单，2万套服装，而且必须在半个月内交货，问他们敢不敢接单子。已经被惊喜冲昏了头的阿东和阿豪想都没想，就做了个100%完成的保证。但是等到日夜忙碌把货赶出来后，老华侨的电话来了，他沉重地说：欧洲人的尺码大小和规格样式你怎么一点也不懂呢？这衣服欧洲人穿不下。阿东、阿豪出师不利，欠了一屁股债。故此，彼时阿珍寻他们找蓝天的时候，二人并未细想和追问，焦头烂额，盖因他们自身难保，今日不知明日会如何。

好在市场火热，东豪很快又在另一些订单中逐渐转亏为盈，并逐渐打出知名度。有了原始积累的阿豪与温州电视台主持人结成连理，夫唱妇随，在蓝天的从旁谋划下，与香港创立了"东堤"女装品牌。于是，阿豪负责开发，阿东负责市场，阿豪太太做品牌推广，此外，还有蓝天从旁出谋划策，在三人协作、四人合力下，一举在温州打响了"东堤"品牌，而后2002年3月份"东堤"又以在国内某大型的国际服装博览会上的三场秀，惊艳全国女装界，此后，阿豪大手笔一挥，更是聘请了国内某位著名的设计师，轰动业内，名噪一时，更奠定了温州知名服装品牌的地位。然而好景不长，随着设计师的离去，东豪逐渐衰退下来，此后另聘请再红的设计师依然不温不火，以蓝天的讲法是，东豪犯了与温州所有的女装企业同样的错误，没有自己的定位和个性，而是短视，市场流行什么模仿什么，终究走不了长久。彼时阿豪也虚心接受蓝天的建议，但是，由于各方面大不如前了，至2010年初东豪各地经销商萎缩，仅河南、安徽、江西、福建部分省份尚在运作，一年不如一年。

故此，阿豪发现自己辛苦在事业上两年所收获的还不及阿东炒一套房子，而那时银根放开的各大银行都在想办法鼓动企业抵押厂房贷款。在银行的鼓动下，阿豪将实业的设备和工厂做了抵押，贷出了2 000万元入股业内几个行业巨头操盘的房地产项目，不到一年便翻了两番。

这真是以小搏大，一本万利的买卖！开窍之后的阿豪谁知比阿东更加大手笔，集结了服装行业内的几个企业家的资本，拿下了温州市三洋湿地住宅用地，全力进军房地产业。

潘晓倩则更有手腕。

那个承诺给潘晓倩10万元开饭店的光头佬很快就博得了潘晓倩的欢心，自阿珍离开温州后没多久，两人闪婚。婚后不久，潘晓倩很快便又搭上了一个餐具刀叉杂货铺台州老板，遂和姘夫密谋解困，对光头佬设下陷阱，套取证据，匿名向当地工商税务部门举报丈夫偷税漏税。待税务部门介入后，潘晓倩又落井下石，将丈夫的违法经商行为和盘托出，紧接着提出离婚，以赡养费的名义霸占丈夫全部财产12万元人民币，赚到了所谓"富婆人生"的第一桶金。

在老公锒铛入狱的同时，潘晓倩迅速和台州老板结婚，不久，台州老板丈夫通过关系，采取温州民间集资的方式，盘下了濒临倒闭的农村集体所有的刀叉铺，潘晓倩升级成了老板娘。她志得意满，春风得意了一番，毕竟从乡下到城里摆地摊是段不堪回首的艰辛时光，看着眼前的十几号农民工变成了自己家的长工，每天在工场中忙碌，发财了的感觉油然而生。

不久，繁复劳作的日子使她感到，如此积累财富的方式太累，太慢，太辛苦，又生起别念。在掌管家里不锈钢刀叉作坊进出货的过程中，潘晓倩瞄上了经常和她眉来眼去，帮她免费载货的单身司机陈某。潘晓倩听陈某经常吹嘘"老板还要往上走等等"的内幕消息，便动起了脑筋，觉得如果靠上此人，今后一定能结识当官的人，对做生意必有帮助。由此，又以迅雷不及掩耳之势爬上了陈姓司机的床。使出浑身解数，讨得陈某的欢心，陈答应潘晓倩帮她搞到贷款更新工厂设备，扩大生产规模，讨得潘晓倩的欢心。不久潘晓倩便怀孕，与台州老板离婚，再逼迫陈某"奉子成婚"。

婚后，潘晓倩的心计和对钱财的痴迷以及为了金钱无所顾忌的钻营手段让陈某心生后怕，不寒而栗，遂对潘晓倩百依百顺，以图安稳，但好景不长。潘晓倩在生完孩子后，便闹着要陈某兑现搞贷款扩大不锈钢店铺的承诺，可怜一个司机哪来这么大的能量，在潘晓倩的百般缠扰下，陈某终日愁眉不展，不知如何兑现，但是殊不知，潘晓倩根本是醉翁之意不在酒，心思缜密的她早就瞄上了陈的女上司、一个政府高官，她的新婚丈夫无非是她巴结权贵、发大财的又一块跳板而已。

可是，这次不同于以前，陈某的上司是个女人，潘晓倩赖以卖弄和使用的身体没有了用武之地，但潘晓倩心中早就筹划妥帖，她认为，女人做了大官，必定喜欢钱！她深信女官员不会拒绝钱，于是，潘晓倩便开始指导陈某如何博取上司的欢心，如何利用司机工作之便近身服侍，察颜观色，揣摩上司心思和投其所好。不几日，潘晓倩已经将女官员的家庭情况、个人喜好、生活习惯摸得一清二楚。女官员自然是心知肚明，也恰好需要这样的跑腿之人在捞钱的过程中策应和配合。陈就逐渐成了女官员的心腹，在她大肆贪污的过程中，陈某在潘晓倩的怂恿和教唆下，成了上下勾兑，鞍前马后的人。心计过人的潘晓倩叮嘱陈某每次都要记下上司让他办事的前后过程，尤其要他留意每个项目的来龙去脉和项目金额及过手钱数，潘晓倩自己悄悄地记下了一本流水账，留作后用。与此同时潘晓倩每天在暗中留意琢磨温州市面上发了财的老板们的掘金渠道和手段，可谓是费尽心思。

如此里应外合，潘不仅赚得盆满钵满，一飞升天，并且早已为自己置身"事"外留有后手，及至女官员贪污案爆发后，陈随之上司逃亡海外，潘坐享了其在暗中转移的数千万元资产，并借陈在逃期间，两次向温州法院提起离婚。法院作出一审判决：准予离婚；婚生女儿由潘抚育。这以后潘晓倩在温州声名鹊起，应者如云，彼时温州的太太对潘跟进跟出，不仅如此，但凡有自己与潘能沾上边的事便成为在圈中密友中炫耀的资本。由此潘又成立了"温州太太理财团"。

　　2011年，时机成熟，潘注册成立"温州第一担保公司"，野心勃勃，欲图打造自己的金钱帝国，由此，潘又转身成为温州女企业家、担保协会会长乃至温州女慈善家。

　　阿东、阿豪、潘晓倩，一举被时代的大浪冲上了顶峰，人生波澜壮阔，精彩迭出。

　　哦，对了，还有一个人，蔡阿珍呢？

九重恩怨

　　2008年，纽约飞往上海的飞机上，一位女人分外引人注意，高挑身材上裹着一套手工密实的烟灰色套装，襟前别着个蝴蝶模样的镶着蓝宝石的古典款式胸针，精雕细琢的精致面容上一头利落的短发，乍看上去，一定是大户人家的小姐或太太，总而言之，总归是尊贵之人。

　　然而待其伸手之际，令人大为诧异，与其精致的面容和考究的衣着截然不同的是，伸出的那双手纵然一如水莲花似的白皙，但是清癯干瘦，至其手腕之上，星星点点泛着陈旧伤——这是一双历经风霜的手。

　　但见这双手，缓缓从包里拿出一本杂志，是港版的八卦周刊，周刊的封面一则桃红色的标题赫然进入我们的眼睛——《城中邵氏集团千金小姐与温州青年才俊亲密现身铜锣湾》，配以这个大标题，我们看到了蓝天和邵明慧并肩同行的身影。

　　女子的手突然握紧了拳头，我们宛若看到了她那抽痛的心。

2009年，温州新城某别墅花园，泳池旁的太阳伞下，一个身材高挑均匀的女人进入了我们的视线，伴随着傍晚那微动的夏风，吹着她的短发，周边传荡着一首韵味十足的老歌——

心上的人儿，有笑的脸庞，

他曾在深秋，给我春光，

心上的人儿，有多少宝藏，

他能在黑夜，给我太阳。

我不能够给谁夺走仅有的春光，

我不能够让谁吹熄胸中的太阳。

这是周璇的名曲——《永远的微笑》，此曲自20世纪40年代诞生后，半个多世纪以来，便不断被后世的一代代的歌者倾情翻唱，如甄妮、费玉清、蔡琴、罗大佑，与时代洪流无关，也没有深奥的题旨，它只是把一个被古今中外无数文人墨客反复吟咏的爱情进行个人化的抒写，却让听者为之动容。

而此时，我们听到的是首唱者"金嗓子"周璇的最早版本，她用纯朴天然的声音演唱，咿咿呀呀，在轻快的节奏中直抒胸臆。

音乐声中，我们渐渐走进那个女子，才发现她便是那飞机上的短发精致女人。又是杂志，一份又一份，合着数张报纸，散乱地堆在这个女子前面的太阳桌上。又是那双煞是白皙却有瑕的手，翻阅着那些桌上一堆报刊上的报纸。

　　这些报纸并不是同一个年份，但是都有着和我们上述四位主人公相关的报道——

　　《访法登服饰与美国前总统品牌策划的幕后策划人蓝天先生》

　　《蓝天传媒董事长蓝天携邵氏集团邵明慧探访温州孤儿院》

　　《蓝天设50万基金鼓励温州大学学子创业创新》

　　而其中有一篇文章是这么描写蓝天的——

　　在温州传媒圈说起蓝天，用"无人不知无人不晓"来描述并不为过。在温州，但凡同他见过面的人，只消一眼，便能铭记在心。因为此人与绝大多数温州男人相比，实在太不同了。

　　这位年轻企业家，永远是一头栗色的中长发，飘逸异常，他对生活颇为考究，而且有点文艺范儿，而一向被认定为"文化沙漠"的温州，这里的男人，大多流行的却是清一色的板寸头；此外，他永远是一身落落大方的欧式古典风格着装，并懂得搭配围巾等配饰，仿佛是T型台走下的男模特；还有，他永远是那么淡然谦和，没有温州男人的粗声大气，鄙俗放浪。

　　靠改革开放发家的很多温州企业家，虽然西装革履，有些甚至爱戴副眼镜来假装斯文，但是，骨子里仍然无法摆脱那股浓烈戾气。但是，蓝天则不同，近看之下，无半点轻浮气，在他身上，淡淡的优雅，仿佛从肌肤里面长出来似的。他虽然会抽烟，但是展颜之际永远是那一口洁白整齐的牙齿。

此外，温州男人们爱不离手的赌博、话不离嘴的荤段子，这些，他绝不染指，未见他提起过。即便是温州城几乎全民皆兵的"炒房炒钱"，他也未曾"心有所痒"过。

"资本是没有价值的，不如做实业实在"、"如果一个人失去了艺术，那他终究会失去灵魂，如果，一个有钱的人失去了艺术，那么，他只是在自己的棺材上贴了一层金而已！"这些都是他的原话。

从这方面来看，您可以说他是个另类，也可以说是一个传奇人物。正因为他不好浮夸和投机，邵平、邹成建、李赵楠、汪均金之类企业界翘楚方对他赏识有加。

从一个一文不名的毛头小子到传媒明星人物，以及拥有自己的传媒影视产业，蓝天，只用了短短八年。

所以，年少多金的他，是温州众多未婚佳丽垂青的对象，但他告诉记者其早已心有所属，记者笑而问之，莫非是邵氏小姐，蓝天笑而不语。

"现在的男人，或者有钱却不帅，或者帅但没钱，或者又帅又有钱但对感情不专一，可是他却具备了所有的优点，让我很有压力。"风趣又不失大胸襟的电视台台长吴乐天如是评价蓝天，他似乎说出了所有认识蓝天的温州男人对他的嫉意。

当翻阅完最后的那张报纸，这个女人单手将这一堆报纸抛向空中，纷乱的报纸由于失去了依托，凌乱地撒落在女子周边，有一些落入她旁边的泳池中，随着池水，缓缓漂浮，渐渐被润透。

她拿起桌上的手机，拨了几个数字，而后定定地看着这个号码，摁了拨通键。

"阿倩，是我。我回来了。呵呵，很好，应该要谢谢你当年帮忙，我委托家人在大自然买了别墅，你有空来坐坐，顺便帮我看下现在国内有什么项目可以投资的。"

是的，她正是蔡阿珍。

她回来了。

黑白颠倒

"好了，等一下再叙旧吧。"邵明慧耸耸肩，做了个请上车的姿势，2014年的温州国际大酒店门口，这个拥有数亿家产的温州女富二代，卖力充当司机，招呼着朋友们上车。

"快上车吧，上午我当你们司机，下午或者你们有兴趣的话来温州二院旁听吧。"邵明慧道，她永远是如此阳光灿烂，在她身上有其父亲"天塌下来当被子盖"的特性。

蓝天笑笑，道，"等一下，还有一人。"

话音刚落，但闻阿东的声音响起。

"天哥！"但见阿东手上提着一个超大的黑色塑料袋而来。

看到蓝天，他又加快了步伐。

"走吧，都买好了。"说着，阿东解开塑料袋的扣子。袋子解开，映入众人眼帘的是四盆祭拜亡魂的菊花。

今日，他们是要和老友——阿豪、阿倩还有老徐叙叙旧，而另外一盆是阿珍的父亲。

一抹伤感跃入蓝天的眼睑。

"走吧，我们坐明慧的车到景山。"蓝天道。

阿东这才发现明慧在身边，便连忙打招呼。

四人上了车。明慧和陈子衿坐在前面，蓝天和阿东并肩坐在后面，往景山山顶的公墓开去。

"温州总部经济园变身街道商务中心。"突然陈子衿拿起明慧刚刚放下的《温州都市报》，就着封面大标题读了起来。

"温州的媒体确实有进步……敢报道了……"蓝天想起了曾经的《温州早报》总编陈大斌，现如今的《温州早报》已然被收编至温州报业集团，而商人出身的陈大斌也已被"劝退"，据闻其后又代理国外奢侈品牌，并投资数千万元于温州建立奢侈品会所，结果，2011年的金融大风暴把他打得倾家荡产，决无翻身之日，与之同样遭遇的，还有温州数百个同业者。

突然，蓝天似乎想起了什么："子衿，给我看下……"

陈子衿立刻把报纸递给蓝天。

蓝天接过报纸，但见新闻开头是如是描述的——

"推迟了两年半才交房，温州一些企业终于搬进了应该叫作温州东城总部经济园的基地，但是，企业家却发现园区名字被改了，很多企业家不来了，园区冷清，招商困难。业主的产权证上，东城总部经济园变为东城区某街道东日商务中心。除了改名，让业主更诧异的是：房屋规划性质竟为工业厂房，当初可一直都说是工业用地上的商务办公大楼，商务办公大楼变成工业厂房，带给企业的直接损失显而易见。按照工业厂房评估，每平方米1 200元到1 500元左右，如果是商务办公大楼，每平方米1万元以上。温州企业急需融资，房屋规划变更，导致融资额度大幅缩水……"

"明慧，"蓝天眉头一皱，"这不是当时号称温州第一号总部工程吗？"

"是的。"明慧斩钉截铁道。

"你父亲……"蓝天有所忧虑。

"我父亲没有投资。"明慧道，蓝天刚松口气，明慧又道，"不过我父亲的数个好友均有投资，怎么知道会是这么一个局面，昨日他们还集结了十几人从国外回来与市仲裁委员会进行协商，他们的意见很一致，要求解除协议，退还投资金额和200万元税收保证金……"

明慧顿了顿，继续道："其实也蛮让人气愤的，本来这钱就是违规收取的，2011年的时候，受民间借贷的影响，有几位急缺资金救命，而当时这项目时隔两年仍未开工，于是他们申请是否可以先退还他们这200万，这并不为过吧？并不是要求退还投资资金，然而有关方面却置之不理……"

"怎么回事？"阿东也抑制不住参与进来，"让我看看！"

阿东随即拿过报纸，扫了一眼后道："原来是这个项目，当时这个号称是温州第一号招商引资的工程，引起了我们温州本土企业集体的愤慨！"

阿东讲起这件事来依然义愤填膺："当时我还是安守本分做企业的，但是东豪发展受工厂场地制约，本地的企业还一地难求，何以舍本求末，将地留给外资，还要花费巨额招商引资的费用……当时我们的企业也不算小的，员工有800人，并且刚刚被评为温州知名女装品牌……"

温州，这个曾经的民营经济最具活力的地方，这十来年，先是经历温商外流，企业外迁；后是房地产畸形繁荣，制造业艰难生存；然后是房地产骤然变冷，民间金融紊乱；现在又闹出了温商归家失望，总部经济破灭的悲剧。短短的几年，沧桑巨变……

"阿东，"蓝天道，他似乎又想起了谁，"还记得阿伦吗？记得那一年中小企业主首次讨说法的事，还记得他说的那些话吗？一语成谶……"

"记得，现在想来，真的是一语成谶，"阿东叹息道，"不过那个时候，是我人生最风光的一年，炒房炒出近亿万身家，所以，当时对于阿伦说的话我非但没有当回事，还嗤之以鼻……不知现在的阿伦如何……"

一语成谶

2010年秋末，自蔡阿珍回温州已有半年。在距离蔡阿珍大自然别墅不远的东城大道上，两个前面蔡阿珍在报纸杂志上看到的人，正驾驶着一辆黑色的大众私家车往市中心开去。

"快！快！变道啊！天哥！"但见蓝天旁边，副驾驶位子上一个头发上搽着摩斯，穿着阿玛尼衬衫，搭配着一条蓝色牛仔裤，脖子上戴着金项链的男子朝蓝天指挥着，边说边手舞足蹈——这便是2010年财富到达最高峰时的阿东。

"我是不会变道的，不能违反交通规则。"蓝天这12年并无多少变化，恰如上述媒体所描述的一般，与身边的阿东判若云泥。他仍然是一个胆大创新又不失细微谨慎之人，此时的他一边开着车一边正色回答阿东。

"嘻！"阿东自然是对蓝天的话不以为然，此时的阿东，休说蓝天，即便是天王老子也不放眼里，恰如当时突然暴富的温州商人一样，鼻孔朝天！"在温州有什么规则可言，想当年温州商人正是不怕规则，勇于打破规则才赚了第一桶金。而且，在温州人人都在抢，都在超，你如果不超，将永远落后于别人，快，往左边挤进去，快……"眼见着又被别人超车的阿东心急火燎，气急败坏地大叫。

"哎。"但见蓝天又被超车，他无可奈何地叹了口气。

"万一出了事故怎么办，害人害己。"蓝天不慌不忙地道。

"出事故，哈哈。"阿东不以为然地大笑，"那是你技术不行。温州人哪有像你这样怕这怕那的，机会都是像你这样的人失去的……"

"不是所有的机会都是机会。"蓝天又借此警戒自己的兄弟，

"1929年美国发生了一次超级股灾，如果你在1929年底买入了最高的蓝筹股，那么你在随后的3年中将损失掉87%，13年后还有80%的损失没有追回，要一直持有到1953年才能解套。阿东，我认为现在的楼市已经在高位，物极必反，我为你和阿豪很忧虑……"

"你又来了……"阿东一脸的不耐烦，"天哥，我说，你真是比我妈还烦！"

"我真的很忧虑，"蓝天锲而不舍，"中国的房地产在我看来不仅仅是泡沫，而且是脓包，正因为是脓包，所以成了肌体之一部分，人虽知其害，却难以痛下决心戳破，故易养痈成患，越来越严重……"

"我说天哥，难怪阿豪说你现在和那些只会在台上坐而论道的所谓的经济专家没什么区别，"阿东摇摇头，"你连一套房子都没炒过……"

阿东本来想说的是，你连一套房子都没炒过，你懂什么，后来想想还是打住了。

"在我看来，"他改口道，"中国的房地产不可能跌的，最多就是从前几年的黄金时代转向白银时代，暴利没那么厉害而已，你要想想，房地产联系着这么多的行业和不可忽视的就业问题，怎么可能会倒。你提醒我，我还想提醒你呢，天哥，我为了你好，你赶紧趁现在房市这么好，进来一起玩，由我和阿豪带着你，你放心，而且趁现在银根这么松，大把的钱可以做高评估贷出来，我包你一年翻倍。"

"阿东，这我更怕！"蓝天大吁一口气，"你知道美国的次贷危机吗？美国次贷危机发生的根源在于美国房贷公司和银行为了追求高额利润，不顾高风险，对还款能力明显不足的客户，甚至是无收入、无工作、无资产的三无客户发放次级住房抵押贷款，我觉得和眼下的温州很像……"

"我的老哥呀！"阿东真的有几分生气了，"你真的是够烦的，美国？！美国是什么啊？美国是市场导向的，中国是市场背后有只无形的手，而这只无形的手，本身和房地就有千丝万缕的关系，个中原因呢，不用我说了，所以怎么可能会让房地产倒下去呢……"

"还有……"阿东话锋一转："我说你这车，赶紧给换了吧，什么年代了啊，在温州最差已经宝马七系了……你这车怎么在温州混啊……好了，待我这里捞一笔回来送你一辆捷豹……我在红城广场定了三套，哈哈，每套我至少赚500万……"

"阿东，"蓝天面色凝重地道，"变现的钱才是真的钱，这么高的价位有谁会买？"

"呵呵，"阿东又嗤之以鼻，"买涨不买跌，只要温州房子涨一天，就不怕没有后面跟进的人，我心里很有数，这一轮抛掉后，红城广场，我不会再跟，我和温州大部分人的看法一样……实话告诉你，我也开始玩私募了，不过现在房地产市场还有机会，等我们玩够再说吧……"

"得了，"蓝天道，"量力而行，这辆车我开习惯了，即便我真的资产过亿，也未必需要那么好的车，温州最可怕的不是爱慕虚荣和贪得无厌，而是刺激着人们爱慕虚荣和贪得无厌的攀比风气，阿东，没有永远利好的市场，见好就收，只要潮水退去，你就能看到谁在裸泳……"

蓝天尚未讲完，却被阿东打断："我说得了吧，天哥，估摸着我们马上就能看到潮水冲上来的那些虾兵蟹将了……"

突然阿东和蓝天被眼前的一幕惊呆了——

但见东城大道左侧的人行道上满满当当地往前走着一大群人，这一大群人把人行道挤得水泄不通，与此同时，可以说是无数的私家车从他们身后超车一股脑儿地往着前方的东城区区政府方向驶去，不消一会儿，随着前方的车越来越多，车道像一条静止的河流一样向远方延绵。一些出租车司机，不知前头发生了什么，猛摁着喇叭示意，其间掺杂着人们的辱骂声，一时间，刺耳的声音响彻路面，一片混乱。也有不少司机下车前去一探究竟，然则，大多迅速返回自己车里，艰难地掉转车头往回找路开走，越来越多的司机往回开，后又有新车进来，一时间交通彻底瘫痪。

"师傅，"逮着一个往回走的司机师傅，蓝天问，"前方发生了什么？"

"都是有钱人，"司机烦躁地道，"在区政府前抗议，全部都是这一带开工厂的小老板……"

"阿伦！阿伦！"司机话未说完，阿东便看到左侧马路的抗议人群中有自己熟悉的人的身影，随着密密麻麻的人群往区政府走去，遂有下车一探其究的欲望，"天哥，不管这么多了，下车去看看……"

蓝天也正有此意。抗议实际是弱势的表现，是一种没有能力做到但又不甘心的表现。在温州，类似的群体性事件，蓝天在温州的这十几年几乎从未曾有过，更何况，导演此次事件的苦主竟然是一群支撑温州经济的中流砥柱——温州中小企业主，而非没有经济基础和社会地位的弱势群体。

很艰难地，蓝天将车尽量往尚能靠近路边的地方挤进去，停车熄火，拔下车钥匙后就随同阿东下车，去追踪阿伦的身影，在这个过程中，蓝天迫不及待地拉住路过的人问道。

"这位兄弟，到底发生了什么？"

苦主一脸的无奈，经其和盘托出后，蓝天才知道，本次事件的导火索是一条刚颁布下来的限电通告——有序用电领导小组办公室为了完成上级节能减排的指标，勒令区内所有年产值在500万元以下工矿企业强制限电，实行"开5停10"（即一个月有10天有电，20天是没电的）。

"不仅如此，而且更荒唐的是，还不让我们自行发电，一经发现罚款金额至少5万元以上！现在对于我的公司来说，先别说新的订单不敢接，要面临的问题一来是前面的订单完不成面临客户的巨额索赔，二来是工厂开不了工，不能正常发工资，导致在原本就用工荒的情况下，工人都逃走了……这几年，本身我们就很难了，前进得如履薄冰。如此一来，更是雪上加霜……"

"怎么会有这样荒唐的政策？"阿东道，"限电也就罢了，还不让工厂自己发电？！"阿东一副怎么也不敢相信的表情。

"荒唐？荒唐个屁啊，英明神武才对！这叫一箭三雕！把我们这些中小企业赶尽杀绝！好腾出些地方卖地！"苦主旁边的又一苦主忍不住咆哮道，"这政策好啊，一来，打着响应国家限电的旗号，通知一压，指标完成；二来，让一些迫于无奈的企业到区工商局上报自己年产值达标，增加了税收；其三，最重要的是，逼得我们没法做了，倒了，迁了，地收了，卖了，钱有了！现在的财政哪个不是靠土地拉高的啊？前几年把本来就三山一水一亩田的温州地都卖得差不多了，现在限电也用上了！"

与这一拨人一边往前移步一边说着，蓝天和阿东很快便达到了区政府门口，那场面，蓝天可以说只在电影和书里见过，但见区政府门口已然密密麻麻静坐一群人，黑压压的一片，至少千把人，个个悲愤决绝，愁云惨雾。

"阿伦，阿伦！"这会儿阿东总算找到了站在外围的阿伦。阿伦在该区经营着一家将近500名工人的皮鞋厂。也许是人太多，阿伦根本听不到阿东叫他，于是阿东和蓝天便挤着人群靠近他。

"阿伦！"阿东拍了他的肩膀。

阿伦吓了一大跳，转而问阿东怎么在这里。

"我倒想问你怎么在这里呢？你们厂子也被限电了？"阿东这个死小子还一副很开心好奇的样子，毕竟这个轰动温州乃至震惊全国媒体的因温州东城限电而引起百多号中小企业抗议事件，他这一辈子还是和其他所有人一样，都是第一次遇到。

一讲起这个，阿伦憋压在内心的愤怒、不解、无奈乃至绝望如爆发的山洪一样倾泻而出——不是限电！根本是不允许用电！自己发电第一次发现罚款5万元，第二次发现罚款50万元！如果纯粹是因为用电紧张而要企业在用电高峰期停那么几个小时，还情有可原，而事实是今年一个夏天都没停电，到现在天气凉了大家可以不用开空调的时候来个文件说要缓解用电压力限制用电，你不觉得可笑？你要限制也可以，大家一起限，为什么限制的对象还规定年产值在500万元以下的，也就针对所谓的温州的中小企业？不仅限电，一个月停20天而且还不让自己发电，到底是什么目的？这样的限制用电有几家企业还能正常生产下去？谁来赔偿我们的损失？现如今温州企业已经面临招人难的问题，再来个对中小企业限制用电，那么大家都玩完，干脆上头发个文件禁止温州中小企业发展，直接关闭得了！大家干脆把企业卖了，都集体炒房去，GDP大涨，等楼市崩盘，一起集体自杀去……

墓地惊魂

"天哥……阿……阿……阿伦！"2014年的温州景山的山顶公墓，阿东指着徐士林墓地左边的那一个颤声道。

由于两个墓地当中隔着一颗松柏，故此只有站在左边的阿东能看到。阿东这么一说，在场所有的人几乎都毛骨悚然。

阿伦，就是刚才在车里说的那个阿伦吗？几乎所有的人屏息敛气，心里忐忑地打着鼓，问着这个问题。

"天哥……真的是阿伦，白天不能说人啊……"阿东的眼睛已经瞪得如死鱼一样，眼眶里涌出了泪，说完这话的时候他的嘴巴还微张着。

众人背脊一阵冰凉。

"开什么玩笑!"忽然蓝天恢复镇定,他不相信,这个阿东还是改不了爱开玩笑的毛病,蓝天打算不理他,径自端出一盆菊花放在徐老墓前。

"天哥……"这时开腔的是一个颤抖的女性的声音,是明慧,"真的是一个叫王海伦的,还……还不止一个……还有他老婆……"

被明慧这么一说,蓝天顿时大气都喘不过来,他转身到左边的墓前,一个熟悉的面孔灼痛了蓝天的眼睛……

是阿伦!是阿伦!

望着墓碑上的阿伦年轻的笑容满面的照片,蓝天只觉背脊一阵冰凉,眼前一黑,一种天旋地转的感觉。这种感觉试问谁能承受,一个方才大家还有说有笑议论着的人,方才大家还都在说他不知道过得好不好,突然在阴森的公墓里看到他的墓碑,一个活生生的人已然成为一抔土,而且还不止一个。虽然2011年,风暴骤临时,他们也经历过身边之人的突然离去,但是一切都至少有个心理准备,至于阿伦,以这样的方式和他们再见,以这样的方式告知他们,他已离开人世,实在让人太难接受了……

然而容不得蓝天继续悲伤,阿伦太太的照片以及她的名字,让蓝天惊从悲来。

王海伦,陈雅思夫妇之墓地。2012年1月28日。

——望着墓碑上的这一行字,蓝天怔怔发呆,直觉得脑子轰轰作响。

陈雅思、陈雅思……他努力在记忆中搜寻和这个人有任何关联的数据，终于，他想起来了……

"阿东，"他盯着陈雅思的墓照，潸然地道，"和潘晓倩有关，她是潘晓倩那群太太理财团的一员，我记起来，第一次与阿珍重逢的时候，她就在现场，2010年那日他们集体到政府去抗议半个月后，我们和阿伦见完面后的半个月，阿伦说，关掉企业，一起炒房，然后崩盘自杀，一定是这样……"

一座之隔

自上次温州限电中小企业百人抗议半个月后，又是这辆过时的大众小轿车，又是这两人，阿东和蓝天，不一样的则是他们行进在非常拥堵的温州人民路。

此时正值拥挤的温州车道，高峰时期，车满为患，这个加上外来人口仅有750万人的二线城市，平均每百人拥有汽车78辆，位于全省第一，仅10 000平方公里的市区面积，就有超过50万辆车辆。更让人震惊的是，每逢晚间高峰时期，拥堵下的市中心街道，皇冠、公爵、林肯、凯迪拉克、奔驰、宝马、捷豹、劳斯莱斯等豪车比比皆是；大热天时，多的是故意开着车窗，在闹市区里伸出左手弹烟灰的有钱佬，腕上金灿灿的劳力士手表和指头上粗大的钻戒，在阳光下闪闪夺目……

"真想不到媒体这么带劲！"副驾驶室的阿东将手上的《财经日报》一拍，开心得几乎要鼓起掌了，"天哥，还是你有办法，本地

媒体不敢，那就找北京媒体来曝光，记者说，区政府晚上要上CCTV
了……"

阿东说的正是半个月前，他们在目睹区政府对中小企业限电禁电
的事情，当日蓝天义愤填胸，立即用手机拍下了众多照片，并用手机
记录视频进行现场采访，回去后当晚将所有的素材整理群发了他所认
识的所有外地的媒体人士。

果然，翌日他们的手机都快被媒体给打爆了，紧接着，央视媒
体也跟进，不日便派记者前来采访，一时间，此事甚嚣尘上，举国皆
知。温州市政府没办法，立时下命令取消该荒唐政策，恐慌不安地召
开紧急会议想办法自圆其说。

"蓝天，干得好！"就此事，刚从温州市委副秘书长位置退下
的谢毅连连道好。谢毅担任市委副秘书长期间，曾为温州经济与中小
企业日益维艰的现状多次呼吁和劝谏，尤其是对于日益外迁的温州企
业，曾与温州著名企业家约某领导谈，岂料，眼里只有外资企业、大
企业的某领导，嗤笑道，"鱼大了，鱼缸养不了，就让他们到外面去
扒，至于小鱼，既然该饿死的就饿死，游到别处找吃的就由它去吧，
腾出些地儿留给大鱼不是更好……"谢毅与该企业家立时问他，怎么
不想想怎样把鱼缸做大？最终此事在他不予作答后也就不了了之。

虽然此事经蓝天转告京媒而倒逼政府取消了该政策而完胜，但是
东城50%以上的中小企业遭受了严重的伤害，经过这件事，重现用工
荒，中小企业关掉至少三分之一，而余下的至少三成以上信心大失，
不是筹措着迁厂，便是无心再恋实业，恰如阿伦所说，干脆将工厂一

抵押，炒房去，不再受这冤枉气……

　　人民路上的车还是行若蜗牛，阿东看看时间不对，实在忍不住了，"天哥，我看还是我下车步行过去好了。"

　　蓝天表示认同。倒是阿东又道，"要不你也和我们一起吃饭算了。"

　　阿东赴的是阿豪的饭局，今日阿豪在温州大酒店宴请重要宾客，邀阿东一起来作陪喝酒。

　　蓝天摇摇头，这两年来，蓝天与阿豪渐渐有了嫌隙，倒不是蓝天和阿豪计较，只是怕自己过去后破坏了阿豪的气氛，阿豪不似阿东，蓝天的善意提醒纵然不听也不会介意，何况他生意做得如此之大，对于蓝天的地产唱衰论，厌恶之极，因为这个也早早不与蓝天往来，更何况在他看来，兢兢业业靠做文化赚小钱的蓝天已经不能和今日的他同出同入。

　　这些阿东也明白，所以，很识趣地就不多说什么了，径自打开车门，临下车时，蓝天又开口嘱咐阿东务必要早点回去陪静娴，切忌和阿豪玩得太深。

　　因为蓝天知道，此时的阿豪如当时众多的温州大企业家一样，一天到晚一个项目接着一个项目，吃饭、夜总会乃至包个酒店大家玩上一把。此时温州已然出现前面陈子衿所说的温州人自包酒店的现象，而大部分人包下是为了聚众赌博，一干企业家，聚在一起，一个晚上下来，输个几百万元，也都是家常便饭。

　　阿东知道蓝天的意思，他虽然偶尔也会参与玩一下，但是不像阿豪那样有瘾。

对于蓝天的嘱咐，他不耐烦地摆摆手后便消失在温州的一辆接着一辆堵在一起的豪车中……

与阿东分开后，蓝天没过多久也在不远的前面将车停下，便走进了在温州颇负盛名的波曼咖啡厅。

波曼咖啡厅虽名为咖啡厅，其实做的是咖啡厅和大排档相结合的生意，这便是温州咖啡厅的特色——将美食和咖啡两个风马牛不相及的事物组合于一起，温州的咖啡厅每到吃饭的点，与餐厅饭店不无二致，温州人一边喝着咖啡、一边喝着酒，一边吃着炒螺蛳，搛着水煮鱼的画面也属常见。而温州的咖啡厅自然成了朋友相聚和商务宴请的火热去处。今日蓝天便是某位老朋友的座上客。

蓝天摸着楼梯旋转而上，豪华的温州咖啡厅门口，两个穿着香艳晚礼服浓妆艳抹的迎宾小姐便立刻迎了上去。

"老板，你有订位子吗？"

这时的温州咖啡厅和酒店一样，不是提前预订的一般只能打道回府。

"卡座89。"蓝天道。

当晚约他的是曾经在温州传媒界颇负盛名的小师妹，一个颇有文化慧根的小丫头片子，写得一手好文章。不过蓝天很赏识她的原因不仅在此，更是欣赏其有像蓝天一样的铮铮铁骨——小师妹同蓝天一样刚考上温州某报社，欲图一展宏图，岂料其撰写的《温州弱势群体之现象》不能刊发还被主编从要闻部给调到了专刊部，后来又被安排到该报的上海记者站。

"媚媚，我们和几个主编一致决定，将对你委以重任，派你前去上海，担任上海记者站站长。"主编道。

最开始蓝天的小师妹甚为欢欣，以为可以在大城市大展一番拳脚，岂料，听完她领导的下一半段话欲哭无泪。

"其实，有一点我希望你能明白，我们报社不会平白无故地在上海建记者站，这些年，上海房地产商是我们温州报业的重要广告客户，占据了温州平面媒体房地产广告60%以上的份额，而温州的晚报和早报，前几年在上海成立记者站收获非常多，所以，今年我们也要前去上海开拓业务，经过我们报社几个领导一致决定，我们觉得你既漂亮、能干、口才又好，据说，你的酒量也不错，所以，希望委派你过去替报社抢回房地产的广告份额，你绝对可以完成重任。"

小师妹听了，有点难受，甚至还有被侮辱的感觉。

"我是做记者的，不是广告业务员啊，主编。"她强辩道。

"这你就不懂了，"主编笑道，"在我们眼里业务部门的同事比你们更值得尊敬，你要想，没有他们给报社带来盈利，你们采编人员靠什么发工资。另外，你还是以记者的身份，这点没有变，不过我会安排广告部一位有经验的同事和你前往，你们这次去的目的，是三个月后的温州秋季房交会，完成30个上海的展位指标……"

没有任何办法，小师妹还是被"发配"至上海，临行前，她特地来找蓝天，哭诉了一场。不过后来这个女孩子也争气，去了上海，跳槽到了上海的某报社，做财经记者。

这次她从上海来，也不知道要找蓝天什么事。不过，事隔这么多年，她回到温州第一个想到蓝天，蓝天确实是颇感欣慰。

可惜事实跟她所想有着太大的出入。

蓝天抵达卡座，小师妹已经将菜全部点齐，一副恭候多时的样子，倒不像叙旧，更像是谈生意的。小师妹身边坐着一位男士，蓝天走近的时候听见他和小师妹交流着第一次见识温州的咖啡厅的感触。

小师妹见蓝天，立马用肘子碰碰身边的男士，两人毕恭毕敬地站了起来。

"这位就是我一直和你说的天哥，在温州人脉广很吃得开的。"小师妹的开场白似乎有点不对，蓝天不觉眉头一皱。

"天哥好！"男的立即诚恳地伸出一只手。

"你好。"无论如何，远来是客，而以蓝天之个性能帮即帮，不会推却，顾虑虽然在心，但蓝天没有半点介怀，他伸出手，两个男人非常诚恳地相握。

"坐坐坐。"蓝天道，旋即，三人坐下。

没一会儿，小师妹就进入主题了。原来，小师妹在上海跑财经时间长了，日积月累了很多的房地产商朋友，对方知悉小师妹来自温州，就给其一生财之道——也就是利用其温州人的身份，帮他们的项目在温州举办项目推荐会，小师妹只管凑足人数，负责地产商在温州的场地布置和搭建，便有大把大把的项目推广费用可以赚。此时的小师妹，已然与早年那个愤青一样的小丫头有着天渊之别，久经历练的她，找了个搭档，两人开始做这个赚外快，此前两人做的是低端的项目，找一波温州的"会虫"糊弄下已经买通的营销总监也就过了，而此时他们接的是一个总价2 000万元以上的独栋别墅项目，故此，才想找蓝天帮忙，帮其组织一些温州商会的企业家参会。

"要知道，现在每个开发商的广告费预算是总销售额的百分之一，算下来，一个10亿元的项目，广告额就有1 000万元。现在媚媚和开发商关系非常好，而且，开发商这边又有温州的推广计划，所以，我们希望能在温州找到一个这方面有资源的朋友一起合作……"

小师妹的搭档极力怂恿蓝天。

"合作方式很简单，我们利润分成，除去所有成本，我们六你们四，我们负责从开发商那里拉钱，你们这边负责从温州组织企业家来参加推荐会。一般以我们的关系，一场推荐会可以做到20-40万元，利润大概能保证在15万元左右……如果我们能合作的话，一年我们能保证和您做10场，您觉得怎么样？"

蓝天缄默而不语。

"如果你觉得这样的方式不行，这样也可以。"小师妹的搭档以为蓝天嫌麻烦，不喜欢这种深入式的合作，故此，又道，"另一种方式，您这边什么都不需要为我们做，只需要组织企业来听就可以，每个人我们按照人头算您费用，并且，关系好的开发商，我们会和对方商量销售佣金，如果成交我们可以给对方佣金。"

小师妹的朋友递上一个很有诚意的笑，他以为这佣金足够吸引蓝天。

蓝天沉思了一下，还是决定不做任何掩饰和盘托出。

"媚媚，"蓝天道，"你们找错人了，我是不会做炒房的帮凶。赚钱的方式有很多种，但这种方式我不会。"

小师妹原本还想说什么，还没开口又被蓝天打断了。

"我也奉劝你们不要再做这个行业，中国的房地产泡沫已经到达顶部，预计不久就会破灭，现在进入这个行业，害人害己。"

被蓝天这么一说，气得两人不知道说什么好，瞪着眼睛，连单都不埋，起身走人了……

望着他们气势汹汹地离去，蓝天摇摇头，欲让服务员埋单。

岂料，这时一个他再熟悉不过的声音，在他一座之隔的背后响起……

如此重逢

"哈哈哈哈哈……"一声爽朗的笑，蓝天直觉那笑声如刀一样猛刮他的心脏。

"昨天的那两个开发商，确实是帅，两个都是上海的高级白领，昨天委托秘书请我们这些女老板一起吃饭，阿倩原本不想去，后来一听说是两个年轻大帅哥，把自己打扮得花枝招展过去了，对我说，走，去喝花酒去。果然，我们这一群，温州艳光四射的美女企业家一到场，两个上海帅哥就呆了，哈哈……"

那声音太熟悉了，蓝天不觉呼吸急促……

"轻一点，"另一声音笑着打断："这旁边人这么多……"

"怕什么！"又是另一个声音："我们还有什么好怕，女人当自强，靠着房地产，我们老公还不是靠我们养，我们炒几套房是他们三年的办企业收入，哈哈……"

"哈哈哈哈。"一干女人的大笑肆无忌惮地传来。

"那两人也是来推销楼盘的吧？那盘子怎么样？"有一个声音似乎在问那个蓝天熟悉的声音，蓝天不觉心一紧，等着她的声音再响起，却被另一个女人接了口："不怎么样呗，上海金山的写字楼，价格要17 000元，比市中心还贵，况且，现在我们的目标是独栋别墅，这些中端的项目除非是打包给我们一个内部价格，让阿倩帮我们一起操作，否则，没有兴趣。"

"是的，上海寸土寸金，买独栋就是买地！对了，那个洪城玫瑰园，你们觉得怎么样？"

"当然好，地够大，阿倩和他们总监约下个礼拜要去一趟，总之，在上海买房也好，关系还是相当重要的，上次阿倩带我们去浦东迪士尼买的那个别墅，其实拿的是内部价，结果一开盘我们就每套赚了50万……"

众人你一句我一句，却始终不见方才那人发话。

有一人接口了。直到2014年，站在阿伦墓碑前，蓝天才想起，这个正是墓碑上和阿伦"生同衾死同穴"的阿伦的太太陈雅思，此刻她正以"炒房新晋人员"的身份向大家谦虚地讨教着经验。

"我可没这么多钱，我早点跟你们炒房就好了，到现在身家早就千万了，以前我老公怎么也不让我炒，把钱都用在实业上，不知道现在进来会不会太晚，姐妹们，你们要帮帮我啊。"

"你既然叫我们姐妹，我们就和你直说，雅思，现在也不晚，中国房地产起码还可以好个10年呢！"有人斩钉截铁道。

"现在房地产虽然不像前几年那样，但总比通胀放银行贬值好。"

"房地产呢，肯定好，不过还可以玩更大的，直接进入地产开发……"

这个声音终于再度出现了，蓝天确信这个是他那熟悉的声音。

"什么？"循着那个声音抛下的悬念，众人异口同声问，"开发？"

"是的，"那个人压低声音，蓝天愈发有转身过去的欲望，"现在温州的地产如坐云霄飞车，我们只要把钱放给那些开发商，第一可以安稳吃利息，第二还可以分到房，这事大家说好不好……"

"当然好，"有人叫道，"可是我们没门路啊。"

"呵呵，"又是那个声音，"你们没有，潘总潘晓倩有！"

当潘晓倩三个字响在蓝天耳边的时候，虽然很轻却如惊雷一样。终于，蓝天才明白前面大家说的"阿倩阿倩"就是潘晓倩！

"那边都是亿万资产的企业家兼地产开发商，需要前期开发资金，安全可靠，贷100万元一年，回报率30%以上，我蔡阿珍敢……"

当蔡阿珍三个字进入蓝天耳朵的时候，蓝天再也忍不住，转身朝后面的包厢走去。

人群中，昏黄的灯光下，他一眼便认出了她。穿越过那十几年的春华秋实，在举座的姹紫嫣红中，他一眼就认出了她。原来，爱一个人，十几年的时光，宛若过眼云烟，她依然是她，纵然青丝染上了风尘，眉眼徒添了冷峻，但是他一眼便认出了她。

持手相看泪眼，竟无语凝噎……

家破人亡

"那天在座那位，怯怯懦懦的那位，便是阿伦的太太……"回忆这一切，蓝天但觉人生太过无常。

"一个活生生的人……"蓝天再也说不出话，明慧走到蓝天身边，静静陪着他，这么多年来，当蓝天经历任何不顺或者悲伤的时候，她总是这样，不言不语，做他无形的背影和无声的支撑。

"我……我找找看……我找他家号码，我要问清楚……"阿东的眼眶已经红润，他拿出手机拼命地翻，纵然是昂藏七尺的男儿，还是抑制不住面对生生离去的所识之人的死别而眼泪夺眶。

蓝天不去阻止他，发泄比压抑在内心是更好的舒缓心理的手段。他闭上眼，在心里默念着什么，企图控制自己那几乎要奔涌而出的泪。

而此时，迎着他们，走来两位穿着黑色衣服的人，一对打着伞的婆孙俩。年纪大的啜啜泣泣，年纪小的面无表情，此时这一干人才发现天已然淫雨霏霏……

众人怔怔地望着他们，似乎预感到什么……

"你们让开一下，"果不其然，是阿伦家的未亡人，但见那孩子仰头问他们："你们是我爸爸妈妈什么人？"

原来是阿伦之子。面对孩子的疑问，众人只知道移步却未曾答复，最后，倒是蓝天镇定地开口。

"你是阿伦的儿子？"蓝天蹲下身，双手扶住孩子的两个胳膊，哀伤地道，"我们是你爸爸的朋友，离开温州多年，刚刚来拜祭其他朋友，才发现你爸爸已经……"

蓝天悲不自胜，泪终于落下："告诉叔叔到底出了什么事……"

蓝天尚未说完，孩子身边的老人家听蓝天这么一说，应该是想起了以前，"哇"的一声痛哭起来，人也几乎要一个踉跄倒下去，明慧见状赶紧去扶着老太。

岂料那孩子却很镇定，把蓝天拉到一边去。

"叔叔，这边说，我奶奶受不了。"孩子说着，一边憋着嘴，一边用力揩自己几乎要落下的泪，似乎很努力不想让自己哭出来，"我爸妈是被高利贷折磨死的，我爸爸妈妈把自己和朋友那边借来的钱借给了那个黄豪，然后他跑了，我爸爸妈妈还不出来，而且爸爸妈妈在红城还有两套房子，跌得厉害，卖不掉要还贷，借了高利贷，还不出来，他们找不到我爸爸妈妈，把我和奶奶抓起来打，爸爸妈妈受不了，为了我们一起从22层……"

"别说了……"蓝天顿时感觉胸口一阵堵，无法喘气，他不禁用手扶了下脑门，示意让自己镇定，而后站了起来。

"子衿，"蓝天道，"到管理处买两盆花，我和阿东送我们朋友一程！"

他铿锵有力地道，此刻他已然不再悲伤，而是悲痛和悲愤！而后他转向阿伦夫妻的墓，拉过阿东道，"阿东，站好了，我们送送阿伦夫妇！"

"嗯！"受蓝天的感染，阿东用袖子揩了下眼睛，收拾起情绪，在阿伦夫妇之墓前和蓝天一起并排而立。

"鞠躬！"蓝天道。

话毕两人对着墓碑鞠了三躬。

墓地的风吹着松柏沙沙响，三躬完毕，众人静默。待到子衿捧着菊花而来，蓝天和阿东亲手将花摆在上面。

蓝天开腔。

先是对着阿伦的母亲，说话时往老太太手里递上了自己的心意，"伯母，这是我们的慰问金，实在抱歉，我人在外，今日才知道，你要保重，节哀顺变。"继而他又蹲在孩子前，用手摸摸孩子的头，"拿着这个，这个是叔叔名片，有什么需要记得找叔叔，你要记住，你要像个男人一样顶天立地照顾好奶奶，让你爸爸妈妈安心！"

孩子非常懂事地点了点头。

"那么叔叔阿姨们再去看望其他朋友了！"蓝天和孩子说道，并向老太示意摆手。

婆孙俩望着这一行四人渐渐消失在墓碑群的松柏深处……

而作别此二人，这一干人朝着逼死这两对夫妻的罪魁祸首潘晓倩和阿豪的墓地走去……

蓝天一边走着，一边忧虑着而今的阿珍是否依然可好。

世事无常，命途多舛的阿珍，你可好……

恨之愈切

数载暌违，倏忽重逢。

她，依然是她，那个在烟雨朦胧、水墨画般的江南山水，水云萌动之间依稀可见的白衣素袂、裙带纷飞的伊人，纵然岁月已然徒添了她的风尘，霜雪已然侵蚀了她的眉眼，时光造就了一段阴差阳错、间隔了一身的浓情蜜意，剪短了她那及腰的三千缠绵之青丝。

悠悠十二载，重洋相隔，红尘踯躅。没有拥抱，千言万语亦不知从何说起……多少艰辛，个中难以言传的柔情缱绻，只化作简简单单的三个字——你好吗？

2010年，波曼咖啡厅楼下的一家茶餐厅，幽暗的灯光下，两个离别十二年的恋人，在命运的安排下，骤然再度相遇，此时，餐厅的音匣里正悠悠地唱着时下醉却众生的《千里之外》——

> 屋檐如悬崖，风铃如沧海，我等燕归来
> 时间被安排，演一场意外，你悄然走开
> 故事在城外，浓雾散不开，看不清对白
> 你听不出来，风声不存在，是我在感慨
> 梦醒来是谁在窗外，把结局打开
> 那薄如蝉翼的未来，经不起谁来拆
> ……

离恨之歌，那缠绕不去的凄绝之美，竟然被周杰伦同费玉清演绎得如此淋漓尽致，余音绕梁，令人愈发欲罢不能，恰如十几年前那个月下合奏一曲《乱红》的两人之夜……

"还记得那一年我们相逢的，月下合奏，我见着你，一袭白衣，哀怨而凄美……"情之所至，蓝天满含深情地对着阿珍道。却不料这个他倾注了所有青春去等待的女子，竟然回应他的是——"好了！蓝先生！"

呵呵，好一个蓝先生，立时将两人"咫尺而天涯"。

似乎不为所动，仿若见一初识之人一样，同她没有任何关系和关联，蔡阿珍扬手叫餐厅老板。

"老板，"她蹙眉攒额道，"能否把这个曲子换一下，听得人不舒服，期期艾艾的。"

她拒绝了周杰伦和费玉清绝世的咏叹，也拒绝了蓝天同她对旧日情怀的回望。

她如此的反应让蓝天一时无所适从，原本他以为，这意外的避逅，她同他一样，低眉间的清愁重染，淹没于这一去经年的如水般的苦苦相思中……

可是，她不是，她判若两人。

她是那个她，她亦不是那个她。

或者，她经历了什么，让她有意去避忌曾经的前尘往事？

或者是……青丝已然有君为之绾起？罗敷已有夫？

蓝天闭眼不曾去想，所有的疑问又化作那三个字——

"你好吗？"

……

"我过得很好。"阿珍开始正色同蓝天对话，第一次正眼望向蓝天。

一个是满眼的痛楚，一个是满眼的不屑与嘲弄。

"此去经年，我等你……"蓝天望向阿珍道，"等到现在……"

"呵。"一阵冰冷的笑意从蔡阿珍嘴角森森地钻了出来。

"好了，"阿珍道，一脸的淡薄，"我说蓝天，得了，不要再做戏了，我压根不会追问你那一年的事情，我也不缺和谁共叙前缘……"

"不需要！"她又追加了这三个字。

"阿珍！"蓝天隐隐约约中，似乎感觉到她的敌意来自那一年自己的意外。

哦，天哪，是的，蓝天这才想起，方才因为骤然的重逢，激动之余竟然忘记了告知那一年自己发生了什么。

"阿珍，那一年我……"

"好了。"阿珍打断蓝天的解释，"你现在不必找借口，反正我也早已忘记了。"

"我和你无关，说说你，你怎么样？"阿珍又噘起嘴巴笑道，"据说，你现在做传媒，做传媒好啊，温州有钱人家缺的就是文化，你这种传媒人，很招温州有钱老板女儿喜欢的？你结婚了吗？没结婚，呵呵，哦，对了。忘记了。你父母早就不在温州，所以，在温州你没背景，所以，即便你有才华又怎么样？做上门女婿你一定不愿意，你表面还是装作非常自命清高的，高不成低不就吧，我猜你一定是这样吧……"

她边说着边摩挲自己的手，仿佛在说着确实和她无关痛痒的一个人的事儿，虽然那口气里带着些许的挖苦。

十二年前的旧爱相遇，阿珍一直在言不及义，不知当真不关心，还是故意回避，不想去面对，因为一旦面对，那心里伤口的痂将会重新被揭开，那里尚未完全愈合，尚带着痛。

蓝天不想争辩，他只关心她。

"那你呢？听说你去美国了，我赶到你家的时候，听邻居说你妈妈已经回乡下老家去了，旅馆也租掉了，我去乡下，找不到……"

"呵呵，"阿珍又打断，"好，我非常好！在美国非常好！"

说最后一个"好"字的时候，阿珍有点走音，似乎在强烈地去压抑着什么……

纵然十余年未见，然而深爱着阿珍的蓝天，隐约中似乎感觉到了什么，他始终有那么一种命中注定能立刻走进她内心的能力，就如那一年在广州老白云机场他一眼就能看见她的哀伤一样！

"告诉我，阿珍，告诉我你发生了什么……为什么你一直不敢看着我说话？"他伸手去碰阿珍的手。并感觉到阿珍似乎有种强烈的悲痛深深地抑制在冰冷的面容下。

"阿珍，"他饱含深情地道，"如果很苦，你到我身边来，我曾经说的话，你还记得吗？我一定会好好照顾你……"

"哈！"阿珍一声冷笑，蓝天发觉这声冷笑的背后是巨大的悲怆，一颗泪珠挂在她的眼眶……

"你不要和我说这样的话，还有，请收起你那关切的深情款款的眼神，你以前就是用这些表情看着我，觉得我需要保护，我需要呵护，说永远呵护我，保护我，不会抛弃我，你真的好厉害，你的演技真好，你怎么这么厉害，现在还能对我摆出这样的表情，对这个傻傻等着你送救命钱，眼睁睁看着妈妈病痛的女人，还敢这样看着我，你怎么好意思，如果你不想借，你可以直说嘛，可以的，求求你，别再对我摆出这种表情，我受够了，我再不想看到这种表情，我真的很想吐！"

阿珍的话句句直抵蓝天的心窝，蓝天一时直觉痛从中来，他不想作任何辩解，因为他觉得，任何辩解都不能让那一年发生的事戛然而止，让时间倒拨，重新再来，无论如何，即便是老天铸就的错误，也是他给她带来了伤害，他不该太着急不看马路，他不该被车撞，他不该一昏迷就是一个月……

"对不起……"他满眼的痛楚，连声音都颤抖。

"你到底对不起我什么？"阿珍对蓝天开始咆哮。

"你是因为那天我向你借钱，你答应了却没借给我，所以向我说对不起？还是你从那以后就消失了一样，从来没找过我，所以向我说对不起？还是你说再难都不会和我分开，可是这都是骗人的，所以和我说对不起吗？还是你喜欢上了哪个有钱人家的女儿，所以觉得对不起？没关系，一点关系都没有，我妈又不是你妈，你说的把我妈当你自己妈的话，我确实信你过，但是我也没有权利要求你必须那么做，就让我妈在病床上痛得昏迷过去，和你有什么关系？还有，你倘若爱上哪个有钱人家的女儿，你坦坦白白说，我也许会难过和哭泣，但是我会理解，因为这不是什么奇怪事，没钱的温州女孩子在温州就是没人要……你知道因为你，我对人间唯一信任的人也绝望了，因为你，我才毅然决然地踏上了美国的偷渡之路，就是因为你骗我，不和我说实话，玩弄我，一个原本对人性仅仅只保留那唯一的一丝信任的女孩子，绝望了，走上了前往美国偷渡的不归路，你知道那是段什么样的日子吗，你知道吗？"

阿珍一股脑儿把心里憋屈了这么多年的话倾泻了出来，纵然还是那么冷静，但是泪水已然出卖了她的伪装。

"阿珍，我真不知道，你发生这么多……那天……"

蓝天未说完，又被阿珍打断。

"好了，请你不要这样了！我真不知道见鬼还是怎么回事，每次见到你，都要把我折磨成这样，我不想过以前的日子，我不想再做只知道流眼泪的蔡阿珍，我已经很多年不会哭了……真是见鬼……我受够了，我告诉你，我不需要你可怜，我现在过得很好！"

她激动地道，强烈地抑制着自己的情绪。

"你不相信，好啊，你看。"她一边说着一边摆弄着自己的物件和首饰，"我用的包，路易威登的，我的手镯、我的香水和衣服是香奈儿的，我的鞋子……还有你跟我来……"

说着，她拉蓝天往外走，停在一辆红色的车前面。

"哈哈！"她狂笑，"你看到了吗？卡宴！我的车！试问温州也就那一撮金字塔尖的人能买得起，还有，我在大自然有一套豪宅别墅，我不是以前那个1万元都拿不出来的蔡阿珍，那个蔡阿珍已经死了，这是现在的我，我过得不比你的她差！你的那个邵——明——慧！"

当"邵明慧"三个字掷地有声地抛在蓝天耳畔时，蓝天终于感觉到了阿珍对自己的爱了。

没有爱何来关注，没有爱何来恨。

爱之愈深，恨之愈切。

一丝希望燃起在蓝天心中。

"阿珍！"他突然想一把拉住她，狠狠地抱她在怀里，对她解释发生的一切。

谁知，阿珍一把甩开他，钻进了自己的车里。

"好自为之！蓝先生！不是所有的女人你都能玩得起的！"

抛下这句话，她猛踩油门，绝尘而去。

生前死后

"看着阿珍绝尘而去，我只能回到咖啡厅向方才那一群女的要阿珍的联系方式……"

蓝天一边说着，一边和一行三人一起逐级而下，朝阿豪和阿倩的墓地走去。

"我上去后，我问她们要阿珍的号码，她们几个女的以不便透露阿珍隐私而拒绝，唯独……"蓝天的语气沉重下来，"唯独她，陈雅思……"

说起这个名字的时候，蓝天内心一阵剧痛，没了，这个人已经没了，在这个世界上，再也不见，躺在了他背后的冰冷的墓穴里。

"唯独她说，我给你吧，我看你也不是坏人。印象中，她是一个明快而谦虚的女人，如果，如果我当时知道是阿伦的太太，我……"蓝天悲不自胜。

"天哥，如果要怪，就怪我，怪我们这些人把房子炒高了，击鼓传花一样，把炸弹转给她们……"阿东怔怔地道，"所以，想起来，温州人炒来炒去，炒高了楼价还是害了自己人，高位接盘的只有我们这些眼红的炒家……雅思和阿伦还算……"

阿东顿了顿，哽咽道，"最惨的，要属阿豪和阿倩，连后事殓葬的费用都没有，尤其是阿豪，死在外地，没人给他……"

阿东抑制不住，想起故友之惨状，痛哭了起来。

"阿豪后事？"明慧问。

"阿豪'跑路'至香港，被债权人街头追砍，阿豪死在外地，等到他父母赶去，家里已经穷得连办后事的钱也拿不出来，他的遗体就这样在异地的殡仪馆冰冻了一个多月，直到后来我知道的时候赶去，我赶去时发现有人已经帮阿豪料理了后事，并且正准备带他骨灰回温州，让他入土为安，那个人正是阿豪的前妻，也正是糟糠之妻。当年，阿豪尚在创业的时候，她是一个电视台的女记者，纡尊降贵跟着他，帮他打江山，岂料，阿豪发达后，忘乎所以，有了小三，小三逼宫，正室下堂。等到阿豪经济出现危机时，第二个老婆卷了他最后的保命钱跟做担保的姘头跑了……这些事实在太让人伤心，我自己不想提，也不想徒添你的不快，所以，当时我没和你细说。"

"那阿倩呢？"明慧又道。

"阿倩走后，和阿豪一样，家里也拿不出任何钱，要知道温州的阴宅和阳宅一样，被炒到天价，高至70万元，最便宜的也要数万元。后来，我拿钱出来，让她有了个归去的地方。"蓝天道。

"在温州，坊间一直在调侃，生的时候住不起，死的时候也死不起，不过怎么也想不到，此话的后半句会落在阿倩和阿豪身上……"蓝天幽幽地道。

"想当年，阿豪，场子里的人都叫他豪哥，他一晚上真的可以用一掷千金来形容……"阿东道。

醉生梦死

温州的江心屿是蓝天与阿珍曾游览过的地方，是温州的城市地标之一，该屿久负盛名，总面积约有107亩，地貌形状是呈东西长南北狭。它的得名从南朝至今已有1 500多年的历史，从温州的江滨外滩，也即是前有所述的新蔷薇大酒店所处之地，望向江心屿，它就像一座天然的盆景浮卧在瓯江水面上。因它四面江水环绕，岛在江中，而岛中有湖，湖中有园，园中有山，景象独特，被人们誉为

"瓯江蓬莱"。

　　然而这瓯江蓬莱自温州人一夜暴富后，也犹如坠入风尘后的黄花大闺女一般，沦为供温州富人们亵玩纵情的荒淫之地。

　　2010年末，在温州民间借贷大风暴来临前的半年，这里依然一派歌舞升平，笙歌彻夜，浮华竞奢。

　　此刻，华灯初上，在岛的南岸码头，竖起"私人码头，闲人莫入"的警示牌，顺着警示牌往前张望，但见滚滚瓯江的烟波浩渺处，驾来一艘豪华的私人游艇，游艇刚停好，岸上早已有身着英式骑兵服的金发碧眼的工作人员，恭敬地伸手将游艇上一位位衣着华贵的男女扶上岸，码头已然有数台加长型的林肯和劳斯莱斯顶级豪车恭候着他们，待他们上罢，载着他们开了不到千米，便在一幢古典的哥特式建筑风格与奢华兼具的三层楼建筑前停下。

　　掩映在绿树丛中，但见这座小楼，门口土墙灰砖，并不显眼，但是在夜晚灯光掩映下顿显奢华，楼门口挂着"温州国际会所"的金灿灿的大招牌，然而细心人一看，边上还有个铜色的，上面刻着温州人如雷贯耳的"省级历史文物保护建筑——原温州江心屿英国领事馆"的牌匾。

　　1876年《中英烟台条约》后，温州被辟为通商口岸。1877年，英国首任领事阿尔巴斯特来选址，并先后监管德国、奥匈帝国、瑞典等国家的侨民及通商事务。1894年始，英国在江心屿东塔下建造领事馆，次年落成。懂行并且懂温州的人，一看便知，这个温州历史建筑已然沦为富人们的私人花园。这在温州已然不是第一起了，也不是什么新鲜事儿。纵然众说纷纭，更有温州文人志士手书无数批判文章，却依然难抵将历史文物变现的短利诱惑，有关部门我行我素。改造过的温州原英国领事馆，由温州五大著名企业组成的财团持有，里里外外花数千万元装饰一新，餐饮、按摩、夜总会，一应俱全，这个曾经对温州市民免费开放，并且解放后历来是爱国教育示范基地的原温州英国领事馆，而今挂起了"仅对会员开放"的警示，成了温州富人隐蔽的销金库和后花园，与餐饮、按摩、夜总会随之而伴的鲍参翅肚、小姐美女乃至温州牌九，只要是供富人消遣娱乐和醉生梦死的，这里应有尽有。

门口的服务生验证完这一干人的会员资格后，他们便随之走进了这别有洞天的百年别墅，真是一派异国宫廷般的豪奢浮华。三段腰线砖饰，厚实清水墙，石勒脚台阶，古罗马式的回廊，辅以迷离的灯光，令人眼花缭乱，叹为观止。

这里是温州盛世浮华的缩影，也是回光返照的虚幻。

这一干人走去了餐饮包厢区，未几，888号包厢门口，便有西装挺括的两个男子恭敬地迎接他们。

这里每壶茶5 800元，每个包厢最低消费12 800元，每瓶拉菲19 800元。

"潘总，久仰久仰，多谢您带了这么多朋友来捧场。"但见其中一位领导模样的男子伸手与这一干人中为首的一个中年女人紧紧相握，仔细一看，这个叫潘总的中年女子，正是前有所述，在上海浦东机场那群全面穿戴百万元以上的温州太太炒房团里出现过的那位。

"客气客气，你们破费了。"为首的中年女人把墨镜摘下，一张我们非常熟悉的脸窜入我们的眼帘，是潘晓倩，纵然其身材已然丰盈许多，然而眉角眼梢依然是那股锐利而不失风骚的风情……

888号包厢的门被打开，在顶级红木雕琢成的大型圆桌上，已然泡好了一壶顶级的普洱恭候各位，而桌子后面，我们看到的是一个大型的展架，展架上写着——"上海江河湾豪宅温州名流私人晚宴。"

"来，我来给你们介绍……"潘晓倩在那个男子鞍前马后的陪同下，扶着坐在了主桌的位子，尚未坐稳她便道，"这位是江河湾的营销总监陈总，来，陈总，这些来的都是我的朋友，都是尊贵的会员，我给你介绍，这位是朱总，温州手表企业大老板，下个礼拜要带十几位朋友一起去你们的项目，你们好好招待，帮他预订酒店。这位啊，黄总，从事大型啤酒设备，在温州和上海都有实体厂房，上海的厂房在金山，以前购买过你们一期8号楼的。这位邵小姐是温州某银行高管，负责贷款授权，想为她在英国就读硕士的孩子回国后在上海发展购置物业，她儿子不限购……"

不消一会儿，佳肴美酒布满全席，几杯美酒下肚，众人开始敞开话匣子，这话匣子一打开，这群看似非富即贵的温州有钱人的原型立刻毕露无余——

"来，红酒连干三杯，然后打通关，这样才够意思，你们够意思我们也够意思，下礼拜去团购你们几十套……豪宅？豪宅不可以团购吗？"

"是的，买10套有什么折扣啊？我们温州人买房都是组团的，到时候我们十几个人一起来看，你帮我安排好啊……"

"你们的江河湾好，买你们房子要抢的，买到等于赚到……"

而与之相隔的889包厢却是另一番景象——

一位财大气粗看似阔商的男子正与四位一看便不是温州人的宾客共进晚餐。

身着英式服务生模样的服务员毕恭毕敬地端上鱼翅羹，每人一份。然而那人刚吃了一口，便大表不满。

"叫阿寿过来，"那人怒目圆睁，"我吃过上百次鱼翅了，你们的鱼翅做得不好，僵硬，不爽。去问问你们厨师是怎么做的！"客人面露怒色，话说得很重。

"尊贵的先生，我想问，您说的阿寿是谁？"服务生一脸困惑。

"阿寿都不知道？！"那人立时咆哮道，"阿寿就是你们五大股东之一，温州今年的十大民营企业家之一，你连自己老板都不知道，你工作还要不要？"

"哦，哦……"服务员吓得满头大汗，二话没说，去请经理过来。

随后穿着英式管家服的，打着领结的领班模样的人来了，并且顺便带了一位穿着制服的身材火辣的美女。

"哟，我道是谁呢，"美女一来就对那人展开攻势了，"原来是我们的顶级会员，黄总。"

美女一边说着一边给在座的其他人递名片，一边递一边道："我是这里会员部的部长黄伊利……"

"我说，黄总，你可真不愧是吃鱼翅的行家。"那美女很会说话，二话不说先捧了那人一把，将责任全部归于店方，给阔商以足够的面子，既突出了对他地位的尊重，又烘托了他美食家的身份。"今天的鱼翅在泡发和火工上确实稍缺一点点时间，这点小差别，您一口就尝出来，真的是山珍海味的美食行家。"

餐厅经理马上一唱一和了，他站在那人后面道"鱼翅不满意，老板您看，是换，还是取消？取消的话，损失当然我们承担，您不用支付分文。"

餐饮经理的那一席话，也句句扣住了那人的心理——无论退还是换都是扔掉，鱼翅这类高档菜肴的损失价值是很大的。刚刚美女经理已然将他捧了一把，此人自然心理得到了满足，一般爱面子的都不会斤斤计较，反而要借机显示自己的大度。情形果然不出所料。

"算了，算了。这次就算了，以后要注意质量。"两人火候拿捏得非常好，那人果然退让了一步，更借机炫耀一下自己，"你们蒙混别人可以，骗我是骗不过的。"

而美女又使出了更厉害的一招，进一步欲擒故纵。

"黄总，感谢您宽宏大量，来，我先敬大家，先干为敬。"说完，美女命令服务员将一杯满满的红酒递给她一干而尽，继而假装惊讶："啊呀，不好意思，黄总，是82年的拉菲呀，是我们这里最贵的酒，在温州全城也喝不到多少，哎呀，我竟然把您的酒给喝了……"她假装不好意思，实则是又捧了那人一把。

"82年拉菲算什么，不就2万一瓶吗？再给我开三瓶！"那人美滋滋地得意笑道。

"啊呀，黄总真是阔气，快，快去再给黄总开3瓶，拉菲！"美女经理嘱咐餐厅经理时，特地把拉菲两字说得非常响亮，继而又娇嗔道，"黄总，刚刚那鱼翅，我看就打八折如何。为了保证质量，我叫厨师也出来向你们道歉，并扣他当月奖金。"

这时那人又开始显示他的大度和阔气了。

"难道我就要省这20%的钱吗？老实告诉你，再多10倍的钱我也不在乎！厨师一个月赚不了多少钱，不能为这区区小事扣他的钱嘛！"他道。

至此，矛盾已有了很大的缓和。而此时恰逢三瓶拉菲又上来，那人见状命令服务生给在座每位都满上。

"黄总，吃完饭了，记得来楼上找我，"美女又朝那人递了个媚眼，而后不知在他耳边嘀咕了什么，只把那人逗得哈哈大笑。

"好好好！等下楼上见！"那人笑不可抑，遂而大开其怀，对在座众人道"来，加满，干杯！一口闷，我们温州人喝拉菲一向是喝啤酒的豪气，哈哈哈哈……喝完了到楼上排项目……"

"哈哈，黄总真是豪气，"

"当然，难怪温州人都叫黄总豪哥……"

众人纷纷议论，端起满满一杯拉菲一干而尽。

"来，给我再加满！哈哈！"那人大喊道！

对，此人正是当年广州机场那个乍看民工一样的蓝天和阿东的朋友——黄豪。

温州豪赌团

温州某别墅边，每日夜幕，驾着奔驰、宝马的各路神仙齐聚，直至深夜一两点方才离开。进入此门需要暗号，非报上所识之人姓名和联系方式均不得而入，除此外，日日窗帘拉得密实，整日窗户不开启，整夜灯火通明。

倘若您能进得了场，必定会吓一大跳，一楼至三楼，密密麻麻一张张长桌和椅凳，满满当当都是人。而这些人无一例外，均是世界名牌裹身，系着金项链戴着名表抑或佛珠，除此之外，每人一包软中华。

透过烟雾缭绕的空气，即将出现在你面前的一幕，将会使你三观为之震裂——成堆成堆的火辣辣的百元大钞，每桌的台面足足都有百来万元，一开局，围坐之人争先恐后往里砸，仿似那不是钱是纸似的，瞪着血红的眼，血脉贲张异口同声地嘶叫着"翻！翻！翻！"

这里就是温州司空见惯的地下赌场，成堆的温州有钱人，不分男女，每夜用黑色大塑料袋抑或旅行袋装着数百万的钞票来这里纵情一博。这里没有钱，有的只有数字，这里每日上演着生死时速的剧情，只关利益，而所有影响利益的东西都要统统抛掉——怜悯、道义、契约、法律，甚至亲情。来到这里，你便是一个无情无义的冷血的赌徒……

每到夜幕，温州的各大四、五星级酒店必定会成为富人和企业家的聚集点，每每餐后，陆续走进的操着温州口音的衣着光鲜的有钱人，如上述众人一样，亦是提着旅行袋，甚至拉杆箱，带着成堆的钞票奔赴圈子里的豪赌盛宴。除了上述地下赌场，在温州更为司空见惯的是星级酒店圈子的小搞搞，小不是指玩的小，而是人少，圈子里认识的一些企业家包个套房，关起门自己人和自己人近身肉搏，一个晚上下来，不输个几百万元还真不好意思同人说。

当然，以上的这些"搞法"对口味越来越重的阿豪而言，已然觉无兴趣，对他而言更刺激的是每周数次的澳门豪赌游。

澳门的博彩业久负盛名，在整个世界都是出名的，所以不少赌客都是不远万里来此，为博一个发财的梦，可是往往到头来都是梦碎而归。

葡京赌场今天晚上的客人和往常一样，每个台子几乎都是满的，正应了日进斗金那句话，虽然明知十赌九输，但是为了那贪婪的梦，还是有许多人在不停地尝试着自己的手气。

这晚9点多钟，正是赌场生意最红火的时间段，此时葡京赌场大门口突然迎来了十多个赌客，其中有三个人各自提着行李箱，操着温州口音，看似土豪的内地客！

甫一进门，热烈的气氛顿时让这三个人精神百倍，有BJL台，21点台，骰子大小台，赌博机，俄罗斯转盘，各色赌局一应俱全，发牌的荷官高唱着买定离开手，一些公关、经理双手靠背后在逛来逛去；磨"筹码"而霍霍，骰子的摇晃声，无数的豪客转来转去，有的咬牙切齿，有的眼红耳赤，有的垂头丧气，有的兴高采烈，也有的面无表情，各种神情，仿佛人生百味在这里皆有体现……

望着一楼的这个场面，"怎么玩？"左边的一人问。

"要玩玩大的，VIP！"中间的答。

"我想拿个一千万玩玩，如果赢了，高兴，输了，也不脱底，你觉得怎么样？"左边的又道。

右边的道："随你，我也拿一千万，阿豪你呢。"

中间的又开腔道："我三千万，赢了赚更大，要玩就玩刺激的，当是买个心跳。"

右边的一听又道："好！我也跟，你借我一千万。"

是的，中间的那位便是阿豪，而前两位则是温州的服装和鞋革的另外两个企业家。

当他们向葡京开出5 000万筹码的时候，赌场的侍者便带他们绕过楼下的大堂直接上了二楼，这里才是玩大宗的地方，出售都是过万的一注，楼下的那些都是一百两百就押一注的小赌小闹。

不消几个小时这三人的5 000万元成了落花流水……

输钱的愤懑让三人是夜进了夜总会，叫了两瓶路易十三、三瓶拉菲，夜总会经理拉出了从亚洲到美洲到非洲的小姐联合国队，供众人挑选，此三人各挑了个白皮肤、黄皮肤还有棕色皮肤的三色人等过了一夜。翌日，三人又提了5 000万元过去杀，这回没输，反赢回了2 500万元。

正是如此，暴富后的阿豪离不开赌钱和女人。

那时的阿豪带温州企业家和亲友，前往澳门赌博至少80多次，阿豪"跑路"前一年，几乎每月都有其出入澳门的记录，除此，马来西亚、越南都有其遗留的赌债，"跑路"前一个月，出入澳门竟然高达17次，而最后一次去澳门的记录便是其"跑路"的前四天……

墓地疑团

"不怕输得苦，只怕断了赌！——这是阿豪后来的宣言，他说这和当时自己做企业一样，不怕输，就怕不能东山再起，但是他用错了地方，"蓝天道，"直到最后，赌博让他输了近亿元，而同时温州的房地产大跌，其开发的项目迟迟无法交房，为了最后一搏，他从高利贷借了一亿元，又去澳门赌，其实最后那一个月，他去的十七八次所有的赌本都是从温州高利贷借去搏命的……"

"十赌九输，结果可想而知。"明慧接口道。

"是的，这一次，他是这样说的——我这不是赌，是博，能博得回我就活了，博不回我就只能死了。我的赌注不是这一个亿，还有我一条命……"蓝天道。

"那时，很多的温州企业家最后都是如阿豪一样。从高利贷那里借的钱，并不是用于还债和还贷而是去澳门博一把，博一个希望……"

"阿豪'跑路'前，阿倩还将500万元送到机场给他，那是她的下家刚以三分利息放给她的，她转手以一毛放给阿豪，怎么也不知，阿豪笑纳了她的500万元后从此黄鹤一去不复返了。"阿东道，"快了，两个冤家现在所待的地方就在前面了……两个冤家现在紧挨在一起，希望泉下两人不要……"

"不会的，"蓝天道，"人死万事空，我们的这两位老朋友会在黄泉下，相逢相视一笑泯恩仇，这一世纵然他们大起大落，但是也足够奢侈了，他们必定能穿过那大把大把的红艳的彼岸花，喝完孟婆汤，忘记今世的过眼云烟……而我们，尚且寄生于世的人，当以他们为戒，珍惜现在的生活和记取有缘人……"蓝天百感交集。

"世事漫随流水，算来一梦浮生，今生能走在一起，原本不容易，来世还不知能否再相遇……"明慧也悠悠地道，她是话里有话，因为又想起了那个婆婆和她说的"前世冤亲债主"，她想也罢，这一世哪怕为蓝天孤独终老，也无妨，只为了，让他和阿珍修完这一世的缘分，来生再牵她的手。人的一生，有些事情可以纪念，有些事情可以忘却，有些事情可以放弃，有些事情可以守候，只要心甘情愿。

"你们说的都是这番哲学，我接不上来，我只知道，对比阿倩和阿豪，我又多活了一次，这一次，我一定要好好活……"

"惜取眼前人，惜取无憾时。"一直缄默的陈子衿也发话了，"我很想用日本动画片的一句名言——人生就是一列开往坟墓的列车，路途上会有很多站，很难有人可以自始至终陪着你走完，当陪你的人要下车时，即使不舍，也该心存感激，然后挥手道别。此时此景下，蓝总说的话，也让我深以为怀。"

"其实，此话不是我说的。"蓝天道，似乎想起了谁，没有再说话……

"走吧，看似雨有点大了。"他道，众人加快脚步朝着C片区的13排走去。

景山陵园坐落于温州的景山之巅，面积很大，里面栽满了翠绿的松柏，墓碑一列列整齐有序地排列着，C片区13排，是阿豪和阿倩所在的位置，在陵园的东北角，往北再过两排墓碑，是一片绿荫丛生的草地，有高翠傲然的青松屹立，还有那如血泪一般的杜鹃栽满墓群。

原本，所有人以为，此二人之墓，一定冷冷清清，除了阿东说的早些时候看到过阿珍来过一次，一定鲜有人拜祭，岂料，待他们到达两人墓前的时候，再次惊呆了。

但见这两人的墓，除了有两盆业已萎靡的菊花外，墓碑上尽是用红漆写满的辱骂之语，例如——死女人，死男人，还我们命，还我们钱，给我活回来……

又是一阵寒意彻骨，渗透所有人的心脏……

顿时，所有人的感觉是——

原来活人比死人带给他们的恐惧更为强烈……

这会是谁？

难道是蔡阿珍？

此时有两个人摇摇头。

不会。蓝天和明慧在心里异口同声道。

她回来了

2010年的温州，某大剧院，此刻蓝天传媒正在进行着一个舞台剧的最后彩排。自今年开始，蓝天开始与国内著名的编剧和媒体合作，通过舞台剧的形式，传播向上的价值理念，同时又能很完美地将合作品牌的信息植入，相得益彰。而此次，是蓝天传媒联手上海著名作家打造的一个有关于女人如何经营自己的人生的舞台剧——《女人一定要有钱？》

"右边的灯光注意！"

"对！左边的记得往下打！"

"好！"

"等一下……"

"蓝总，"此时，方才那个指导着灯光的导演模样的人，突然转向面对蓝天，而此刻的蓝天正若有所思，自从那夜与阿珍短暂地重逢再分开后，这几日蓝天一直魂不守舍。

"嗯？"蓝天这才回过神来。

"彩排得很顺利，可以收工？"此人其实是蓝天的助理，他征询着蓝天意见。

蓝天这才回过神来。

"大家辛苦了！明天的首演，需要大家努力，这对我们的合作伙伴和公司来说都是非常重大的事情，大家一起加油！"回过神的蓝天立刻又投身于紧张的工作气氛中，鼓舞砥砺着士气！

众人用右手握紧拳头，一并举手示意，一副成功志在必得的样子。

这也是蓝天传媒的企业手势。

蓝天传媒从一个普通的品牌咨询公司成为集电视栏目、舞台剧制作、艺人经纪、品牌营销等平台建设于一身的一体化的国际传媒机构。并在三年前就开始建设自己的编剧策划和艺人培育计划，并致力于为温州培养文化人才，除此以外，他的企业运营收入每年将会拿出5%来回馈温州对青少年素质培育的一些公益组织和机构。

他一边对助理交代有关事宜，一边朝着休息室里走去，跟在他身边的还有一位负责该项目市场营销的人。

他们在休息室坐下。由于本次是蓝天传媒第一次涉足舞台剧行业，也同样是温州鲜有的对市民大众免费开放的舞台剧演出，故此，无论从营销还是对观众的感谢来看，回馈都是必需的。

"是的，目前已经有500位观众得到抽奖奖品，加上网友的抽奖名额也有500名，已经都抽出得奖者了，计划在演出结束后公布。"负责营销的对蓝天报告着整体的进度。

"观众回馈，务必照承诺的执行到位，如果你人手不够，可以再调配给你，另外，"蓝天转头与助理说，"你看下有无必要再公演一场，回馈客户。"

助理点点头！

"好的，"蓝天道，"今天就先到这儿，你们回去好好休息，明天要打一场硬仗！"

两人又对着蓝天做了蓝天传媒的企业手势——右手握紧拳头举起！

见状，蓝天也以该手势回应！

"耶！"三人叫道！

"那么，明天晚上庆功宴，通知大家必须参加。"

庆功宴是蓝天传媒的企业文化，为了能使得员工们更加同心同德，让蓝天传媒走向更璀璨的未来。

明慧知道蓝天传媒本次舞台剧的重要性，所以近日公演前的彩排便早早在剧院门口等蓝天，希望能提前为蓝天预祝一下。

"上车。"她向蓝天摆了下头，蓝天即刻上车。

"怎么你好像情况不对哦。"已经追随蓝天12年的明慧，一眼就看出了蓝天的不同寻常，打趣地询问着。

"明慧，你还记得十二年前的事情吗？"一见到明慧，蓝天突然又似抽调了骨架一样，一种锥心的凉意倾入他的胸腔。

"十二年前？"明慧疑惑地看着蓝天。

"你会记得那个人吗？那个我曾经和你提起过无数次的人……"蓝天道，他深觉不能说她的名字，怕一说心将痛得喘不过气。

"漫长的，十二年的坚守和等待，换来的是，日盼夜思的人真的站在眼前，却把你当做了仇人……"蓝天又道。

"阿珍。"明慧轻轻说出这个名字，这个她无数个夜晚在想念蓝天时会一同浮现的名字。说不出那种感觉，只觉得内心突然空了一些，凉凉的，酸酸的，连自己的呼吸都慢了下来。

"是的，她回来了……"

情义依然

"你是蔡阿珍吗？"翌日，邵明慧便打通了阿珍手机。

对方半晌没有回应，明显，肯定是错愕了。

"我知道你。"阿珍道，口气不太友好。

"我想和您谈谈。"明慧的口气始终保持着彬彬有礼。

"我没什么好和你谈的。"阿珍口气硬朗，因为于她看来，明慧是把蓝天从她身边抢走的情敌。

"你不想和我见面也行，"明慧明显是已经作好对方拒绝的准备，"但是你不妨听我说一段话。"

"对不起，我和你没有任何关系，我挂机了。"阿珍道。

明慧默笑，心念到，倘若真的想挂机早就挂机了，一般这样说的人只是赌气，并且还期待着你继续说下去。

"和我当然有关系，是我害得你和蓝天有情人成不了眷属。"明慧原本的意思是，因为自己那天不小心撞到了蓝天而导致他们不能相见，但是在阿珍听来的理解却是恰恰相反。

"呵呵，邵明慧，你什么意思，你抢了我的男人，现在给我电话还向我挑衅……"阿珍说到最后嘴巴已经开始颤抖，"那我再和你说一次，关于你和那个男人的事，我压根就不关心和不想听。"

明慧才发现自己词不达意，让阿珍误会了。对方一副要挂电话的架势。

"请您听我说完，我和蓝天没有任何关系，他等了你十几年！"明慧连忙抢先。在听到电话那头那人没有任何过激反应后，明慧开始缓解自己的语气，慢慢地道来："1998年6月25的那天，你穿着白色连衣裙，在温州医学院附属第二医院的楼下等蓝天，蓝天从四处筹到了钱，急着给你送去，就在医院的十字路口，他着急地想过去，加快了脚步，而此时，被一个开车打电话的女人给撞个正着，蓝天不省人事，在尚有意识的那刻，他口里还在默念着一个名字——阿珍、阿珍。蓝天后来被送至附属二医的急诊室，我不知道你是否站在门口同他擦肩而过，但是他因为头部受伤，淤血压迫神经，在医生的建议下，不实施手术，而是通过保守治疗，让淤血自行消退，这以后，蓝天昏迷了整整一个月，待他醒来后，他开口第一句话便是'阿珍'……这以后，他去你家找你，你家已经人去楼空，我也陪他去你妈妈的原籍地找，但是乡下太大，终于还是没找到，通过阿倩得知，你已经去了美国……从此后，他一等就是十二年，这十二年来，他身边有形形色色的女人投怀送抱，但是他从未正眼看过，他说，他答应过阿珍，要做她的守护者，一生一世。这是全部事情的经过，所以，很对不起，我就是那个撞倒他害得你们分离的女人。"

明慧说完这些，电话那头没有任何回应，她猜得出，对方或许已然泪流满面……

"你说的是真的？"对方轻轻地问。

"没有半点虚言。"明慧定定地道。

又是半晌的无声无息，过后，突然，对方连声道，"给我蓝天的号码，给我……给我……"

继而，电话那头，邵明慧听到了轻微的啜泣声，方才那个恶声恶气的人，突然判若两人。

"谢谢你，邵小姐，谢谢你……"阿珍道。

"我应该的。"电话这头的明慧悠悠道，此刻她反而没有了方才的激动，而是转向泪水盈眶。

真正的爱便是付出，如蓝天对阿珍一样。

造化弄人

挂下邵明慧的电话，阿珍突然发现，情依在，思如故，潸然泪下。

一个电话勾起了她太多的前尘往事，那些年，那些人，那些肆无忌惮而又喧嚣的无痕年华……

只是太过造化弄人。

这十二年，他为她画地为牢，禁锢了一身的相思……

而这十二年，她因他含恨远行，满身风尘……

这十二年，酿成了一坛醇香的相思，这十二年，也筑就了一道无可逾越的鸿沟……

而今的蓝天，斯文依旧，更是城中有名气有才华的媒体才俊，生性正直，出这物欲横流的温州城之淤泥而不染……

而如今的她，却是误入红尘深处，无法自拔，无可奈何……

曾记得，那夜，笛音悠扬，琴音幽怨，曲和相映，缠绵悱恻，月影婆娑间，对望扬眉，谁许谁的一世繁华？谁许谁的地老天荒？旷世绝恋在温州湖畔铺陈展现……

只是，际遇摧毁了如烟情殇，徒添了满身的沧桑……

恐这一世，芳心犹在，却已然是山盟难许……

然尘世这般境遇，非人力可持。

思罢，阿珍泪眼婆娑。

窗外，雨后，微凉，空气中还停留着夏天的气息。天很蓝，大朵大朵的云漂浮在上空，带着灰白色的沧桑，带着丝丝的压抑，轻轻地，透过风的细语侵入每一个角落。

蔡阿珍从未如现在这般娴静，静得宛若听到了灵魂深处那个曾经的自己的低低呼吸。

蓝天，心里的那个自己在低喊，我要见你，哪怕命运注定我们只能拥有交会的那一瞬间，我亦满足，这一瞬的温存，足够我一生去享用。

她拨通了蓝天的电话。

当电话接通，尚未听到蓝天声音的时候，蔡阿珍已经迫不及待

地想告诉他自己的心声——我想见你，现在，马上，我很想很想见
你……

半个小时后，门铃响起。

她开门，望见那个她熟悉和魂牵梦萦的身影。

她看见他的眼焦灼地带着深情望着她，那被风吹乱的头发，那因
为相思折磨而胡子拉碴的下巴。

她梨花带雨。

什么都没说，她扑在他的怀里，与他紧紧拥抱……

墓地黑影

"是谁？！"蓝天和其他三人正寻思着是谁在阿豪和阿倩墓碑上
写这些红油漆字的时候，突然听到林立的墓碑中，有女人或哭或笑的
声音，这声音里还夹杂着辱骂。

"你这个死人！你就这么死了，你死了我怎么办……"

"你死了安生了，却害得我过着不是人的日子……"

"你让我活得不安生，我让你死得也不安生……"

"你这死人，狗生的，下辈子做畜生，永不得翻身……"

"死，死，死，我要让你家人活得也不安生，不是你死了就能算
了的！"

循着断断续续的声音，蓝天他们几个人屏息敛气地往前排走去，
一步，两步……

微雨开始慢慢变大，落在他们的脸上睫毛上，视线开始有点

模糊。

循着这个声音，蓝天看到，那森冷的墓丛里，一个身披着黑色雨衣的身影正在一个墓碑前手舞足蹈，一边脚踢，一边嘴巴里还在叫嚷着什么。

继而，那人突然静止，无声无息，而后一下扑在墓碑上痛哭流涕。

蓝天他们刚寻思着要不要走近的时候，突然那人又猛然站起，但见她端起身边的桶子，往那墓碑上一把倒了过去……顷刻间红色的像血一样的油漆染红了整个碑面。

是她！是她干的！红油漆！

意识到这个，几乎是异口同声地，众人叫着："别走！"

这一叫反而把那人给叫醒了，本能地她拔腿往外跑，连桶子也不要了。

阿东走在前面，腿脚也快，一个箭步上去想拉她，却只拉住了雨衣，雨衣一扯，那人一转脸，一张中年女人苦楚的脸一览无余地展露在了阿东面前。

是她……

看着她，阿东不再做任何的勉强，放手让她走了！

众人追上，问阿东什么情况。

阿东摇了摇头，他转身看了下那女人刚刚泼完油漆的墓碑，似乎明白了什么。

"一场金融风暴，"阿东叹了口气，"把一群生前就纠结不清，且因为借贷而连锁反应的一群恩怨未了的人，又因为这个公墓里被圈在了一起，这些人，我们认识的，可以在下面凑两桌打麻将了……"

"这位，"阿东指着那个墓碑，"我看了下，发现也是阿豪的朋友，是做担保的，据说在公园里自缢了……而，刚刚那位，你应该也认识——是阿旭的妈妈。"

"阿旭？"蓝天问。

"正是以前在白马商城我和阿豪旁边的那个做外贸服装的女的。"阿东道。

"旭飞服饰？"蓝天已然想起。

阿东点头表示确是。

"我料想，旭飞应该出事了……"

蓝天用沉默回应阿东的猜测，然而，如果当真是旭飞要出事，则不是小事。

旭飞服饰创办于1998年，与"东豪"同一年，是温州大型服装企业之一。而旭飞工业园区用地面积合计80亩，固定资产3.5亿元，年产值3.8亿元。创始人余小旭，1974年生于温州，不仅是温州的人大代表，更是省妇代会代表，是中国服装外贸协会的副会长，不久前刚刚荣获中国杰出女企业家称号。

倘若旭飞有虞，则意味着上下产业链、牵涉互保的企业，以及与旭飞一同投资其他产业的合伙人都将同时爆发危机……

刹那花开

2010年，就在温州民间借贷第一轮危机爆发前，阔别十二载的阿珍和蓝天终于有了短暂的再聚首。

这是一段蓝天和阿珍最幸福的日子。

于阿珍来说，她仿佛已然脱离了于她而言魔障一样的光怪陆离的花花世界，依偎在蓝天的怀里，所有开心的、悲哀的、欢乐的、痛苦的，都抛掷九霄云外，在她的世界里，宛若回到了最初那个纤尘未染的她，感受他和她的世界，感受彼此那鲜活的心跳和满得快要溢出的喜悦。

而于蓝天而言，他只愿执她之手与她偕老，浮生若梦，与她相伴，只等年华老去。倾其一生一世，换取她岁月静好，于愿足矣。

他希望每天清晨，睁开眼睛，第一缕阳光照射下，就能看见她。

他希望每天回家，推开门，迎着橘黄色的灯光，就能看见她。

他希望每个阳光明媚的日子，如现在这般，在花园的紫藤下，和她看云卷云舒。

他希望每个烟雨凄迷的日子，如现在这般，在客厅的场沙发上，和她对吟成句。

如此这般，看尽人间花开花落，冬去春来，看尽世间的季节更替，岁月变迁……

这一日，他说要亲自下厨给她做菜。

阿珍望着他那前去厨房的背影，宛若又看到当年那个给她做方便面的男孩子。

好多天，她沉浸在她原本可以唾手可得却百折千回的甜蜜中。

开启炉火的蓝天，看着厨房外呆望着他傻笑的阿珍，不禁又走过去，双手抱着她的肩膀，深情地望着她说："在沙发安心等我，今天我保证一定好吃。"

阿珍含笑点头，于沙发落座，米娜马上喵地跑来，跳上了阿珍的膝盖。

自阿珍离开温州前往美国后，蓝天便把米娜给收养了，并且一直带在自己身边。无论是事业和工作上有任何变动，均不离不弃。

而蓝天当年所居之地，便是温州的名宅——伯爵山庄，时下温州地产被炒至最高位，蓝天的物业在当时的市场行情下从单价2万元已然被炒至每平方米6万多元。

蓝天放下黑胶片，音乐响起，是一首90年代的老歌——王杰的《红尘有你》，在失去阿珍联系的那么多日子里，这首歌伴随着他度过了长夜孤影，伏案灯晚，沾满无尽相思的无数个夜晚——

　　　　我心的空间

　　　　是你走过以后的深渊

　　　　我情的中间

　　　　是你留下雪泥

　　　　梦和梦的片段

　　　　我梦的里面

是场流离失所的演变

我泪的背面

依然留着一面等你的天

音乐悠悠响起，王杰那动情的声音直抵人的肺腑。阿珍一个人伴着米娜，静静地聆听，那旋律中有跳跃的、有沉寂的、有柔和的、有奔放的，她舒心地靠在沙发背上，很久没有感觉到身体如此轻盈，仿佛在云里雾里，其实她是喜欢这种宁静的感觉，没有任何杂念侵扰，这种感觉就像在她用指尖摩挲蓝天的发梢，他的温度，让人如此安逸、如此祥宁。

红尘有你。她又想起那个九山湖畔，他第一次牵她的手，第一次拥抱，他缓缓地捧起她的手，告诉她天凉了，让我为你取暖。多少年，总是一个人苦苦挣扎于车水马龙的尘世间，人来人往的热闹、灯红酒绿的繁华、乌烟瘴气的营生中，而这一刻，仿佛那些都与她无关，她所幸，在这悲凉的红尘中，有他，有过他，倘若仅仅是这短暂的刹那，也足够。

思索着，泪水沾湿了她的双眸。

"……开饭了。"厨房里响起了蓝天的欢快的呐喊声，他怎知她心爱的女人尚有那么多的忧思，而他们之间关山迢迢，尚有那么多的路要走。

蓝天将菜一盘盘端出来，倏忽间，大理石印花的饭桌上便摆满了"满汉全席"般的珍味佳肴。

"阿珍，过来，都是你喜欢吃的……"蓝天向阿珍召唤。

放下米娜，阿珍走来，一看险些要欢呼起来，真是满满一大桌——冰镇海蜇、清蒸黄鱼、爆炒海瓜子、烤鸭拼盘……

汁香味浓，看得人垂涎欲滴。

"太多太好了。"阿珍道，声音里多的是欢悦。

"只要你喜欢就好！"说着，蓝天撩起一块烤鸭皮放在阿珍嘴里。

"怎么样？蓝大厨现烤现做，呵呵。"他交叉着手在胸前，望着阿珍。

说到这，蓝天突然又想起了什么。

"等一下。"蓝天道。

阿珍噘嘴一笑，又不知蓝天在卖什么关子。

"当——当——当！"蓝天边从厨房步出，便哼起了贝多芬《命运交响曲》的前奏。

只见他又端出一碗新的菜，阿珍梗着脖子，愣是没看明白是什么——只见白米饭里还有白色的肉里，还有三文鱼粒，还有胡萝卜……

"这是……"

蓝天不说话，给她递去一个"欲知后事如何，且跟我来"的眼神，然后朝着躺在沙发上的米娜走去。

"米娜！"蓝天冲着它一叫，米娜一听蓝天的声音就"喵"着跑过来了，然后围着蓝天的腿打转和狂蹭。

蓝天把盘子放下，米娜立马狼吞虎咽地吧唧了起来。

"这是蓝天版特质三文鱼鸡胸肉猫饭。"蓝天得意洋洋地道。

阿珍则被这一派温馨的画面感动不已。

蓝天对米娜好的程度，阿珍是看得出的，否则米娜不会一听到他的声音就跑来。

"真的改变它的命运了，我还记得当初大雨中瑟瑟发抖，浑身伤疤，像小老鼠一样的它，原本可能早就没了，现在……"回想起曾经的米娜和而今的差别，阿珍的眼眶湿润了。

"你给了它活下的机会，阿珍，你是个好女人……"

"蓝天……"阿珍怔怔地看着蓝天，久久不语。

"相信我，阿珍，让我来照顾你和米娜一生一世。"

灯光下，蓝天将阿珍纳入怀中……

情定海山

他们驱车渡船一同到了温州著名的海滨——海山岛。

阿珍说，她想过一段只有他和她的日子，在没有人认识他们的地方。

海山岛由面积大于500平方米的大小52个岛屿组成，海岸线总长75公里，陆域面积12平方公里。位于东海之上，隶属温州，距离温州市区50海里。自然景观诱人，海滩细沙纯净，海岛风光秀丽，海洋一望无际，海水清澈透明，曾被评为中国最美十大海岛之一。

两人来到了海边，十指交握。他们像两个人情窦初开的少女少男一样，一起向海边尽头狂奔，一起踏浪而行，一起捡贝壳，一起趴在沙滩上，肩靠着肩听潮起潮落……

"你方才有没有喝过海水？"沙发上俯躺着的蓝天问，太阳把他的脸镶上了金边。

"当然喝了。"阿珍笑道。

"渴吗？"

"渴。"

"那再喝一口。"蓝天说着作势要拉阿珍到海里去。

"呵呵，才不呢。"阿珍打趣道。

"我也渴，可是我还想喝。"迎着阿珍清澈的目光，蓝天深情道，"有你在身边，我感觉海水让人好渴。原来，爱上一个人的感觉和喝海水一样，第一口喝海水的时候很爽口，可是喝完之后马上口渴，喝越多海水越口渴。喝越多越口渴……阿珍"，握住阿珍的手，蓝天诚挚地道，"我要我们永远在一起，嫁给我……"

阿珍望着蓝天，眼里却蒙上了一层忧虑。

"蓝天，如果，我是说如果，我有一天不能和你再在一起怎么办？"

蓝天垂下头，而后迎视着阿珍道："不管未来，我们会发生什么遭遇什么，不管你因为什么原因而离开我，我愿意做那灯塔，永远守候在这海里，等你回来……"

阿珍点点头。

"假设，假设有那么一天，我希望迷失方向的我能循着灯光再同你相见。"

海滨的阳光下，阿珍将脑袋靠在了蓝天的肩膀上。

他们踏上了相思园。

1950年代初的一天，这个偌大的海岛，仅剩一人。无人的海滩横亘于太阳下，一时间显得格外空旷。海浪拍击着岸边的岩石，盘旋在浪尖上海鸥的凄声厉叫。这一天，4 000多名岛上的居民，拥挤在沙滩上，在军队胁迫下"暂别故土"，被送上了美国的军舰，就此别离故土。海的那头是一个未知的世界，那个叫台湾的地方。

这些离乡的海山岛人变成了被安置在台湾屏东县等地的"海山岛义胞"，所谓的"暂别故土"，化作他们对故园山海望眼欲穿的期盼，对大陆亲友魂牵梦萦的相思，还有，是战火纷飞、时空流转却无法断绝的血脉相连。

近一个甲子之后的2013年，在海山岛县委、县政府以及台湾方面热心人的多方努力下，39位来自台湾屏东县的"海山岛义胞"再度踏上海山岛，他们已年过花甲，或是秉怀亲人的心愿，在海山岛上一路行去，一路寻找当年的点点滴滴，一路用未改的乡音诉说着"我是海山人"的心声，并在这个相思园种下了相思树。

乡音无改，他们说，能活着回到老家，就"很高兴很高兴"。

听着岛民诉说着这段往事，阿珍陷入了沉思，默默不语。

"阿珍，你怎么了？"蓝天问。

望着蓝天，阿珍想说什么却还是咽了回去，"没有，蓝天，我们走吧……"

她似乎不愿意听这段往事。

"倘若你有伤心事，记得务必要同我说。"

蓝天用手抚去她被风吹乱在额前的发，缓缓地道。

"没有，只是觉得他说得好。能活着回到老家就好，你说那些被迫离开岛上的居民到底发生过什么？"

"那段战乱离别的日子，谁又能安生度日，况且，人生最痛苦的，莫过生离死别，亲眷分手，我们更应该珍惜现在的生活。"

"蓝天，虽然现在没有战乱，但这个社会是一个没有硝烟的商业战场。"

"我们可以远离这里。"蓝天握住阿珍的手，"我答应你，再给我五年时间，我会努力赚够我们下半生的钱。我们一起离开这个纷扰的商业社会，在海边，或者在山间，带着米娜，过我们想要的生活。我的生活有活力，有祈盼，原来都是为了你！"

心有千结

不知何故，蔡阿珍突然感到自己内心一阵抽痛，大抵是方才蓝天太富情调太浪漫地讲述，使她无端起了怅惘。

好多年好多年了，她，蔡阿珍，已经没有听到过这样未带任何企图的告白，更未曾想过有谁同她如此手牵着手在清风明月间散步，更不必说什么月下徘徊，灯前眷恋。即便是年少的时候，也未曾如此。贫困的家境，从小便剥夺了她正常去爱的能力。而一场劫难般的偷渡，更让她艰辛屈辱尝遍。这么多年来，无论是在美国还是温州，环绕于她身边的男人，终不过是利益性质的各取所需型。就那销魂的一刻过后，要么彼此又像两个不相干的人，要么成为沆瀣一气的利益共同体。若不是蓝天，她始终不能相信这世上真的还有男人可以对女人说："我的生活有活力，有祈盼，原来都是为了你！"

"蓝天，"蔡阿珍欲言又止，她定下心试探着问蓝天，"其实，这些年我经历了很多，尤其是在那段离开温州的日子。我已然不是曾经的阿珍，那天在咖啡厅你也听到过，你不觉得我是个很功利的女人吗？"

此话从蔡阿珍口中说出的时候，连她自己都有些颤抖，多年以来，"功利"二字一直是她奉行的不二准则，然而，此刻在蓝天这个男人面前，她竟然为这两个字羞赧。

"阿珍，你，一个女人，在没有我陪伴你身边的日子，在这尔虞我诈的商业社会中头顶风雨，孤军作战实属不易。你没错，一切都出自生存的本能，更何况在异域他乡的情况下，你要活下去，却孤立无援……"说到这，蓝天转而问道，"纵然我不知道你在离开我的日子里，都经历了什么。你不说，我便永远不问，但我希望你能忘记从前，珍惜现在，把心放下——还记得我们初次相逢时提起的范柳原的那句话吗？倘若你认识从前的我，你就会原谅现在的我，我正是想说，阿珍，我认识从前的你，所以，请你原谅现在的你。"

蔡阿珍的脸颊，滑下两串泪。

"我已经很久都不知如何流泪了，但是在你面前，我总是……"

她啜嚅道。

蓝天伸手抹去她的泪，并端详着她的脸。

"还记得，若干年前也是这样的月光。我们在西站，我对你的感情如这月光一样，从未变过。过去，现在，哪怕未来。无论你如何对我，我都不会……"

蓝天轻轻拥阿珍入怀，却怎知，此刻他的真情告白，一语成谶。

戴着镣铐跳舞

"你最近去哪里了？电话也不接，短信也不回。"

和蓝天从海山岛回来，阿珍刚打开门，就见一个男人背对大门坐在她家的沙发上。这个男人，脖子上的金项链，手腕上的劳伦斯金表，手指上的金戒指，无不散发着炫耀的金光，他是个大腹便便的中年男子，腰臀粗圆，虎背熊腰。此人正是温州一家有300多年历史的老牌药业——海蓝药业的董事长，旅居美国的华侨。作为温商代表，他曾毫不讳言地宣告自己携带1亿资金回乡投资，创办担保公司，接过海鹤药业的接力棒，而后在2011年4月风暴眼上"崩盘"，非法吸金10个亿后"跑路"被批捕，于2014年遭遣返入狱后被判无期徒刑的大名鼎鼎的企业家黄东海，此人能力和口碑如何，只消用一句话就可概括——2010年，此人最风光的时间里，温州举城上下放贷之人，托着关系把钱往他手上送。

"这几天发生了什么？"他的口气不容分说，看来他和蔡阿珍的关系不简单。

阿珍并不回答他，径自脱鞋和放行李。

"你这几天去哪里了？我问你去哪里了？"他又问，看得出来非常不耐烦。

"我去海边，"阿珍漫不经心地答道，便自顾倒水喝，她似乎对于眼前这个在温州权势兼具的男人，并不以为然。也是，她蔡阿珍什么人没见过。

"我没必要和你报告我的行踪，告诉你。"她反而开始警告他。

"好了，你现在什么都不要说。你先听我说完，昨天和前几天发生的，都是一场梦，不管发生了什么事情，我都不计较。但是，我希望这样的事情以后不会再有！"

"你是什么意思？"蔡阿珍放下杯子，瞪视着他，她并不买账反而有股剑拔弩张的态势。

"你自己看。"黄东海说完，朝茶几上甩去一堆照片。阿珍看到这些照片的画面都是海岛上的她和蓝天。

"你跟踪我？"阿珍勃然大怒，朝他发火道："你搞清楚，我不过是你的情人，不是妻子，是情人！连情妇都不是，我们说好了各取所需，我不是你唯一的情人，你也不是我唯一的情人！"

黄东海不急不躁，他上下打量了阿珍。

"你的钱是谁给的？你弟弟的厂子是谁给你办起来的？你的贸易公司是谁给你撑着的？谁把你从美国的监狱里捞出来？是谁让你过上现在这样风光日子的？"他不疾不徐说着，跷起二郎腿，燃起一根雪茄。

"我也有过很多情人，以前你都不管的？"阿珍反问。

"以前，以前你是和他们互相利用。这次，我看出来，你动了真情，况且，我以为，我对你也是玩玩而已，但是，在我看到你和他一起后，我很生气，你是我的，我绝对不允许你和其他男人发生感情上的交流。而且，我们还有很重要的事要办。"黄东海道。

"你莫名其妙，再次提醒你，我只是你的情人而已，我……"蔡阿珍仰着头，瞪视着他，气得咬牙切齿。却见黄东海站了起来，开始狠狠地瞪视她。

"你搞清楚，其他的不说，光一年100万的包养费，已经五年了，五年500万元，我这么多钱都花在你身上了，我叫鸡的话可以叫多少次了。"黄东海从牙缝里挤出这句话，一脸的不屑。

"呵呵，你把我当鸡？"

"你难道不是？"黄东海口气开始发狠，"蔡阿珍，你自己搞搞清楚，你是什么样的女人：偷渡美国路上，被强奸、轮奸过多少次的女人，被多少男人上过的公交汽车，你在美国为了生活，可以当一个性虐待狂的秃头男人的情妇，你为了能发大财，竟然自己都做起了蛇头。为此，你还被美国移民局抓起来，蹲过牢房，进入美国的黑名单……你以为你是公主，可是你配得上他吗？人家是谁？你撒泡尿照照自己吧，你敢让他知道你那些过去的肮脏事吗？"

而后，那男的话锋一转："还有关于潘晓倩的事情，你是干还是不干？她昨日已经给我打了5 000万元。"

听黄东海如是说，阿珍深呼了一口气，似乎已经接受他所有质问。

"其实，我早已经做好计划，过了昨天，我便不会再见他，"
她走到沙发边上，缓缓坐下，目光呆滞无神，"我自知配不上他，而
且，既然命运把我推上了这样的舞台，我就只能继续演下去，哪怕是
带着镣铐，在刀尖跳舞。"

"好，"听蔡阿珍这么说，黄东海态度缓和下来了，"我刚刚话
有点重，也是因为在乎你。还有，我已经把所有资产转移到美国的女
儿那里，你我的澳大利亚护照也会尽快办好，一切按照原计划进行。
走，去阿鲍开的鲍参翅肚馆，我们噼一顿，当作是庆祝那个女人给我
们打了钱。"

"你先给我10%，这是当初约定好的，只要她每借你一笔，你就
先抽个10%给我，等我们成功到澳大利亚，五五分成。"蔡阿珍冷静
地道。

"好，"黄东海哼声笑，"你这女人，等一下就给你打过来。"

黄东海说着搂过阿珍，两人拥着下了地下室，坐进了一辆黑色的
劳斯莱斯。

余波再起

"天哥，你们就在这儿下车，我先去姑妈家。"明慧转身和后座
的蓝天说道。

"好的，明慧辛苦了。"蓝天谢道。

明慧则是一副"都老朋友了，还客气什么"的表情。

"阿东，你陪天哥吃中饭，等一下如有空，我们再见，我在温州

第二人民法院。"明慧向阿东嘱咐道。

阿东一副"这还用说，你尽管放心"的样子。

明慧又是粲然一笑，宛若花开。

众人在国际大酒店门口下车，而陈子衿则以去老东家的名义向蓝天请示离开一会儿。

此时，只剩蓝天同阿东。

"天哥，"阿东问道，"我一直有个疑问，明慧这么好，她对你的感情正如你对阿珍一样，在你身边默默守候这么多年，你是怎么想的？"

"今生就只有一个蓝天，他已经承诺阿珍这一辈子将守候着她，如果有来生，但求来生偿还明慧的感情。"蓝天道。

"温州这个事事先讲利益的城市，明慧这样的女孩子太少了。这次金融大风暴后，温州的离婚率上升50%，你看，"阿东指着路边牵着手的年轻人，"真不知道在爱情华丽的外衣下，还有多少现实问题横在他们中间。"

"阿东，你真的变了，呵呵，"蓝天笑道，"你懂得思考人生的问题了。"

"呵呵，一场生死劫难后，人都看清看开了，曾经该有的都有了。"阿东又开始感怀了"一场金融风暴，让温州很多人，见证了谁才是自己同甘共苦的爱人，谁才是在你落魄时不嫌弃你的朋友。天哥，在我最落魄的时候，除了你，还有一位让我很感动的朋友，他便是我小学和高中的同学，那几年，我们事业如日中天的时候，他一直在亲戚工厂做中层干部，每个月工资仅5 000元，在我发达的那几年，我正眼也不曾瞧他，谁知道，我'跑路'的时候，还是他给我租的宾馆，每天还给我送饭。"

"有道是——富贵易交友，患难见真交。"蓝天道，"一场金融大风暴，是人性的试金石，只希望这场灾难能早点结束，不知道阿旭怎么样。"

"我们先去吃饭吧，等一下去了便知。"阿东道，"去哪里比较好？"

"波曼咖啡，"蓝天笑笑道，眼里充满了回忆和憧憬的甜蜜，"我想去看看我和阿珍重逢的地方，当时我还曾在那里准备向她求婚。"

"就在马路对面，我们步行去吧，"阿东道，"不过天哥，我一直想问，那次你们既然重逢了，何以又再度分开？"

蓝天默然，而后缓缓道来，"那次，我们从海山岛回来后，都沉浸在重新在一起的甜蜜中，翌日我便去买了婚戒，因为在海山岛我已经向她求婚，但是两人就此没有正式再说下去，故此，一回到市区，我就订好了咖啡厅，并买了婚戒，岂料……"蓝天顿了顿，"她始终不接我电话，于是我发短信给她，告诉她我在咖啡厅等她。于是，我傻傻地拿着戒指盒，在靠窗的位置坐了下来，这一坐便是一个晚上，这期间我联系她她始终未回复过，我担心她出了意外。于是，咖啡厅打烊后我开车直奔她家。"

"哎。"蓝天叹了口气

"那个画面，在我脑海里始终很清晰，待我至她家门口的时候，我便放心了，窗户里有透出的灯光。于是便有了以下的这一幕——一个傻傻的男人，等了一个晚上，捧着一束花，拿着一个戒指去摁门铃。他满心欢喜地想象着，门一开，他便下跪，如电影里的桥段一样，而女主角激动地捂住了嘴，然后两人拥抱。然而，开门的是……呵呵。"

"然后？"阿东问。

"开门的是个五大三粗的男人，穿着短裤，光着膀子，当时我呆住了，而那男的似乎认识我，随口问我——你来这里做什么？然后阿珍也闻声而来，她穿着睡衣……"

"阿珍已婚？"阿东诧异道。

"我倒希望是这样，这样，至少我能安心，她至少有个归宿和完整的家。"蓝天道，"这些事，我不便说，因为有关阿珍的私事，纵然，在风暴发生后，她给我写了很长的信来，将她这十几年发生的事一一述来，纵然她已说，这些事她已然同明慧都讲过。"

"那后来呢？"

"后来阿珍让我在门外的花园等她，过一会儿，便见她披着外套而来。她的态度和前几日判若两人，至今我仍然记得她和我说的那些话——你以为我对你真的有感情？你以为我会相信你和明慧的鬼话吗？告诉你，蓝先生，我这次是来报复的，让你也尝尝被人耍的滋味——这些是你教会我的——最痛快地背叛别人的办法，首先是，你先让对方知道他是在天地之间你唯一喜欢的人，你必须让他相信你对他的感情，如果明天是世界末日，我也不会抛弃你，你让他信任你，接下来，等到对方动情的时候，然后狠狠地甩掉他，消失不见……"

"她甚至还说……"蓝天没有说出口，但是那个画面却从他眼前再度划过——月光下，但见这个披着外套穿着真丝睡衣的纯净的女人，对他说："我告诉你，你想和我在一起可以，就像我屋子里的那个男人一样，100万，一年给我100万，我就跟你好，但是，你记住，100万，不能阻止我和其他男人往来，你的100万还不够我一个月的开销……"

想到这，蓝天闭上了眼睛。

"然后你们就分开了？"阿东问。

"是的，我苦不堪言，我不得不信她所说的这些，我亲眼所见，亲耳所闻，我以为她当真已经不是以前的阿珍，也当真对我没有感情……接下来两个月，我一蹶不振，夜夜买醉，好些日子，一连几日不刷牙、洗澡，把自己关在屋子里，终日喝酒而大门不出二门不迈……直到明慧来找我，她看到我胡子拉碴，浑身酒气的样子，始终没有说一句话，而是帮我打扫房子，帮我去公司处理公务。在我最难的日子里，她一直默默做着这些。有一日，我打开房门，突然看到天空的太阳原来如此耀眼，我看见花园里正在浇花的明慧的身影，突然有了想和人说话的欲望。我说，明慧，今天终于出太阳了。明慧转身却是很讶异地看着我，怔了半晌后，她说：其实最近一直都是艳阳天，只是你的心里和眼里都是阴霾。说完，她两行热泪落下。而至此后，我接到了老朋友李赵楠在德国一个收购项目的品牌整体传播合作的消息，也借此，我暂别了温州这个伤心地，前往德国一边协助着李赵楠的项目，一边攻读德国的商学院，希望能尽快忘记以前的这一切，温州的传媒公司由明慧帮我打理，她支持我留德游学。而就在我在德国的半年内，温州竟然天翻地覆，待我回来之后已然是天色大变。"

五　逃命

山雨忽来

2011年8月30日　　德国　法兰克福　汉森律师事务所

夏末秋初的法兰克福，雨后的空气中，枫树、橡木的清香怡人心脾。这美丽的枫叶之城，即是歌德在忧伤地感叹"哪个少年不钟情，哪个少女不怀春"中诞生世界名著《少年维特的烦恼》的地方，同时也是德国最大的金融中心，世界上最重要的展览城市之一。其举办展览的历史已逾千年。而其每年举办的贸易博览会，吸引的往来各国商贾多达30余万之众。

此刻，美因河畔，阳光在哥特式的建筑后面，透着柔和的光，煦然地照着市井上的一派"川流熙攘"。汉森律师事务所门口，人来人往，推开两扇雕花的复古大门，直穿办公区域，便是其偌大的会议室大门，而此刻，会议室门口已经被大批准备随时冲锋陷阵的记者围堵得水泄不通。

是的，没错，今天这里有新闻！这里，即将诞生又一项被中媒齐声称颂、外媒竞相争议的中德商业领域大事件的签约。

10:00，会议室们被打开，呈扇形的大厅已经被分成了签字区、记者席、嘉宾席等若干区域，大厅上方的水晶吊灯耀眼生辉，签字区有一幅蓝底金字的5米宽的背景板，长条形的签字台上并列中国和德国的国旗，旗子不大，但非常引人注目。

10:15，法兰克福中国领事馆官员等一行人步入了会议厅，主持人以中德双语宣布签约仪式正式开始，在嘉宾发言完毕后，一位黑头发黑眼睛的中国男人，和一位金发碧眼外国男人各自开始在自己的协议上庄重地签下了名字。

"现在我宣布中国腾飞控股集团与德国艾伦电梯集团交割仪式正式完成。"

主持人掷地有声地宣布道，声音里不无兴奋和激动。全场掌声雷动。

"这将是中国腾飞集团的一个里程碑，也是腾飞集团真正起航的新时代，大家都是中国腾飞集团成长的重要转折点的见证者。"方才签字的黑发男人起身缓缓道来，望着台下几十家新闻媒体的记者们，他眼神平静，根本没有任何的慌乱。此人正是中国腾飞控股董事局主席，著名的企业家李赵楠，祖籍温州，早年随祖辈举家迁移至江苏南京。

"以后艾伦就是属于中国的。"方才签字的黄发男人也同时起立，用生硬的中文一字一顿地表达自己衷心的祝福，但是其愁眉苦脸的表情，却出卖了他内心的伤感和遗憾。此人正是德国艾伦电梯集团首席财务官沃尔夫冈。言罢，他瘪瘪嘴，又点点头，向中方代表坚定地伸出了友谊之手。

黄手和白手紧紧握在一起。

现场闪光灯再度闪烁，闪光一片，紧跟着台下的中外方媒体记者立即迫不及待地抢镜头录新闻……

"中国民营企业又创造了一段引人注目的蛇吞象式的跨国并购案例佳话……从合伙人到收购方的转型，李赵楠先生旗下代表着中国优秀制造业的腾飞品牌，亦开始了挥戈进入国际市场的新征程……"

汉森律师事务所外，一辆黑色奔驰稳稳地停下，李赵楠携同另一位蓄着中长卷发、穿着卡其色风衣的中国男子一路边说边走来，春风满面。

西装革履的德国司机下了车，这就是德国的精神，对任何细节都那么注重，他俨然绅士一般地给他们开了车门，二人钻入车内。

"蓝天，此次腾飞集团并购艾伦的所有媒体计划就拜托你们了……"说话的便是李赵楠。

"能随同见证此次中国经济领域国际并购事件签约仪式，并出谋划策是我和蓝天传媒的荣幸。"蓝天道。

"我相信，腾飞和艾伦的结合，是'中国制造'能在国际市场上成为'精品'、'高端'代名词又一希望所在。"他继续道。

"是的，经过多年积累，中国电梯产业的技术已经得到普遍提高，但是在管理与国际化经验的积累上，我们仍有很多不足。国际并购是一种有效途径，使我们可以在最短时间里解决这方面的问题。"

李赵楠不无欣慰，言语中透露着一股略带辛酸的自豪，"不过，别人看到的是这短短20分钟的激动场面，却谁知道这20分钟背后是2年的并购谈判，和20年的艰辛创业。"

"当然，呵呵。"蓝天不紧不慢，微笑着继续道，"古人常说，创业百年难，败家一天易，外人看到的是今日的风光，又有谁能知道这背后的辛酸呢，我同李兄，也算是识于微时，我始终还记得，十年前，我还是媒体圈一初出茅庐的小记者时，采访过你，你说过的一句话对我日后的事业影响颇大"。

李赵楠微笑地点头，表示非常有兴趣。驰骋商界数十年，而今的他也算是商界巨人了，什么人没见过，却独独对这个蓝天欣赏有加。在他看来，比之现在许多所谓的企业家商人，这个年轻人为人做事谦和豁达、性格诚实，不尚虚浮，这几点在这尔虞我诈的虚夸的中国商界着实难得。除此外，他也极具胆识和智慧，他乐于与这样的人成为倾心至交，同他有说不完的共同语言。

"愿闻其详。"他说。

"你说，经营企业尤其是制造业企业，就像熬制中药，一定要文火慢熬，用专注和耐心，才能在时间的长河里，把药材的精华熬出来。在越来越多的企业家选择走捷径的今天，你李赵楠已经决定选择做制造业领域执着的坚守者，今天，你不仅做到了，还成为跨国公司的董事长，替中国民营企业再一次在国际上扬眉吐气一番。"蓝天由衷地钦佩道，"李哥，有机会到我们温州给我们温州那些企业家上上课吧。"

"老弟啊，呵呵，"李赵楠不禁哑然失笑，"其实往简单来说，做企业和做男人的要求是一样的，而做一个好企业和做一个好男人，原则上是……"

"耐得住寂寞，顶得住诱惑！"李赵楠未曾说完，蓝天接话道。

"哈哈哈……"两人应声大笑。

"其实，要说诱惑，"李赵楠继续道，"这制造业三年的利润可比不上房地产一年的利润啊。在这个过程中，我也看到我身边的很多企业家朋友弃实业而投房地产，其中以你们温州的企业最多，但是，相比赚快钱，我更希望能通过自己的努力，为这个行业留下点什么。你看德国的制造业为什么百年不倒，那就是缘于专一和专注"。

此时，轿车穿过一个街心广场，那里立着一座劳作的钢铁人像，李赵楠顺势指给蓝天看："你看，这是一尊不知疲劳的机器人，他日复一日地在锻打，虽然每日重复着同样的工作，但是他们很满足，因为这是他们责任和使命，这就是德国的工业精神。"

"嗯，"蓝天抿着嘴，点点头，似乎若有所思，"昨天我同德中经济联合会考察了奔驰等几个世界闻名的百年品牌企业，当时在奔驰车间，我看到一个年逾五十的中年妇女检查着零部件，她的表情是如此入神和恬静，看上去不是在例行公事，而是在享受自己的作品，那一刻我有点吃惊，更让我吃惊的还在后面，她告诉我，她在这里这个岗位已经工作了二十余年，而这里同她一样的员工占半数以上。"

"你说的是，蓝天，"李赵楠瞥向蓝天，赞许的神情再度从他眼底深处闪过，"德国企业对自己专注的领域相当执着，哪怕是一个小小的汽车零件，他们都要做到最完美。反观我们国内，制造业乃至各行各业都普遍存在超常规和投机发展，耐不住寂寞和诱惑，缺乏专注精神。"

"是的，"蓝天继续道，"这正是我想继续说的，以我们温州为例，在去年的百强企业名录中，近半数以上的企业涉足房地产开发。这还不止，我身边的朋友90%以上在投资房地产，甚至参与高利借贷，我总预感一场巨大的危机将会暴发。"

"蓝天，你说的对。"闻之，李照楠也颇为感怀，"实业才是根本。虽然这些企业也许能在短期获得暴利，但荒废了本业之基，再加上房地产又是资金密集型产业，一旦有个风吹草动，拖垮的不仅是整个企业的资金链，还会影响社会的稳定……"李赵楠感慨道，一面说着一面开始习惯性地拿起扶手上的当日华文报纸翻看，当他的目光落在报纸版面上时，笑容开始凝固。

而此时，蓝天尚未察觉到李赵楠有任何异样，他自顾自回应方才的话题，"虽然说资本的本性是逐利的，但是不同价值观的人对资本逐利的方式选择也不同。观领先的世界，才有领先的世界观。这是我此次德国之行的心得。我想待我回去后，应该组织温州部分企业家一同赴德考察学习，感受一下德国企业家的工业精神，可能对他们生产转型有所启发和裨益……"

"蓝天"，李赵楠淡淡地打断他，"我看不用了，来不及了，温州出事了，温州眼镜巨头胡林林'跑路'，江南集团的黄豪昨天'跑路'了，看来，泡沫是真的破了，可以预计接下来会有越来越多的中小企业倒闭，江浙一带，尤其是你所在的温州是重灾区，你虽然谨守本业，但是黄豪和你素有往来，我敢肯定你身边有些人会有麻烦，你也会受到影响，你看……"

李赵楠用手指戳着那篇新闻。

蓝天背脊轻颤了颤，眉头略略皱起。他从李赵楠手上接过报纸，注意力落在方才他打开的版面上，"温州市著名企业江南集团黄豪昨日'跑路'，温州企业面临连锁反应"几行字赫然进入他的眼帘，他知道这意味着什么，对此刻的他来说，这则报道，成为比腾飞控股集团此次跨国并购更为重要的"重磅头条"。

蓝天正思忖着的工夫，手机却响了起来，显示是温州打来的，一种不祥的预感从他心里油然升起。

接起电话，一个他再熟悉不过却久违的声音从话筒中传了出来："天哥，我是明慧，温州出事了……"

悲惨之城

2011年9月5日　温州市

有些好事，因为人性的过于贪婪，酿造成了祸事的开端。

一切如蓝天担忧的一样，只是危机以迅雷不及掩耳之势爆发，以至于所有的人都没有准备。

2008年，四万亿的经济刺激，恰如一辆高速列车，载着中国民众，一路奔出全球金融危机的严冬的同时，也让无数温州人自食贪婪的恶果——倾家荡产、家破人亡。正是由温州人的贪婪导致了将温州经济打入地狱的"2011年民间金融大风暴"事件。

若非身临其中，你难以想象受惠于财富急剧增长而近乎癫狂了的温州人，是如何怀揣着从借贷、从银行套现而获得资本充当车票。一个个蜂拥挤车的，赚红了眼的大多数温州人，在当时恰如害了癌症一样，是无法理智地去瞻望那翻车和死伤无数的经济结局。

天上只一日，地上已千年。就在蓝天离温州前往德国考察进修和协助李赵楠举行并购签约仪式的这半个月，温州市已经天翻地覆，尽管，此次危机早已在2011年初就发轫，再到7月，一名叫潘晓东的创投咨询公司从民间吸收12亿元资金，因投资不当资金链断裂，温州才开始陆续出现民事纠纷和群体性事件，担保公司等也开始相继出现倒闭，及至8月底，温州当地的眼镜龙头企业信任集团胡林林"跑路"，这次危机才再次升级。

随着一个个企业家的"跑路"，危机一次次迅速发酵，终于酿成了这场席卷整个温州城市，上至商贾官绅，下至贩夫走卒的大事件。温州，曾经是民营经济的发源地，曾引领中国改革开放潮头的"制造业之都"，在这场突如其来的金融大风暴中，就在这短短的几个月内彻底沦为了中国版的"底特律"，成为中国最"悲惨的城市"之一。

短短两个月，待蓝天回来，温州已是人心惶惶，物是人非，而其朋友，死的死，逃的逃，余下的，今日不知明日……

冷，真的很冷，刚过9月的温州城，到处是阴森的冷意。

接连一个月，二十多个企业家"跑路"，接连五天，两个企业家跳楼。

二手车市场，玛莎拉蒂、劳斯莱斯、兰博基尼……各种限量版的顶级豪车开始加入甩卖，一辆九成新的奔驰S600，买进价格在260万元左右，卖价只有40万元。

而香格里拉大酒店地下车库，俨然成了顶级豪车的冷宫，他们的主人顾不了它们了，要死的死，要跑的跑。

素有温州"金融街"之称的车站大道，遍地开花的典当行、寄售行、担保公司、小额贷款公司十有八九关门大吉，眼前的唯一工作只有两个——应付挤兑的债权人，想方设法不择手段甚至动用黑势力对付债务人，泼红油漆、封门锁，甚至动用武力和枪械，无所不用其极。

而平日里灯火如昼、霓虹层叠、歌舞升平的人民路、五马街现在到了10点已经是冷清得连"鬼"也看不到了。

那么人去哪了？

如前所述，除了欠债"跑路"的、跳楼的，剩下的几乎都是讨债的、躲起来准备"跑路"的，以及被逼债逼得等待寻死的。这像传销一样的"2011年民间金融大风暴"的细枝末节已然渗透至温州寻常百姓家，甚至连踩三轮车的、菜场卖菜的也有自己的血汗钱赔在上面。

没有人还有闲情逸致再像以前那样休闲和挥霍去……这"2011年民间金融大风暴"，伤害度之深以及波及面之广，比你想象的还要更严重。

死也有很多种方法，一向以"不喜虚拟经济，只好摸得着的东西"自居的某些温州人，却大多选择了站在高处，两脚踩空，直线落地。

而假如一个人要从50层以上的高度纵身跳下，如果不出现什么特殊意外的话，那么，结果除了死之外，还有更难以让人接受的——死状一定惨不忍睹，粉身碎骨，支离破碎，肝脑涂地，开膛破肚，血肉模糊……

是的，会有一种人要死也死得那么惨烈，从一个人对死的态度，也可以间接看到那个人对自己人生的要求。

从这么高的楼跳下，死得会有多惨，这一切阿倩完全知道。

潘晓倩，温州慈善协会和担保协会副会长，同时又是蔡阿珍的好姐妹，曾在温州叱咤风云一时，几乎所有温州的名媛闺秀或女企业家都以与其同进同出为荣。

在决定将自己的生命就此了断之时，没有人能看到这个久经商场的女人有何异样。那天，她依然如往常那么光鲜明艳，穿着一身香奈儿天蓝色套装，挎着LV包，戴着Cookie墨镜，蓬松的卷发刚从温州顶级的美发中心出炉。在她企图将自己的生命结束前的那几个小时，似乎没有太多的迹象显露，唯一与平常不同的是，她太平静了。

太平静，是因为没得选择了，太平静是因为想通了，太平静是因为太不平静了！

如果从现在开始给阿倩进行死亡倒计时的话，那么应该是6小时前。

"潘总，"她的专属洗头按摩师阿晓，一边用手指在她头上有节奏地按着一边对着"假寐"中的阿倩说，"今天你看上去很累……"

阿倩是阿晓的老主顾，一般情况下，阿倩几乎每隔两天要来做一次，与今日不同，每一次她都是电话不停，一边做着头发，一边"指点"成百上千万进出账。起初，得这个"金主"的照顾，阿晓也跟着投过几个外地的楼盘，赚的可是她工资的10倍以上，不过后来"金主"她们玩大了，玩的直接是真金白银的"钱生钱"的买卖，刚开始，也曾说给阿晓点机会，让她放点钱进担保公司，但是阿晓毕竟没温州人那么大的胆量，不敢，没跟进去。

"是的，累了。"阿倩缓慢地答。是的，她真正感觉到累了。人有两种累，一种是身累，一种是心累，像赚钱机器一样的阿倩，在对人生彻底没有念想后，此刻身累，心更累。

是的，在人生道路上熬了这么多年，熬得这么辛苦，是该躺下歇歇了。阿倩想。

"那您睡一会儿，我给你多按摩一会。"阿晓很体贴地说。

"不睡了，以后有的是时间睡。"阿倩答。

"是的，你们温州人拼搏的精神真的值得我们佩服。"阿晓并不理解阿倩此话背后的深意，还刻意奉承道，"我记得您曾和我说过，人生只有两条路，一条是必须学着走的路，一条是自己希望走的路，人只有走过必须学着走的路后，才可以走自己希望走的路，您的话对我影响太大了……"

"阿晓，"阿倩打断了她的话，"人生还有一条路，那是一条你不想走却不得不走的路，你不走，很多人会逼着你走……"

第二天，阿晓在翻开报纸时，才知道阿倩说的这条路是什么——是死路。

虽然，这个答案的方式给得有点血腥和太让人震惊，让阿晓那拿着报纸的手发抖不已——那个昨天还在她手上温热的人，今天却已成冰冷的死尸。

比死更可怕

2011年9月5日夜　温州经贸大厦

让我们先把时光拨到1994年的美国华尔街，那时，这座世界著名的金融之城发生了一场金融大海啸。在华尔街的摩天大楼顶部，纽约最大的金融财团正在召开一年一度的总结会议。突然，身居主席之位的财团总裁如害了癔症一样爬上会议用的长桌上。他丝毫不理会热议中的众人……下蹲，预备，做了一个起跑的姿势，在众人百思不得其解目瞪口呆的时候，这个衣冠笔挺的男人说了句他生命中最后的一句话——我要从这架巨大的旋转木马上下来了……这是一句总结也是一句道别，说完，他便以长桌为跑道，蹬足狂奔，冲向玻璃……"砰"的一声，和着玻璃破裂的嘶喊，他奋力一跃，向底下人流穿梭的华尔街坠去。

这是科恩兄弟1994年电影《金钱帝国》的开头，如很多人所说，以巨大的旋转木马来形容华尔街是最生动和贴切的，因为当资本增值的时候，那飙升的数字就像游乐场的旋转木马那样华丽，吸引人，让人忘乎所以，可是，一旦危机爆发，它也正如那旋转中的木马，仍然会朝着宿命的方向前进、回旋、前进、回旋，而木马上癫狂的人们将永远走不出这个看似华丽的致命怪圈，这个用鬼遮眼布下的迷人的深渊……

温州也是一样，是华尔街的旋转木马，更是那古典名著里山妖用迷人的声线蛊惑世人坠入噬命的、极其肮脏的深渊。

温州，有多肮脏，也许，只有此刻的阿倩最有所感。

人之将死而其言必善。如果，此时有媒体采访阿倩，我们肯定她会这么来形容整个温州城：温州是一个人性的臭水沟，充满了贪欲和欺骗！

你以为说出这句话的阿倩的思想有多高尚，那就错了。这个眼前逼迫她爬上38层高楼的城市，不久之前在她看来是铸币厂，是东方的华丽而放荡的金灿灿的拉斯维加斯。

如果你还想不透我所说的，世界的拉斯维加斯在温州，也一定会想不透温州人是如何发家致富的。在金融风暴没来临之前，这里的人是如何空手套出"白花花"的银子的，这里的人通过买通银行高管，做高企业资产估值，从银行套现用于炒房炒钱，借贷最疯狂的2010年至2011年，举城"拆借"，疯了似的把钱投入高利贷的魔洞，并迅速形成一股投资狂潮，还经常出现为抢一个"可靠"的借钱的人，上演送钱上门的抢夺战，赚钱赚疯了的温州人，对借钱的所谓的"可靠"也往往只基于表面的"四个如何"来判断，看他穿得如何、住得如何、吃得如何、开得如何。所以，深谙此道的想圈钱的人，只要有了第一笔钱，第一要义无不是购置名车名表和奢侈品先把自己给装备一番，也正是这样的"可靠"为温州的金融危机埋下了祸根。

拿潘晓倩来说，她用来装点门面的除了出行的行头外，住处也足以让人瞠目结舌，比方说她在市区正中心鸿瑛大厦那套3 000多万元的豪宅，200多平方米的房子里，几乎每件家具都是用高级红木做的，到处是金银玉器，行李箱牌子是LV，就连厕所用的顶级水龙头都是从德国进口的……每次有新朋友来拜访，潘晓倩都会当起解说员，介绍新添置的昂贵家具，在炫富之后，那些人往往会心动，把一生的积蓄都借给了她……而蔡阿珍正是其得力的搭档，她力争为她拉下线，从而自己赚得盆满钵满，当然阿珍还有自己的另一算盘，这是阿倩到死也不知道的。

撑死胆大的，饿死胆小的，这是温州人信奉的理念。早年的温州人，将这理念很好地贯彻到了谋求自身发展上，走千山万水，吃千辛万苦，说千言万语，赚千金万银，甚至不惜冒着生命危险偷渡到大洋彼岸端菜洗盘。但是，现在的温州城，早已不是一个值得让温州人自豪的制造之城、创业之城市。不管经销商还是中小企业主，现在唯一感兴趣的项目就是投资，就是高利贷。你月息1角给我，我月息1.2角给下家，高利贷在掮客链条中不断加重"赌注"，直至达到让你骇然的地步。

在温州最高的某大厦顶层，翌日将诞生轰动整个温州城，让无数牵连其中的家庭绝望的跳楼事件，而这跳楼事件本身却仅仅是黄豪和黄东海"跑路"的其中的一个衍生。

在傍晚的夕阳下，这座昔日在很多人眼里坚挺、霸气、阳刚的大楼，如今越来越像根祭祀的蜡烛，而此刻，夕阳下，在蜡烛的顶部，一个这位昔日坐拥数亿资产的跨国女富豪，正站在边缘。她的产业横跨欧亚，从芬兰到中国，最后却被证实大多数仅仅是外罩高利贷的美丽的外衣。

以死抵债，她不是唯一的一个，也不是最惨烈的一个。屈指可数，真的是屈指可数，算算，怎么数不会超过三个手指头的年数，那三年的她，是如何风光，不可一世，就在这里，她曾登高极目，仿佛整个温州城就在她的脚下，大有君临天下的霸气，高楼林立的瓯江之畔、如火如荼建设中的白鹿洲公园、绿树成荫的杨府山……说不出给了她多少的快慰，虚荣的膨胀。而今，这一切的一切在累累如丧家之犬的她眼里看来，是如此的荒诞和讽刺。

她站在大厦天台边缘，猎猎的风在她耳边呼呼作响，一种无比的悲怆从她内心呜咽而出。

第一次，第一次她才发现生与死原来这么接近，一个身后，一个身前。

只要她跨出一步，就可以了断今生的一切。

有些生，生不如死，有些死，是另一种生。

回望这一生，突然觉得受够了，累了。

她的人生，原本也应该是在幸福的简单中开始，在温州乡下的父母，结成伉俪，一年后，她呱呱坠地。20世纪70年代，温州人一把刀，一把剪，一个弹棉弓，四海为家闯天下，阿倩的父亲也加入了"10万温州供销军的队伍"，并开办鞋厂，却谁想，立业未成，半路殒命。阿倩人生的美好记忆也就永远停留在了这一年。

11岁，母亲带着她改嫁。

16岁，继父奸污了她。

18岁，她已经懂得如何通过男人获得自己的利益。

19岁，她成为举村有名的"破鞋"。

20岁，她被赶出村，只身来到温州城，迫于生计在环城路摆地摊，但是很快就搭上了房东的老公。

21岁至28岁这几年她先后搭上三个已婚男人，结了三次婚离了三次婚，并把两个前夫都送进了监狱，通过转移资产等方式很巧妙地侵吞了前夫的财产。有了原始积累的她，也曾踏踏实实地创业过，生意越做越大，正式成立制冰公司，并于温州城郊投了块地，此时却赶上温州虚拟经济迅猛发展期，由于实体经济利润下滑，大批企业逐渐放弃实业，转向投资房地产以及虚拟经济，阿倩也投身其中，凭借她前夫和温州女官员的"资历"、不菲的资产，以及手腕，很快聚集了一大批美其名曰"理财"实则炒房炒地的坚实的"温州太太团"（阿珍也是其中一个），再接着阿倩干脆成立了担保公司，越玩越大，祸，也由此开始。

她死在房地产和借贷的双重打压，还有自己的贪婪下，尽管在此刻的她看来，她是死在温州人格的卑劣下、不讲信用而"跑路"的下家，和追逼甚至动用黑社会的上家。

她死也会记住他们的。

无论这座城市，曾带给她多少荣华和富贵，但，眼前对她来说只有怨，只有恨。

累了，真的累了。

没有人可以力挽狂澜。

只有死，才可以让她不再需要去面对，去承受。

只有死，才可以截断一切痛苦的源泉。

只有死，才可以摆脱"阿倩"这个命途多舛的躯壳。

只有死，才可以结束过去。

闭上眼，阿倩纵身一跳。

"阿倩——"

天台不远去，闻讯而来的阿珍，嘶声大喊。

"阿倩，"她瘫软在地，颤抖着嘴唇喂喃道，"阿倩。"

潘多拉的魔盒

2011年9月6日傍晚　温州城郊某民房

"黄柑绿橘未分珍，琐碎登盘辄献新。哎，怎奈一夜秋寒过，残枝败叶付江东。天，终于还是变了，变天了。"

温州某居民房一楼，背对着大厅，面朝着窗户的摇椅上，一个瘦削的老者喃喃自语道。他的手上摊着份当日刚刚上市的《温州晚报》，打开的报纸一面是一则标题为《警方证实温州担保协会会长潘晓倩跳楼，疑受江南皮革黄豪跑路牵连》的专题报道，一面是被一篇题为《全市多地瓯橘遭遇真菌性病害，瓯橘陷入绝收困境，橘农损失严重》的新闻报道占据了大部分的版面。而他身边茶色茶几上还摆着未下完的残棋，微弱的秋光从窗外穿透进来，稀疏地落在旗盘和老者身上。此时此景，配以老者悠长的叹息，愈发凄凉。

瓯橘，作为栽培历史2 400多年的传统名果，曾在宋元明清时被朝廷列为贡品；而高利贷，作为现代温州人发迹之后疯狂的赚钱利器，这风马牛不相及的二者，原本应如两根错开的平行线，毫不相干，但是却因为这意味深长的"2011年的11月"，产生了一个引人扼腕的交集点。

叹息的老者不是别人，他是原温州一位副区长，曾在与高利贷有着千丝万缕关系的旧城指挥部担任过第一任的副指挥。

"肖老。"房间的门被推开，走进一位身着一套黑西装、戴着一副金边框眼镜的年过不惑的男子，此人正是温州前市委副秘书长谢毅。

"谢毅来了，来来来。"老者见此人来，怅惘的脸上浮出一丝欣喜，"你来得正好，来来来，陪我这老人家下盘棋，自蓝天去德国后，已经许久没人和我对弈了。"

"肖老棋艺高超，我岂是对手？"谢毅笑着坐下，接过身边保姆递来的一杯茶道，"下棋我不擅长，不过，你敢和我谈经济吗？"

"哈哈哈哈！"谢毅的调侃，让两人从方才沉闷的气氛中脱身而出，两人不约而同地笑了。

一声笑后，老者又恢复到方才满眼阴霾的情绪，他叹息道："楚河汉界，将帅争雄，纵横捭阖，方能亦守亦攻。入局需慎谨细微，对局需要运筹帷幄，走一望三，下棋如经商，谋划度险关哪！棋不仅如人生，棋亦如经济，比如此次借贷风暴，以棋对比，恰如是，倘若有人有心存心做局，你说是借贷的上家也好，你说经济刺激也罢，为了引更多的人入局，一步一步勾起其欲望，使之冲动，必要时故意损失一两个大棋让其忘乎所以，一旦勾起其贪婪与冲动，想不赢也难了。倘若温州商人还是秉承着当年的那股实干精神，何至坠入如此之深渊啊。"

"肖老说的是也，"谢毅道，"过去的温州，虽然一穷二白，三山一水两分海，但是愣是靠着温州人吃苦耐劳、踏实拼搏的品质，和敢为天下先的精神在全世界叫响了温州模式，打响了温州企业家牌子。可是，手中有钱后，温州商人除了屈指可数的几位，大多是不思回馈社会和发展企业，甚至根本不再愿意劳心费力在实业上，而是想着走捷径，拉帮结派钻营，组团投机炒作，炒煤、炒房、炒大蒜。什么商品不正常地涨价，都可以发现温州人的影子，直到直接炒钱，这不仅让温州商人劣根尽显，更为今日之事埋下祸根。"

"在利润的诱惑下，近两三年温州相当多企业抽出生产资金，投向地产和民间借贷，其实，"肖老顿顿道，"这是你说的，如果我没记错的话，你在今年初就警示过温州商人。但是，由于这三个预言实在太可怕，以至于很多人都不愿意相信你的话，很多人说你是在唱衰温州经济。然而，很不幸，温州经济没有被你唱衰，而是完全按照你预料的那样发展了。"

"是的，今年初，我曾经作出过三个关于温州经济的预言，"谢毅继续道，"温州的中小企业今年下半年将面临一场危机，这场危机甚至比2008年金融危机还严重；温州的民间借贷风险会在下半年集中大爆发，这种爆发的结果可能是中小企业大面积的停产死亡；今年春节前后、最晚明年上半年，温州大批中小房产商会大规模倒闭。当有人看到这三个预言之后，直接打电话来质问我为什么这么做，为什么树立温州经济的负面形象。一些人甚至提醒我，要注意，你代表的不是你个人，你的言行可能会让人对温州产生误解。我当时没有回应。"

"可悲的是，不仅是这些企业家没听进去，甚至封杀了你的言论，直至胡林林'跑路'到了美国，人们才发现，原来你谢毅说的第一件大事发生了。尽管在这之前，已经有三个温州老板因为债务问题跳楼，二死一伤，上千家小企业倒闭。"

"哎，"谢毅非但没有为此沾沾自喜，反而叹息道，"预言成真也罢。正如您说的天变了……天变了也许不可怕，可怕的是，天才刚刚开始变……现在连黄豪也'跑路'了，其留下的一干烂尾工程还有一屁股债要让多少人的性命买单呢……"

闻之，肖老似乎想起了什么。"还不知道现在的与忠到底怎样，当时阿豪请他入股江南地产，我就应该阻止……"

此时，天的帷幕已经渐渐降下。隔壁肖老的卧室里的床头柜上，他的手机突然传来一条200多字的短信，内容如下——

　　"肖老，我决定要走了，离开这个世界，我从来没有害人之心，这次我害了好多人，很多人正是因为相信我，才把钱放在我这儿转交黄总，可是黄总走了。害得他们这样，并非我本意。但客观如此。我的好多同学朋友都跟着我栽了。我多希望黄总能收拾好残局。我知道黄总是您的学生，我走的事你先别和黄总说，如果你能电话联系上他，请你打电话说我得了脑溢血，让他快回来主持工作。尽量别让外人知道，以免发生恐慌。等他回来再处理，我已给他留信，在我办公桌抽屉里。拜托了，我在天堂谢谢你！"

　　或许是担心短信没发送成功，一分钟后，短信又重新发送过来。在夜幕逐渐吞噬的肖老的卧室，手机的荧光伴随着震动闪了几下又暗了下去。机主来源显示的正是起先肖老口里的"林与忠"。

　　肖老看到时，已经是一个小时候后。

多米诺骨牌

2011年9月6日傍晚　温州某房产开发工地

　　"江南豪庭"楼盘开发地的办公区域，远远地就可见到警车上的红蓝色的警灯如霓虹一样闪烁着，黑压压的人和车将那座占地极广造型甚是别致的二层小楼围得水泄不通。

　　数十名面色凝重的警察或出入来往，或维持秩序或四周勘查，忙碌的活动将现场的气氛衬得极为紧张。

　　林与忠自杀了。方才被门卫发现自缢在自己办公室。又一个因黄豪"跑路"事件而断送性命的受害者。

人生如棋，落子无悔。如果以此句来给即将"自绝于"他的亲朋好友兼债权人的林与忠，这位原本一心想退休后入企业发挥余热的无辜受牵连的老人做"盖棺论定"的话，泉下的他应该能含泪接受了。

这一天是星期六，本来约好全家度周末，但林与忠没有回家，一直待在办公室。林与忠也曾任职旧城指挥部，肖和即是其顶头上司。

从下午5点半开始，林与忠连续给显示为"黄总"也就是黄豪的号码，拨了14次电话，直到7点。不过，这些电话大部分没有接通。

位于龙湾区三祥板块的"江南豪庭"楼盘开发地的办公区域，与温州市公安局隔街相望。"江南豪庭"是黄豪的江南集团下属的地产开发企业之一，退休后的林与忠受黄豪的"盛情邀请"于2010年与黄豪共同成立江南地产，邀请退休官员进企业发挥余热在温州市并不算稀罕事，江南地产成立于2010年10月18日，有两名股东——黄豪和林与忠。

接着，林与忠发出了一条200多字的短信，也就是先前提到的发给肖和的短信，或许是担心短信没发送成功，一分钟后，林与忠重新发送了这条短信。

约一个小时后，林与忠的手机上收到了"肖和"的回复："老兄弟，无论如何不能轻生！请与我通话，大家会替你想办法。肖和。"遗憾的是，根据后来警方的法医鉴定，此时的林与忠，已经在办公室自杀身亡。

此前，江南集团开发的住宅，已经卖出了大半，江南地产为此支付工程款以及相关的费用，几乎全部来自民间借贷。按照开发进度，尽快获得银行70%的住房按揭贷款，才能接续巨大的资金缺口。

林与忠的生活很有规律，下了班准时回家。晚饭后，他会出去散步半个小时，闲暇时，爱好文学并乐于写诗和下棋。不过，从2011年8月开始，林与忠再没有闲暇做饭写诗下棋，一回到家，总是不停地接电话。出去散步，有时独自要走两三个小时。

出事前的林与忠，做的唯一的事情就是找钱。

硬汉子"跑路"

"拿地、调控、缺钱、高利贷、停工、烂尾楼、'跑路'……这是温州很多涉足房地产企业家的命运，不过对于阿豪来说，还有两个字，那就是赌博。"

2014年的温州新城大道，这条以前红火的温州金融一条街上，蓝天和阿东踱着步，在他前面便是波曼咖啡的新城大道分店。

"那个时候，也就是2011年下半年，真的没路可走了，突然而来的房地产市场调控政策陆续出台，银行紧缩银根，随着银根不断收紧，钱荒就蔓延，资金周转困难。这对我们真的是灭顶之灾，阿豪是被套在那个项目里，加上赌钱，而我是被套在红城广场的那三套，算起来我原本可以净赚数千万。"阿东回忆道。

"阿东，有价无市，我当时和你说了。"蓝天道。

"是的，随着那三套房被套住，我在杭州收购的一幢写字楼，也套住了。此时，温州的那些银行、小额信贷等金融机构都贷不出钱，甚至我们到外地去找信托，也没办法，一时间，这些融资渠道均对我们这些房地产商说'不'。而与此同时，在通胀预期下，民间过剩的流动资金不得不寻找新的投资标的，高利贷风生水起。面临我们的只有高利贷，我还好，玩得小，你出手救了我，但是阿豪，玩得太大回不了头了。"阿东道。

"不借高利贷未必饿死，大不了申请破产和重新再来，但是借高利贷无异于饮鸩止渴。当时阿豪据说欠了6个亿，每个月还的利息都要过千万。"蓝天道，"正常做实业不投机不赌博的人，怎么可能会沦落到这样的结局呢。"

"阿豪跑了，直接把阿倩给拖死了。"阿东道，"阿豪和很多当时温州'跑路'的企业家一样，哪怕是临跑的前一天，还在照常开工，到地产公司去开会，不过当日他还以过中秋的名义给每个工人发了补贴，让工人们第二日去秋游。待工人回来后，老板已经跑了。"

"老板是跑了，但是不是你们说的那样，我们的老板虽然跑了，但是个好老板！"突然从二楼的楼道口跑出一个工人模样的人，气势汹汹的。与此同时，另一名中年男子正在搬移一张沙发顶着该店大门。

"这是……"一种不祥的预兆在蓝天心中升腾。

"你们老板也跑了？"阿东很直接地问。

"是的，据说通过浦东机场出境了，不过他是个好老板，走了还留遣散费给我们。"一个工人道。

蓝天走近一看，果然，大门上贴有一张白纸通告，上面写着"本店停业整顿，有事请找方先生联系"后面留有方先生的联系方式。

"估计撑了很久，这两年不知道他们怎么过的……"阿东自言自语道。

"他和她老婆都是个好人，"蓝天默默道，"我也是看着他们一路创业过来的，当时他们还在我们公司门口开了家小卖部，夫妇俩租住在对面的一间小房子。很能吃苦，后来小卖部越开越大，后扩张为好利来超市。"

2002年，夫妻俩发现西餐厅在温州的商机。一番思考后，将超市关闭，在市区开设了第一家餐饮店——波曼西餐厅。

虽然，波曼创业初期，生意并不好，每天的营业额只有七八千元，只够付店租和员工工资，但是两夫妻还是起早摸黑，一路苦干，并且表示哪怕亏欠，餐饮口味和质量不能掺一丝假，如此一来，名声渐响，生意也日隆。后来，夫妻俩又在菜系上做足了功夫，增加了粤菜、川菜及烧烤等。从此，人们喝咖啡最先想到的就是波曼，他们的生意直线上升。

"最忙的时候，厨房里就像打仗，一锅酸菜鱼，一做就是八九份。"蓝天回忆道。

"一定也是后来去炒房，借高利贷了。"阿东道，"2011年的余波至少还要再维持两年，我估计，这样下去一环扣一环，还会陆续有企业倒闭。"

"我们老板的钱不仅仅是套在房子上的，"又一个工人模样的说道，"喏，你们自己看。"

说着那工人递来一份报纸，原来此时媒体已经报道——波曼咖啡败在摊子铺得太大，除了西餐，还有酒店，橄榄油等，本来资金就很紧，还欠银行1 000万元，仍然受温州奢华的风气影响，光豪车就有四辆。不过引起他"跑路"的根本原因是，为朋友做了担保，他的朋友以担保的钱全部投入温州第一高楼，结果，楼价大跌，全部套住，"跑路"了。"可惜了，严老板是条汉子。"市区一个装修队与严老板合作了七八年之久，负责人告诉记者，严老板做生意向来很讲诚信，这次自己撑不住了，还把钱留下，这并不是每个人都能做到的。一家波曼啤酒供应商的负责人也说，今年看样子是他最难的一年，但实际上每月的酒钱也及时结算，从没拖欠。

"是个硬汉子。"蓝天道，"又一个有心做实业的企业家被误伤了。"

蓝天刚说完，就听到阿东一声叫。

"天哥，你看！"阿东指着报纸上面的一条新闻短讯——"温州旭飞集团董事长余小旭失联，目前下落不明，警方否认暴力讨债致死谣言，余小旭失联疑与两年前黄豪'跑路'有关。"

阿旭。两人目瞪口呆。

地狱才刚刚开启

2011年9月9日下午   温州市瓯海区

黄豪的"跑路"、阿倩的纵身一跳。

高利贷，这个老生常谈却无法回避的话题裹挟了这座活力之城，侵蚀了这群敢为天下先的，并以勤勉吃苦团结精神被世界所瞩目的人们，肆无忌惮地渗透进了这座城市的经济、金融肌体，绑架了成千上万生活在其中的人。这其中不仅仅有企业家群体，平头百姓，更有黑暗势力；这里，不仅仅有为利益所驱的放贷者，有被高利贷逼得家破人亡的受害者，有深受其害的担保人，更有和放贷者勾结串通的公务人员，和为放贷者提供低息贷款的银行职工。

这是个深不见底的黑洞，没有人能独善其身；这是个表面馥郁的深渊沼泽，没有人能干干净净地脱身而出。这群被潘多拉打开了放纵欲念的盒盖的人，开始共同上演一出自我毁灭的闹剧。他们筹集巨资换来的，是一纸通向地狱的"通行证"，他们眼巴巴企盼的，是血本无归和走投无路。

阿倩、林与忠不是第一个第二个，更不是倒数那几个，在这先后，恶性事件，单单阿倩跳楼后的9月，就发生了26起，其中有3起跳楼自杀的事件，造成两死一伤的严重恶果。

然而，这些充其量不过是浮出水面的冰山一角，更有无数的人已然化做深渊里生物的养分，剩余的，或者在作垂死挣扎，或者是作殊死搏斗。

温州周边再度传出担保公司暴力讨债致死事件，当事人为当地某电子有限公司老板，因借用担保公司资金用于公司周转被非法绑架拘禁逼迫致死，当事人被暴力讨债者软禁、恐吓、殴打，在签署房屋中介合同后被推下13层高楼致死。

某工业园区的泵阀制造有限公司老板，被发现在宾馆服毒自杀。

让这位民营企业家自杀的原因是其为一位朋友作担保，导致债主上门逼债，出门逃避多日之后无力承受压力而选择"彻底解脱"。

某五金店老板，儿子在外面欠了巨额"高利贷"，债主讨债，拿杂物堵了五金店的门，争执中，儿子被扔进河。

因借高利贷炒房而难以自拔的李某的母亲被债权人叶某持刀扣押至一家咖啡厅包厢，李某赶来救母，被打。其间，叶某还掏出随身携带的手枪，指着李某的头，让他赶紧还钱。

噩耗不断，类似这样的故事在温州几乎每时每刻都在发生，不是张三，就是李四。逃得了初一，躲不过十五。

随着事态的逐渐恶化，蔡阿珍自然也是在劫难逃了。

反害卿卿性命

"你说当时阿珍也被暴利追债？"阿东问。

刚刚一则关于余小旭被暴利追债的新闻，又勾起了两人的另外一个话题。此刻两人已经在波曼楼下的茶餐厅吃饭。坐在这里蓝天又想起了以前。

"老板，生意蛮好的。"蓝天没有回复阿东的话，先和老板打起了招呼。

"是啊，自2011年后，我们这些小本经营生意好了，我前面那条街也开新店了，现在很多人都不去大酒店吃了。"老板道。

"好的，你先去忙吧，请帮我们的菜上快一点。"蓝天道。

"天哥，你刚刚说余小旭被暴力追债，我同意，这也是我切身的体会，在2011年，我也被绑起来丢到平阳的乱坟岗整整一夜，用牙签戳我指尖，把我的头摁在水里。不过后来，市长出动警力严禁暴力讨债追债，我才得以留着命让你来救我，这以后暴力追债是少多了，不过阿珍当时不是留了一手吗？怎么也会被卷进来？"

"倘若在你身上，是因为一个贪字的话，对阿珍而言则是一个恨字。恨，让阿珍走上了一条难以回头的路。"蓝天道，他隐隐想起，悲剧结束之际，阿珍给他信里关于对阿倩报复的那段话。

"你看到了吧，在美国，我经历的是如此不堪的遭遇，到了美国后，在饭店里，我才知道，是阿倩和那个阿云姐联合把我给卖了，那个阿云姐根本不是阿倩的阿姨，而美国的这个温州饭店老板也不是阿云姐的舅舅，纵然她也是温州人，但是和这整个偷渡产业链上的每个温州人一样，从来没把我们当作人，我们在他们眼里是买卖，那个老板收容我们这些偷渡来的黑工，只是为了压榨我们的劳动力，和阿云他们一样，他们每一笔钱都带着我们这些偷渡人的淋淋的鲜血。为此我失去了一切，并且还让家里背负巨大的债务，而她，却在温州越活越好！报复！我要报复！为了报复，为了赚更多钱，我自己也开始做蛇头，因为没有比这个来钱更快的买卖，和我搭档的正是黄东海，他在温州的表面身份是侨商，实际上他的原始资本积累便是贩卖'人蛇'。仇恨已经把我燃烧成另一个人，我可以眼睁睁地看着很多的女孩子走上如我曾经经历的老路，我竟然无动于衷，而且我在心里还默默地告诉自己——这是为了改变自己命运所付出的代价，要怪只能怪自己，不要怪我。很快，我从黄东海那里分到了第一个100万元，然后看着钱一点点地增加，回温州报复的计划也列入了我的日程中，而这时，黄东海已经金盆洗手，正式以侨商身份，拿着那些血淋淋的钱去温州投资。我准备单干最后一票，却怎知被美国移民局擒获，收监一个多月，并且被驱逐出境，列入了美国的黑名单。回到温州，我用剩余的钱购置了别墅和豪车，因为，我懂得，这些是你在温州能获得更多资金和赢得别人合作和好感的道具，而后，我打电话给阿倩，而实际上，这是我的阴谋，我和黄东海早已布下了局，一边我源源不断给阿倩介绍放钱给她的上家，一边我又把阿倩介绍给黄东海，等到时间成熟，黄东海一跑，让阿倩活活被上家逼死。这对黄东海不算什么，他本身就是想借侨商这个身份趁现在形势这么好到温州捞一笔就走。我和阿倩说黄东海是以前我在美国温州商会认识的，并透露我和他有特别关系。当时坊间传言黄东海亿万收购海兰药业，并且又是市人大代表和政协委员，故此，温州人不仅托着关系送钱给他，而且一点也不担心会有变故。而事实上，我和黄东海早就计谋好，每一笔阿倩给他的钱他都先给我抽10%，我们两个'跑路'之后，他再分我一半，于是我们一边在不断地向外收钱，一边转移自己的资产，他转移到他美国的女儿那里，我则将钱以投资入股我弟弟工厂的名义转移到我弟弟名下，而房产则转至我妈妈，然后选好时间一同到澳大利亚去。谁知，黄东海身上的债务远不止阿倩一笔，总数将近8亿，那个时候表面上他装作若无其事，其实背后已然被这个还不出的大窟窿逼得夜夜不得安宁，捏着一把汗。利益当前，他也背信弃义，在我们计划的时间提前半个月时他自个儿带着2亿潇洒出逃。而此时，房地产下跌，我手中的房产也面临银行还贷，原本这对我来说不算什么，因为我还有钱在我弟弟那里，并且我们还有一家不锈钢厂。然而，祸不单行，当我给弟弟打去电话，弟弟已被高利贷胁迫——原来，他一直瞒着我和阿豪在澳门赌博，不仅把我的钱全部输了，把工厂也抵押了，还欠高利贷500万元。"

"阿珍不仅被暴力追债，黑社会还找上了她家和她弟弟的不锈钢厂。"想到这里，蓝天道，"不仅如此，她还要代她弟弟承受那些小散户们的逼迫。"

两起绑架

"你弟弟借了我100万元，出让了他那破工厂，打的还是你的名号，我们知道你和温州那些大佬关系不浅，所以，我才借给他，我不找你要钱找谁去？"

"10月1号前必须要有120万，72万利息，其余算本金。"

"这其中的50多万元，是我挪用公积金的钱借给你的，我告诉你，把我逼急了我什么事都能做得出来。"

2011年9月9日的这一天，对于绮丽服饰有限公司的员工来说，是惊心动魄和惶恐不安的一天。

下午1时许，一辆满载石料的大型工程车朝绮丽服饰有限公司凶猛驶来，"嘎"的一声，猛然堵在了大门口，尾随其后的是两辆长安面包车，也是气势汹汹地猛然停住。几道尖锐刹车声过后，面包车车门"哗"地一拉，从车里跳下八个流里流气的男子，个个染发文身，叫嚣着径自穿过大门往里走。

见这场面，门卫许师傅的后背整整僵硬了半分钟，等反应过来，疾步追上，却被带头的那个大块头一把揪起衣领。

大块头冷冷地看着许师傅，双眼中射出异样的寒光，许师傅连打了几个寒战，吓得腿都软了，站都站不住。

"谁拦打谁，听到没有！"大块头咆哮了声，朝许师傅抡起了紧握的拳头示意，随后把他踹到了一边。

接着，这一班人马又径自往生产车间走去，故意寻衅滋事，乱翻乱砸，吓得作业中的工人四处躲藏，乱作一团。

"你们，你们什么人，谁让你们进来的。"绮丽公司主管带着管理层闻讯而出，刚想厉声喝止，却被眼前的这群人吓得顿住了声音。

"你还真是七月半的鸭子，不知死活，敢这么和老子讲话，"大块头耸耸肩，把拳头捏得嘎吱响，后面的几个小喽啰也随即双手交叉跟了上来，"谁让我们进来的？问你老板，你老板如果三天内能把欠我们的钱连本带息全部给还清，那么我请你们去宾馆，否则，我请你们去殡仪馆！"

"这次只是意思一下，下次，砸的不是东西可是人了。"

绮丽的员工这才知道原来是老板欠了钱，立马报警，可是，警察却姗姗来迟，直到下午4点多，这干地痞无赖坐上车呼啸而去，并把大工程车上的石头推下堵上绮丽服饰大门，警车这才千呼万唤始出来。而警察来了，也仅仅是看看大石头堵住的严实的大门，问了几句，没说怎么处置门口的石头，也不问方才这群肇事者的相貌体征，就开着警车走了，似乎与方才那群人已形成默契，这架势，怎么看怎么像搭演一场你方唱罢我方登场的戏。

　　当日晚上，深夜11点，西郊大自然别墅，一名中年男子开车回来。停好车进门，却被邻居"蔡家大宅"门口的景象吓得张口结舌，半晌他才在自己有限的语言量里找出一个足以表达他当下情绪的词汇——"皇天"（温州话类似于"我的天啊"的意思），只见"蔡家大宅"门口放着一根点燃的白色蜡烛，看样子像刚点的，大摊红色油漆如同血迹般被泼在门上，地上散落着冥币，一瓶刚用完的喷涂罐被扔在花坛里，一片狼藉。借着路灯微弱的光，男子隐约看到蔡宅大门右侧墙壁被喷上了"借债还钱"四个猩红的字。

　　中年男子连忙叫保安并报警，保安赶到，猛揿门铃并大喊示意，刚洗完澡的蔡老太跑下楼，看到眼前这一幕，惊得心跳上窜一百八，血压急速升高，她几乎站立不稳，战栗着望着门口的景象，过后才想起来喊屋子里的人一起出来，却发现大门怎么也打不开，原来大门把手被一根铁链拴住，好在后门还是能打开的，否则一家人这晚上还不知道什么时候才能脱身。

　　事情还没完，这群要债的动起了真格。两天后的下午5时，市中心某实验中学大门口，一辆黑色的轿车突然从行车道上冲了过来，挡在了一个女生面前，接着，从车上突然跳下两个男子，朝着那女生，一人一把抱住她的腰，一人把她往车里塞去，随后，车门一关，扬尘而去。

几分钟后，蔡阿珍接到电话，她弟弟的女儿被绑架了。而这之前，他弟弟已经失踪三天。

蔡阿珍的心里翻起了滔天巨浪。

"我蔡阿珍绝对不会被你们玩死的，我不是潘晓情，20年前，我什么没干出来过。"她下意识地捏紧了拳头。

覆巢之下

2011年9月10日傍晚　温州某高档住宅

是人，都会有基本的安身立命的需求。如果一个地区的大部分的人最基本的需求都面临威胁，那么，这个地区的社会结构就面临解体。混乱、悲剧将不可避免地出现，甚至会沦为罪恶的渊薮。

温州也是，覆巢之下，岂有完卵？

9月10日，刚过晚上7时，温州市伯爵山庄口，原本华灯璀璨的商业一条街，而今大部分已早早关门歇业，唯独一家名叫"鑫鸿"的房产中介门店依旧灯火通明，伴随它的是一家24小时便利店。

房产中介门面的房源信息上，赫然入目的便是"资金周转急卖"、"白菜价出售"、"大降价"一个个极刺眼的字，这些字夹带着一股浓厚的萧条气味扑面而来，使人差点忘记，这是曾经走出中国的最早一批炒房客，曾经不断演绎炒房暴富神话的中国民营资本最集中的城市。

与此同时，该市主流报刊上二手房广告开始铺天盖地，一些心急的房主甚至以"房东血本价急售""特价""大甩卖""实在急了""直降500万"的以前从未出现过的广告语来吸引买家。

是的，又是高利贷，它让原本是炒房团发源地的温州，又沦为了"抛房之城"。

这些抛售的房子背后，基本都是手头资金紧缺，无处融资，才迫不得已售房割肉的债务人，这在以前实属罕见！

有资料称，温州大约89%的家庭个人和59%的企业都参与了民间借贷，而这些资金的来源，除了从实体经济抽血，主要的源头是银行，而房子就是他们撬动资金的重要工具。

故此，"抛房风潮"归结起来，主要来源于两股力量和一类人——所谓两股力量，一是借贷炒房者，二是抵押房子借贷者；所谓一类人，一言蔽之，就是被高利贷或者银行逼债套现的！

"杨老板，您想好了没有？现在能有买主真不容易的，下家说是可以付全款的，但是，他想你再降个50万元。呃，杨老板，你挂出来都已经便宜150万元，这个我晓得的，我们不会骗自家人的，老实说，你也晓得的，现在很多房子没人接盘。"

"陈大姐，这个区域的房子价格最高的时候超过1平方米5万元，香江半岛今年初的挂牌价一度涨至1平方米5万至6万元，就哪怕是现在，挂牌价也要3万元左右，现在，房东愿意1平方米2.57万元卖出去，如果不是企业资金周转出现困难，肯定不愿意这么贱卖的，简直是在割他自己的肉啊，过了这个村就没这个店了，陈大姐，我一放消息出去已经好几个人问了，你再考虑就没了。"

"沈老板，您好，您请说。啊，再下调4 000元？这个价格相当于两年前的市价了。好的，好的，还可以再少？是吗？哦，都可以商量？只要能尽快出手？好，好，我晓得了，我马上替你联系几个买家看看。"

但见"鑫鸿"店铺内，一人正在打电话，此人是"鑫鸿"的老板阿鸿。

阿鸿是土生土长的温州人，前前后后从事二手房中介快有10个年头了，前几年，阿鸿只消往那店里一坐，就自然有人会主动上门咨询卖房买房，接着，阿鸿只消拉上几个员工带去看看房子，一个月至少有数万元的进账，但是，这风向自今年上半年开始彻底变了，随着市场突然遭遇"同比去年成交量少4成多"的重创，"鑫鸿"开始和当时的很多"红牌子中介"一样，门庭冷落，运气好的时候每月还没成交一两套，这运气不好时，几个月才卖出一套。最惨的要数今年7月了，二手房交易竟然出现"零交易量"，逼得半数以上中介"关门大吉"。"鑫鸿"由于店面小，运营成本低，所以还不至于像很多同行那样马上"一命呜呼"，不过也好到不哪里去，"鑫鸿"老板的命运还没到必须"跑路"和跳楼的地步，但也逃不了"辛辛苦苦十多年，一夜回到解放前"的命运，阿鸿又"光荣复位"到"鑫鸿"开局之时，那既做老板又当业务员的"光杆司令"身份。

就这样，一直苟延残喘到了9月，谁知，"眼镜大王"胡林林"跑路"事件反倒令他们这些房产中介"柳暗花明又一村"了，随着"眼镜大王"胡林林的"跑路"，拉开了温州这场经济危机的序幕，民间借贷链条迅速断裂，越来越多的人被追债，故此，才出现以上"急甩的房产也比比皆是，急需现钱的人们纷纷不惜血本抛售"的百年不遇之"怪现象"。

这虽然让"鑫鸿"的命运出现了转机，但是也让高烧不退的房价终于真的下降了，甚至直接腰斩，如此，恶性循环，导致借高利贷炒房的温州人死得更惨，又激发了新一波的"跑路"和跳楼。

总之，用阿鸿的一句话来说　"白天筹钱，晚上卖房"成了当下一些温州人的生活新方式，所以他像很多中介一样——"舍不得关门"。

8时许，天空又开始下起了雨，但是仍然阻挡不了被债逼急的托盘人冒雨前来，阿鸿的"鑫鸿"还是陆续不断有人进门询问自己的盘子的情况，就这样，收伞、打伞、开门、关门、再开门。

9时许，最后一个客人上门，他很着急地委托阿鸿务必尽快帮他将两套房子转手。

"距离银行还贷期限仅有10天，得赶紧将两套房子转手。"看来又一个"不安分做企业的人"被这场风波卷进来了。

"我从公司回来连家都没顾上回，着急得饭也吃不下。"一个大男人，竟然开始拖起了哭腔。

"房子的事一定要替我保密，说出去就更完了。"末了，他嘱托了这句后，拖着沉重的步伐消失在冷冷的雨幕中。

阿鸿摇摇头，这情形，近来他已见怪不怪了，于是关灯打烊准备锁门，这当口，他突然看见，一辆熟悉的红色卡宴开来。

他认出，那是温州小有名气的美女企业家，他的前主顾——蓝天传媒董事长蓝总的前女友蔡阿珍。

阿鸿与蓝天的结缘，正是因为伯爵山庄的房子，当时蓝天是委托"鑫鸿"购置的这所物业，可谁想，在不久的将来，从不碰"高利贷"的蓝天，最终还是被牵连进去，不得不通过阿鸿之手再次把物业给转卖掉。

而这一切，皆因一个女人——那就是蔡阿珍，一个离过婚的、有着很多风流韵事的女人，在温州有人赞誉她能力卓越、有勇有谋，是个野心勃勃的女强人，也有人说她善于牺牲美色，利用他人，是个孜孜为利的机会主义者。

这样的男人和这样的女人怎么会发生那么多故事，有时候还真不好说，人生有时候正是这样，有些人相处了一辈子，除了彼此的姓名或许就再无了解。而有些人，仅仅见过一次面，说过一句话，却已经注定这一生将纠缠不清。

言归正传，再讲讲这个风雨交加的秋夜，在伯爵山庄到底发生了什么。

　　阿鸿已经很长时间没有见到蔡阿珍的车出现在这里，有着一向好问事非的温州人性格的阿鸿此前间接打探到，蓝天和蔡阿珍在"好事将近"时突然分道扬镳的。敢情他们又好上了？在这非常时期，还有患难见真情的稀罕事？

　　笑笑，阿鸿为自己的胡思乱想摇摇头，撑开伞，迈向大雨中走去。

　　而此时，从他身边猛然驶来一辆雷克萨斯，在拐弯进小区入口时一个急刹车，溅了他一身的污水。

　　阿鸿忍不住一句温州标准式的市骂。

　　这个被阿鸿所骂的人不是别人，而是今天蔡阿珍密会的真正的对象——区委书记谢阿兴。

　　阿珍把此人约到这里自然有她的深意。

　　伫立在蓝天寓所大厅的落地玻璃前，木然地望着外面愈渐滂沱的大雨，蔡阿珍突然被一种极度伤感的情绪攫住，再坚强的她，在一系列打击下，还是忍不住眼眶潮润了。

　　这雨，下了整整一个礼拜，自阿豪"跑路"、阿倩跳楼后，这雨似乎要真的把这温州城的天给下塌。

　　这阴霾的一星期，受诸多"跑路"和自杀企业家牵连而失掉了生命、财产、家园、亲属的事情实在不胜枚举，任何人在今日所承受的精神压力、感情创伤以及经济损害已经到了极限，只要再多加一点点的意外，整个人就会崩溃。蔡阿珍还在千方百计去负隅顽抗，只能说，这个女人也不太简单。

　　"蔡老板，你不露面也不接我老板电话，我只能找你弟弟、女儿谈谈……"

　　"放心，三天内你若能把钱还清，我保证会好好款待，不动一根汗毛，三天后，我就不敢保证了……"

　　对方已经下了最后的通牒了，弟弟和侄女还在他们手上。阿珍得意之时，那些口口声声左一个"大姐"、右一个"大姐"的小姐妹兄弟们，在风闻阿倩和阿豪死了跑了，阿珍也欠高利贷的时候，通通翻脸不认人，阿珍连借点钱先把弟弟和侄女"赎"出来的可能也没有。

　　"这个世界上只有一种人可以不还钱，那就是死人。你自己选择吧。我只知道，我的钱也是东拼西凑的，你不还，我就得死。"

　　弟弟的一个债权人说的也在情在理，时下整个温州城，人人身后都是顶着把刀过日子，不是我逼你还不还钱的问题，而是我不逼你我就得死的问题。

　　没有谁能帮得了谁，人人都陷入了水深火热，人人都自身难保。按理说，阿珍弟弟欠的，也不过只有500万元，不至于到这般地步，但是，此时非彼时，曾经一个电话几分钟成千上亿元就凑齐的温州城，现在，连一个子儿也借不到。没钱的，自然是朝不保夕，有钱的，也被这来势汹汹的跑路跳楼潮吓怕了，捂紧口袋，或者不接电话，或者找理由百般搪塞，任凭天王老子也休想借。

　　在温州城求"借"无门之下，蔡阿珍试图前往上海去寻自小看着她长大的阿如姐救急，谁知，等待她的是阿如姐吃了过量安眠药昏死在自家床榻的一幕。此番"借贷的飓风"波及范围比想象中还要广，无论是遍布在全国各地经商的，还是鏖战异国的，同样"遭难无数"——鸿明，蔡阿珍的姐夫人间蒸发了，同其一起消失的还有公司的美女财务阿兰，以及近500多万元的货款，还有鸿明"跑路"前以一毛五分高息从各处拆借过来的700多万元。这一切，都要阿如姐去承担。

天，看似真的要塌下来了。

夫妻本是同林鸟

1997年，正值香港回归之际，开服装店的阿如经人介绍与做公务员的鸿明结为伉俪，1999年，就在我国航天史上大突破，神舟一号飞船升空的同一时候，鸿明终于按捺不住"全温州人想当老板一飞冲天"的秉性，毅然辞别了朝九晚五的铁饭碗生活，在老婆蔡阿如资助的10万元资金下，毅然投身商海，开始做起代理品牌地板的生意。过起风里来，雨里去，白天当老板，夜里睡地板的生活，一晃三年过去，夫妻俩不仅将生意做得有声有色，还攒足了原始资本。自2006年开始，两人朝着国际大都市——上海进发，在青浦创建了自己的工厂，从经销商正式进军地板制造业。

如果，国内市场就这样稳妥，鸿明或许就这样踏踏实实地一步步走下去，成立品牌，成就百年基业。就在鸿明将企业迁进大上海，踌躇满志地准备在国内外市场大干一番之时，他的企业和国内的民营企业一样，遭遇了2008年全球性的经济危机，受此影响，中国的民营企业遭遇"出口增长动力衰减下的经济减速、通胀背景下的利润增速下滑"的严峻现实考验。而正在这个时候，中国政府为了刺激内需来抵御经济危机，推行了四万亿元经济刺激计划，在此计划下银信扩张鼓励，鸿明开始大肆从银行贷款，四处投资。

2009年3月，他在江淮某城成立了信用担保有限公司，以担保为由向企业进行硬性借款，同时以经营需要资金为由向民间进行借贷，结果是，对外担保的债务到期无法偿还并不能履行代偿责任，资金链断裂，鸿明直接损失1 000多万元。

2010年4月，鸿明受某地政府招商引资时甜言蜜语的蛊惑，又在长江南岸某城投资成立了置业有限公司，准备大举向暴利的房地产行业进军，却遭遇接二连三的国家对地产行业的严格调控。几次投机失败，让鸿明四面楚歌，其主营公司也出现金链断裂，并负债无数。

这鸿明此后的故事，也不消多说了。托尔斯泰在《安娜·卡列尼娜》里的那句名言叫作——"幸福的家庭都是相同的，不幸的家庭各有各的不幸"，如果把这句话改变一下用在温州商人身上，大致可以说成是，"创业的历程各有各的故事，跳楼和跑路的结局都有着一样的故事"。只是鸿明跑的方式太不一样，连跑带私奔，留下负资产的企业和一屁股的债务给同他白手起家的结发妻子和儿子，一去杳如黄鹤。鸿明跑得太没有良心，太丢温州男人的脸。

"阿珍，为什么不让我去死，我活着还有什么意思。"阿如声泪俱下。

蔡阿珍似乎听到了阿如姐心脏碎裂的声音。她听得出她并不是舍不得这个寡情的男人，也还没来得及去忧心接下来要面对的巨额欠债，而是无法接受这个信任被抹杀、感情被玷污、自尊被伤害的可怜的自己。12年的婚姻，在金钱面前，可以如此被无耻地践踏和欺骗。

这真是应了冯梦龙《警世通言》中的那句——夫妻本是同林鸟，巴到天明各自飞。

夫妻一场，最终在金钱面前落得"眼前骨肉亦非真，恩爱反成仇恨"的下场。

前无去路，后有追兵，似乎把阿珍最有希望的一扇门也关上了，阿珍只能把宝押在一个人身上——她那"绝无仅有"的前男友蓝天。

人情冷暖

"那天下午，我刚好从德国回来。明慧来机场接我，我原本的司机，家里也受这场风暴的牵连，他们夫妻俩，也学放贷的人把唯一的一套房子抵押了去吃利息，结果，钱没了，房子也保不住。我不知道，我出去半年，整个温州会变成这样。还有你，你也失踪了，我只知道，我在德国的时候，你给我打过电话，要我给你打10万元。"茶餐厅里，蓝天道。

"你给我那20万元，是保命钱。2011年10月3日那一天，是我一生都会铭记的日子。这一天，我离开温州，离开我的老婆还有肚子里的孩子，开始走路。此时，据我被提名2011年温州创业青年楷模候选人只有一个月。时至今日，我作为候选人的个人资料仍然挂在网上。"

"你无论如何也不应该这样一走了之，你这样永远会生活在黑暗中。"蓝天道。

"当时全是债主围着我，黑社会因为政府严打才放我一马，我不走，担心又被抓起来。我当时什么也没想，真的很自私，没有跟任何人打招呼，4个手机6个号码全部换掉。其实我第一站是跑到上海，但是我不敢告诉人家我在上海……"

是的，阿东永远忘记不了那一天和那些日子，如同电影里的片段一样，那天早上，也就是阿东刚刚说的2011年10月3日，如常一般，阿东醒来，想起巨大的债务和身边身怀六甲的妻子，一种绝望心情从中而来，其实，在此时，他仍未曾将自己欠了数千万元的高利贷告诉妻子，而静娴刚好因为初次怀孕害喜严重，干脆搬到娘家去住了段时间。收拾心情，他准备去公司，想办法尽快把手上的房子、车子处理掉。

岂料，他开车行至半路，手机响起，那时一个电话声，就让他猛然震惊，最近被不断追债的电话骚扰，他已经落下了电话恐惧症。是他秘书，他甫一接起，就听到秘书在电话里急切地说："陈总，不好了，来了十几、二十个要债的人……"如此，他只能掉头回家，谁知刚把车停下，就被门口要债的逮了正着。

"那人带了七八个人，逼着我要钱。我说，我借你的500万元期限三年，但给你的利息也接近400万元，能不能不要这么逼我。但这几个人一直跟到我家里。我感到自己可能受到伤害，于是借口上厕所，拐了弯走了，"阿东吞了口水继续道，"完全是临时、被逼的。

如果不是人身安全受到威胁，我不会想走。如果没有这几个人，我想我很可能坚持下来。但如果真的一直待下去，可能发生什么？我也很难设想。也许进了公安局，也许像有些人一样，从楼上跳下来……谁也不知道……"

阿东说着望向窗外，若有所思。

"真的永远忘不了那段日子，人情冷暖，除了你和我那个小学同学，竟然没有一个人愿意帮我。"阿东有道，"记得我当时向一些朋友借钱的时候，仅仅是要个十万元，有几个还是发小，岂料对方不仅不相信我反而嘲弄我，他们说——你光身上的装备就几百万元，你当了不就行了吗？是的，我的那些手机几万元，四块金表加起来上百万元。全都抵债抵给人家了。而我的车子，我自己的房子，甚至连老爸、老妈的房子也都挂在中介那里，只求着能早点脱手换些钱回来。而公司能变现的资产全都卖了，凑了一百多万元，为了发员工的工资。我觉得银行的钱、民间借贷的钱可以欠。但我觉得员工很辛苦，员工的钱不能欠。"

"是的，阿东，"蓝天拍拍他的手，"这点就是我愿意帮你的地方，你和阿豪有本质区别。"

"呵呵，天哥，真的如一场梦。几亿身价竟然一下子身无分文。"阿东道，"那时我最大的感触就是，以前去上海都是开宾利、保时捷，而那一次，连出租车都舍不得打，平生第一次坐了地铁……"

"一切都过去了，偶尔想想这些事，时时警诫自己。"蓝天说着站起来拍了拍阿东的肩膀，"走吧，明慧车子在门口等我们了。"

"明慧？"

"是的。一起去听审吧，明慧有什么需要的我们也可以帮下手。"

"那余小旭呢？"

"刚刚报纸都登了，情况我们也了解了，希望她没事。"

两人步出餐厅，明慧已经在外等待着。上了车，三人往法院开去。

这路上，蓝天又想起那年从德国回来后发生的事情，由此，他再度和阿珍相逢。

挤兑风暴

也是一如这样的午后，也是开着辆车，也是这个穿着白衣服的明朗的女子，她在机场接到他就立刻往蓝天的公司赶去。

纵然明慧一向临危不乱，但是这次还是手抖得厉害。

"明慧，不如我来开车吧。"蓝天道。

"不用，没事，我只是着急，你人只要往公司一站什么事情就解决了，我们一没炒房二没借高利贷，怕什么啊，你人到了，人家自然就相信那些是空穴来风！"明慧语速非常快，恰如她的车速。

蓝天知道她说的是他公司的事，由于温州接二连三的"跑路"事件，以至于在温州市民中引起了一旦手机联系不上，人又找不到，人们就以为你欠钱"跑路"，债权人也好，供应商也好，还有银行，统统一起堵在你的公司讨债。

"你啊,人不在国内就算了,电话也经常打不通,人家不着急不来讨债才怪,现在温州人神经太敏感了,只能用四个字来形容——风声鹤唳,或者杯弓蛇影!温州有好几家企业就是这样被舆论搞垮的。"明慧嘀咕着突然一个急刹车,惹得两人差点撞到挡风玻璃。

"不行,我们还是转走机场大道,这里太堵了。"说着,明慧转头往机场大道开去,而他们刚一进入主干道便看到了令人震惊的一幕——

只见一家皮革厂门口密密麻麻聚集了几百号人,有的拿着"还我们血汗钱""狗生的集资诈骗"等横幅,而紧挨着路边,蓝天看到的是一张张似乎要上断头台的脸,而这群人当中,有抱着孩子的妇女,有七老八十的老人,有的痛哭流涕,有的欲哭无泪,有的面无血色。

"又是跑路引起的挤兑,哎,"明慧道,"苦了这些底层的老人家,一个个可是拿棺材本出来的。"

而这一路这样的现象竟然有两三起,与之同样让蓝天震惊的是,好多企业大门紧闭。

"这里是这次借贷风暴的重灾区,其中有好几个还是阿豪在澳门的赌友。"

带着一脸的不知所措,蓝天随着明慧驶过这个民间借贷的风暴眼,进入了龙湾大道,到了蓝天的公司。

待蓝天刚从电梯间走出来,便看到沿着过道上一直到他公司门口,都是密密麻麻的人。

"蓝总!"有人看到蓝天叫了起来,紧跟着,其他人也一起本能地围了过来，一下子不知道从哪里来了这么多人，都冲着蓝天而来，把蓝天围得里里外外三层。

"蓝总，你能先把我的广告款还一下吗？""蓝总，我们的制作费，我们公司急需，不好意思""蓝总，这两个月你们公司员工的午餐费用，我们做小本生意的，你帮我先还了啊。"

一时间嘈嘈一片。

死刑缓期

"后来呢？"阿东问。

"任凭我们怎么解释都没用，一定要蓝天还钱！"明慧说起这个还是有点气愤，"再后来，还是天哥有办法，先是答应一一还钱，先稳定他们的情绪，然后让公司员工成立清算队，从今天开始每天每一家都会还掉30%，并且蓝天表示，哪一家最配合先还哪一家；哪一家相信蓝天，这次不参与挤兑的，则蓝天传媒保证以后三年内不换供应商。蓝天还真有办法，他这么一说，那几个带头闹得最大的竟然没意见了，又有一些人表示相信蓝天，不急着催款了，就在第一个人带头这么说后，哈哈，后面谁知道一个声音接着一个声音——我相信蓝总！我也相信蓝总！我也相信！哇！那场面真是太激动人心了！"

但见明慧滔滔不绝道，而此时车已经到达法院门口了。三人下了车，而明慧突然脸色大变，一脸的凝重。

"明慧，不会有事的，"蓝天扶过明慧的肩膀。

"嗯，"明慧点点头，"我已经帮洁如请了温州最好的律师，他说他可以保证能打到死缓。"

"嗯。"蓝天点点头，因为明慧表妹涉案金额过大，按照当时的法律应该要执行死刑。

三人踏入法庭，但见座席区已经坐了满满的人，很多人抹着眼泪，一个个脸色阴暗。

"他们？"

"他们既是亲戚、邻居，也是债主。"明慧道，"姑妈。"

此时，明慧看到了姑妈，就和阿东、蓝天一起坐到前面去。

明慧一坐下，姑妈就伏在她肩上痛哭起来，而明慧则一个劲地劝她，"我请了最好的律师，姑妈没事的，没事的。"

2007年至2011年8月，邵明慧的表妹施洁如假借帮邵氏集团融资、帮企业还贷投资等名义，许诺高额利息回报，向他人借款，并将大部分集资款用于归还他人借款、利息、银行承兑汇票贴现等，致使23人共计30 512.74万元的资金不能归还。

在此期间，施洁如的未婚夫刘明以同样方式向他人集资共计7 511.88万元，又以更高额的利息转借给未婚妻施洁如使用。施洁如陆续付给刘明利息、本金共1亿余元。刘明仅将少部分用于支付借款及利息，挥霍、隐匿了大部分资金，致使5 240.715万元的资金无法讨回。

资金漏洞越来越大，施洁如已难以归还被害人的借款及利息，为筹集资金，她在2010年至2011年期间，以经营银行承兑汇票贴现业务为名，在收取他人的银行承兑汇票后，没有支付相应贴现款，以此骗取资金共计16 327万元。

以上三方面的钱，施洁如、刘明无法偿还，东窗事发。邵明慧举家惊然，怎知道其表妹以这个方法集资诈骗，而与此同时，施洁如、刘明被抓捕，经司法机关认定其涉案金额共52 080.455万元。

不一会儿，蓝天终于见到了这个传说中的女富豪施洁如以及她的未婚夫刘明，这两个曾经借邵氏集团名义融资数个亿，一夜之间暴富，豪宅豪车数套数辆，看上去两人还似个刚毕业的大学生，年纪不过25岁。青春如烟花一样，尽管如此精彩，但是太过空幻。

"昔日的朋友变成了今日的被害者，我觉得我对不起他们。"在法庭最后陈述时，施洁如流着泪连连向在座的债权人道歉。

而最终却以"我太爱他了，得到的却是欺骗。他给别的女人买车买房，几千万几千万地用，我倒想问问他，这些钱都去哪儿了"做了脚注，她所指的那个他正是她的未婚夫，这个长得英俊挺拔的男人，她爱得死去活来，不惜借用起舅舅公司的名义到处敛财供其挥霍，而直到东窗事发，她才知道，他几千万元几千万元地将钱撒给外面的情妇！

他杀了人

"情妇？"阿珍尖叫！

"什么，你把她杀了！"阿珍的嘴巴发抖，此时，在蓝天的公寓里，外面的雨淅淅沥沥地掩盖了她的心跳声。

而阿珍眼前的这个男子，一团乱糟糟的头发，歪着一条领带，身上的衬衫已经被撕开一片。

"我也不想，我不知道为什么，像见了鬼一样。就在刚刚，她刚断气，我把她装进麻袋，扔进了河，我，我，雨很大，没人看见的对吗？阿珍，你帮我再去看看好吗？我好害怕，我怎么办！"那个男的失魂落魄地哭了起来，突然他又发神经了一样转口道，"不能怪我，她太贪了，我1 000万元放在地下钱庄吃利息，每个月50万元打她卡里，现在地下钱庄的人跑了，我还要还别人钱，所以我向她要我这一年的利息，谁知道，这个女人死活不给我，还要和我分手，她不给我钱，还要和我分手。死女人，臭女人！杀死人！杀死人。"

阿珍眼前的这个人正是当年举城轰动的"区委书记因高利贷纠纷杀死情妇"的谢阿兴，也是阿珍的数个情人之一，今日阿珍约他过来原本是希望能以蓝天的这个豪宅做交易筹码，因为她已经拿不出任何自己的资产来诱惑他了，他已经知道她所有的资产进入抵押，所以，她寄希望通过蓝天的豪宅说动他，动用他的权力保他们一家平安。她此番计划仅仅是缓兵之计，待她弟弟和侄女救出再说，况且此前两人一起时，蓝天已经把自己的钥匙交一把由阿珍备用。在她知悉蓝天一直游学德国后，毅然决定这么去博一把。

"阿珍，她就在我前面，你看到了没有，这个死女人，来帮我一起杀了她，死！死！叫你不还我钱。"眼前的他已经陷入了谵妄状态。

　　"你神经。"阿珍直觉头痛欲裂，不知道如何是好，筹划着想逃走。

　　"你说我什么？我神经？什么？你不还我钱？！我杀了你。"已经发神经的谢阿兴却把阿珍当成了刚刚被自己手刃的情妇，说着朝阿珍走去。

　　正当发了疯一样的谢阿兴越走越近时，一只白猫跳了出来，蹿到他的头上，用爪子狠狠地抓他。

　　"米娜！"眼看着米娜要遭受不测。

　　门被打开。

　　蓝天出现在门口。

六　尾声

还是16年前的样子，灰砖的墙面，木制的门窗，还是以前的家具，如以前一样的摆放。

阿东有心，在知道这家老宅的主人因为急于还债出卖的时候，毅然和明慧商量，把这个房子给买了下来。

"这个房子，记载了天哥还有我太多的故事。"

夜幕渐渐降临，陪伴着蓝天等着某个人的米娜已经趴在蓝天膝盖上打起小盹。

时间分分秒秒地过去，越来越接近，蓝天和她约定的时间。

6点15分、6点16分、6点17分。

而蓝天的心也随着时间的接近，一点点快速收缩起来。

6点30分如期来临，外面响起了高跟鞋的声音。

是她，应该是她。她真的来了。

门被轻轻地推开，蓝天情不自禁地站了起来，米娜跳下来朝门口走去。

门越开越大，外面的人儿整个出现在了蓝天眼前。

　　"天哥！"一个蓝天熟悉的声音响起。

　　是明慧。

　　蓝天感觉自己的心突然猛烈地抽痛了一下。

　　"她不会来了，天哥。"明慧道。随后给蓝天一封信，恰如三年前一样。打开信件，是蓝天熟悉的字迹——

　　"天哥：

　　容我最后一次这么叫你。实在不会忘记您对我的情深义重。只是，今生缘太浅，今世果，前世因，也许是我前世业障太重。所以今生要承受如此多的坎坷，承受不了一段美满的姻缘。谢谢你一直等我，关心我，并在最危难的时候，舍身保我之命，倾家荡产救我家人于危难之中。只是今生，我已看尽红尘，已皈依佛门，赎我犯下的罪孽，至今我仍耿耿于怀，当初若非我走火入魔，阿倩也不至于死，而阿豪，我并未告诉你，我憎恨他将我弟弟送入魔窟而又泄露了他的行踪。我这个罪孽之身，无法再承受人间的光明磊落的爱，今天能与你有过一段人间的四月天，便已无憾。

　　以前听明慧说起，那个香港婆婆给她算的命，我突然越发欣慰。愈发明白一切都是命中注定——红鸾心动系东北，骤然相遇意难忘，可惜一本冤亲债，徒望宿世好姻缘。其实明慧理解错了，怨亲债主，是你同我——一本剪不断理还乱的账，始终有缘无分的你和我，而宿世好姻缘，则是你和一直等你等了十六年，正如你等我等了十六年的邵明慧。

　　我很好，勿念，托你们为我照顾米娜，祝福你们。"

　　落款：蔡阿珍。

图书在版编目（CIP）数据

迷城 / 向凯著. —上海：上海人民出版社，2014
ISBN 978 - 7 - 208 - 12495 - 0

Ⅰ. ①迷⋯　Ⅱ. ①向⋯　Ⅲ. ①长篇小说—中国—当代
Ⅳ. ①I247.5

中国版本图书馆CIP数据核字（2014）第168272号

策　　划　吴　申
责任编辑　陈博成
封面题字　熊　捷
装帧设计　赵　瑾

迷　城
向　凯著
世纪出版集团
上海人 ＆ 太 版 社出版
（200001　上海福建中路193号　www.ewen.cc）
世纪出版集团发行中心发行
江苏启东人民印刷有限公司印刷
开本　890×1240　1/32　印张 10.75　插页 4　字数223,000
2014年8月第1版　2014年8月第1次印刷
ISBN 978 - 7 - 208 - 12495 - 0/I·1294
定价　38.00元